文春文庫

見上げれば　星は天に満ちて

心に残る物語——日本文学秀作選

浅田次郎編

昭和四十九年六月に創刊された文春文庫は、このほど三十周年を迎え、刊行総点数も五千点を越えるまでになりました。

これを記念し、宮本輝、浅田次郎、山田詠美、沢木耕太郎の各氏に、ご自身が愛読し、ぜひ多くの人にも読んでほしいと思う作品を選んでいただき、「心に残る物語――日本文学秀作選」シリーズとして刊行することにいたしました。

多くの読者の方々に、読書の喜びと感動をお伝えすることができればと願っております。今後とも文春文庫をご愛読ください。

文春文庫編集部

目次

見上げれば　星は天に満ちて

心に残る物語——日本文学秀作選

この本に収録された作品の中には、今日からすると差別的ととられかねない表現を含むものもあります。しかしそれは作品に描かれた時代が抱えた社会的・文化的慣習の差別性によるものであり、時代を描く表現としてある程度許容されるべきものと考えます。また、各篇はすでに文学作品として古典的な価値を持つものでもあり、表現は底本のままといたしました。読者の皆さまが、注意深くお読み下さるよう、お願いする次第です。

文春文庫編集部

百物語

森　鷗外

■森　鷗外　もりおうがい　文久二年（一八六二）〜大正十一年（一九二二）

津和野生れ。東大医学部卒業後、陸軍軍医としてドイツ留学。軍医学校校長、軍医総監などを歴任。帝室博物館総長兼図書頭も務めた。評論や翻訳のほか、「舞姫」（明二三）、「青年」（大二）、「雁」（大四）などの多彩な現代小説や、「阿部一族」（大二）、「渋江抽斎」（大五）など歴史小説で、多数の作品を残した。「百物語」は明治四四年「中央公論」に発表された。

何か事情があって、川開きが暑中を過ぎた後に延びた年の当日であったかと思う。よほど年も立っているので、記憶がややおぼろげになってはいるがまた却てそれがために、ある廉々がアクサンチュエせられて、(1)翳んだ、濁った、しかも強い色に彩られて、古びた想像のしまってある、僕の脳髄の物置の隅に転がっている。勿論生れて始ての事であったが、これから後も先ずそんな事は無さそうだから、生涯にただ一度の出来事に出くわしたのだと云って好かろう。それは僕が百物語の催しに行った事である。

小説に説明をしてはならないのだそうだが、自惚は誰にもあるもので、この話でも万一ヨオロッパのどの国かの語に翻訳せられて、世界の文学の仲間入をするような事があった時、余所の国の読者に分からないだろうかと、作者は途方もない考を出して、行きなり説明を以てこの小説を書きはじめる。百物語とは多勢の人が集まって、蠟燭を百本立てて置いて、一人が一つずつ化物の話をして、一本ずつ蠟燭を消して行くのだそうだ。そうすると百本目の蠟燭が消された時、真の化物が出ると云うことである。事によったら例のファキイル(2)と云う奴がアルラア・アルラア(3)を唱えて、頭を掉っているうちに、覿面に神を見るように、神経に刺戟を加えて行って、一時幻視幻聴を起すに至るのではあるまいか。

僕をこの催しに誘い出したのは、写真を道楽にしている蔀君と云う人であった。いつも身綺麗にしていて、衣類や持物に、その時々の流行を趁っている。ある時僕が脚本の試みをしているのを見てこんな事を言った。「どうもあなたのお書きになるものは少し勝手が違っています。ちょいちょい芝居を御覧になったら好いでしょう。」これは親切に言ってくれたのであるが、こっちが却ってその勝手を破壊しようと思っているのだとは、全く気が附いていなかったらしい。僕の試みは試みで終ってしまって、何等の成功をも見なかったが、後継者は段々勝手の違った物を出しして、芝居の面目が今では大ぶ改まりそうになって来ている。詰まり捩れた、時代を超絶したような考は持っていず、解せようともしなかったのが、蔀君の特色であったらしい。さ程深くもなかった交が絶えてから、もう久しくなっているが、僕はあの人の飽くまで穏健な、目前に提供せられる受用を、程好く享受していると云う風の生活を、今でも羨ましく思っている。蔀君は下町の若旦那の中で、最も聡明な一人であったと云って好かろう。

この蔀君が僕の内へ来たのは、川開きの前日の午過ぎであった。あすの川開きに、両国を跡に見て、川上へ上って、寺島で百物語の催しをしようと云うのだが、行って見ぬかと云う。主人は誰だ。案内もないに、行っても好いのかと、僕は問うた。「なに。例の飾磨屋さんが催すのです。大ぶ大勢の積りだし、不参の人もありそうだから、飛入をしても構わないのですが、それでは徳義上行かれぬなんぞと、あなたの事だから云うかも知れない。しかし二三日前に逢った時、あなたにはわたくしから話をして見て、来られるようなら、お連中すかも知れないと、勝兵衛さんにことわってあります。わたくしが一しょに行くと好いが、外へ廻って行かなくてはならないから、一足先きへ御免を蒙ります」との事であった。

時刻と集合の場所とを聞いて置いた僕は、丁度外に用事もないので、まあ、どんな事をするか行って見ようと云う位の好奇心を出して、約束の三時半頃に、柳橋の船宿へ行って見た。天気はまだ少し蒸暑いが、余り強くない南風が吹いていて、凌ぎ好かった。船宿は今は取り払われた河岸で、丁度亀清の向側になっていた。多分増田屋であったかと思う。

こう云う日に目貫の位置にある船宿一軒を借切りにしたものと見えて、しかもその家は近所の雑沓よりも雑沓している。階上階下とも、どの部屋にも客が一ぱい詰め掛けている。僕は人の案内するままに二階へ升って、一間を見渡したが、どれもどれも知らぬ顔の男ばかりの中に、鬚の白い依田学海さんが、紺絣の銘撰の着流しに、薄羽織を引っ掛けて据わっていた。依田さんの前には、大層身綺麗にしている、少し太った青年が恭しげに据わって、話をしている。僕は依田さんに挨拶をして、少し隔たった所に割り込んだ。簾越しに川風が吹き込んで、人の込み合っている割に暑くはなかった。

僕は暫く依田さんと青年との対話を聞いているうちに、その青年が壮士俳優だと云うことを知った。俳優は依田さんの意を迎えて、「なんでもこれからの俳優は書見をいたさなくてはなりません」などと云っている。そしてそう云っている態度と、読書と云うものとが、この上もない不調和に思われるので、僕はおせっかいながら、傍で聞いていて微笑せざることを得なかった。同時に僕には書見と云う詞が、極めて滑稽な記憶を呼び醒した。それは昔どこやらで旧俳優のした世話物を見た中に、色若衆のような役をしている役者が、「どれ、書見をいたそうか」と云って、見台を引き寄せた事であった。その若衆のしなんでもそこへなまめいた娘が薄茶か何か持って出ることになっていた。その若衆のしらじらしい、どうしても本の読めそうにない態度が、書見と云う和製の漢語にひどく好く適合していたが、この滑稽を舞台の外で、今繰り返して見せられたように、僕は思ったのである。

そのうち僕はこう云う事に気が附いた。しらじらしいのは依田さんに対する壮士俳優の話ばかりではない。この二階に集まった大勢の人は、一体に詞少なで、それがたまたま何か言うと、皆しらじらしい。同一の人が同一の場所へ請待した客でありながら、乗合馬車や渡船の中で落ち合った人と同じで、一人一人の間になんの共通点もない。ここかしこで互に何か言うのは、時候の挨拶位に過ぎない。ぜんまいの戻った時計を振ると、セコンドがちょっと動き出して、すぐにまた止まるように、こんな会話は長くは持たない。忽ち元の沈黙に返ってしまうのである。

僕は依田さんに何か言おうかと思ったが、どうもやはりしらじらしい事しきゃ思い附かないので、言い出さずにしまった。そしてそこ等の人の顔を眺めていた。どの客もてんでに勝手な事を考えているらしい。百物語と云うものに呼ばれては来たものの、その百物語は過ぎ去った世の遺物である。遺物だと云っても、物はもう亡くなって、ただ空き名が残っているに過ぎない。客観的には元から幽霊は幽霊であったのだが、昔それに無い内容を嘘き入れて、有りそうにした主観までが、今は消え失せてしまっている。怪談だの百物語だのと云うものの全体が、イブセンの所謂幽霊になってしまっている。それだから人を引き附ける力がない。客がてんでに勝手な事を考えるのを妨げる力がない。

人も我もぼんやりしている処へ、世話人らしい男が来て、舟へ案内した。この船宿の桟橋ばかりに屋根船が五六艘着いている。それへ階上階下から人が出て乗り込む。中には友禅の赤い袖がちら附いて、「一しょに乗りたいわよ、こっちへお出よ」と友を誘うお酌の甲走った声がする。しかし客は大抵男ばかりで、女は余り交っていないらしい。皆乗り込んでしまうまで、僕は主人の飾磨屋がどこにいるか知らずにしまった。また君にも逢わなかった。

船宿の二階は、戸は開け放してあっても、一ぱいに押し込んだ客の人いきれがしていたが、舟を漕ぎ出すと、すぐ極好い心持に涼しくなった。まだ花火を見る舟は出ないので、川面は存外込み合っていない。僕の乗った舟を漕いでいる四十恰好の船頭は、手垢によごれた根附の牙彫のような顔に、極めて真面目な表情を見せて、器械的に手足を動かして艫を操っている。飾磨屋の事だから、定めて祝儀もはずむのだろうに、嬉しそうには見えない。「勝手な馬鹿をするが好い。己は舟さえ漕いでいれば済むのだ」とでも云いたそうである。

僕は薄縁の上に胡坐を掻いて、麦藁帽子を脱いで、ハンケチを出して額の汗を拭きながら、舟の中の人の顔を見渡した。船宿を出て舟に乗るまでに、外の座敷の客が交ったと見えて、さっき見なかった顔が大ぶある。依田さんは別の舟に乗ったと見えて、とう知った顔が一人もなくなった。そしてその知らない、幾つかの顔が、やはり二階で見た時のように、ぼんやりして、てんでに勝手な事を考えているらしい。

舟には酒肴が出してあったが、一々どの舟へも、主人側のものを配ると云うような、細かい計画はしてなかったのか、世話を焼いて杯を侑めるものもない。こう云う時の習として、最初は一同遠慮をして酒肴に手を出さずに、ただ睨み合っていた。そのうち結城紬の単物に、縞絽の羽織を着た、五十恰好の赤ら顔の男が、「どうです、皆さん、切角出してあるものですから」と云って、杯を手に取ると、方々から手が出て、杯を取る。

割箸を取る。盛んに飲食が始まった。しかし話はやはり時候の挨拶位のものである。「どうです。こう天気続きでは、米が出来ますでしょうなあ。」「さようさ。また米が安過ぎて不景気と云うような事になるでしょう。」「そいつあ愜いませんぜ。鶴亀鶴亀。」こんな対話である。

僕のいる所からは、すぐ前を漕いで行く舟の艫の方が見える。そこにはお酌が二人乗っている。傍に頭を五分刈にして、織地のままの繭紬の陰紋附に袴を穿いて、羽織を着ないでいる、能役者のような男がいて、何やら言ってお酌を揶揄うらしく、きゃっきゃと云わせている。

舟は西河岸の方に倚って上って行くので、廐橋手前までは、お蔵の水門の外を通る度に、さして来る潮に淀む水の面に、藁やら、鉋屑やら、傘の骨やら、お丸のこわれたのやらが浮いていて、その間に何事にも頓着せぬと云う風をして、鷗が波に揺られていた。諏訪町河岸のあたりから、舟が少し中流に出た。吾妻橋の上には、人が大ぶ立ち止まって川を見卸していたが、その中に書生がいて、丁度僕の乗っている舟の通る時、大声に「馬鹿」とどなった。

舟の着いたのは、木母寺辺であったかと思う。生憎風がぱったり歇んでいて、岸に生えている葦の葉が少しも動かない。向河岸の方を見ると、水蒸気に飽いた、灰色の空気が、橋場の人家の輪廓をぼかしていた。土手下から水際まで、狭い一本道の附いている処へ、かわるがわる舟を寄せて、先ず履物を陸へ揚げた。どの舟もどの舟も、載せられるだけ大勢の人を載せて来たので、お酌の小さい雪踏（せった）なぞは見附かっても、客の多数の穿（は）いて来た、世間並の駒下駄（こまげた）は、鑑定が容易に附かない。真面目な人が跣足（はだし）で下りて、あれかこれかと捜しているうちに、無頓着な人は好い加減なのを穿いて行く。中には横着（おうじゃく）で新しそうなのを選（よ）って穿く人もある。僕はしかたがないからなるべく跡まで待っていて、残った下駄を穿いたところが、歯の斜（なな）めに踏み耗（へ）らされた、随分歩きにくい下駄であった。後に聞けば、飾磨屋が履物の間違った話を聞いて、客一同に新しい駒下駄を贈ったが、僕なんぞには不躾（ぶしつけ）だと云う遠慮から、この贈物をしなかったそうである。

定めて最初に着いた舟に世話人がいて案内をしたのだろう。一艘の舟が附くと、その一艘の人が、下駄を捜したりなんかして、まだ行ってしまわないうちに、もう次の舟の人が上陸する。そして狭い道を土手へ上がって、土手の内の田圃（たんぼ）を、寺島村の誰やらの別荘をさして行く。その客の群は切れたり続いたりはするが、切れた時でも前の人の後影を後の人が見失うようなことはない。僕も歯の歪（ゆが）んだ下駄を引き摩（ず）りながら、田の畔（くろ）や生垣の間の道を歩いて、とうとう目的地に到着した。

ここまで来る道で、幾らも見たような、小さい屋敷である。高い生垣を繞（めぐ）らして、冠木門（かぶきもん）が立ててある。それを這入（はい）ると、向うに煤（すす）けたような古家の玄関が見えているが、そこまで行く間が、左右を外囲（そとがこい）よりずっと低いかなめ垣で為切（しき）った道になっていて、長方形の花崗石が飛び飛びに敷いてある。僕に背中を見せて歩いていた、偶然の先導者はもう無事に玄関近くまで行っている頃、門と、玄関との中程で、左側のかなめ垣がとぎれている間から、お酌が二人手を引き合って、「こわかったわねえ」と、首を縮めて囁き合いながら出て来た。僕は「何があるのだい」と云ったが、二人は同時に僕の顔を不遠慮に見て、なんだ、知りもしない奴のくせにとでも云いたそうな、極く愛相のない表情をして、玄関の方へ行ってしまった。僕はふいと馬鹿げた事を考えた。昔の名君は一顰一笑を惜んだそうだが、こいつ等はもう只で笑わないだけの修行をしているなと思ったのである。そんな事を考えながら、格別今女の子のこわがった物の正体を確めたいと云う熱心もなく、垣のとぎれた所から、ちょっと横に這入って見た。

そこには少し引っ込んだ所に、不断は植木鉢や箒でも入れてありそうな、小さい物置があった。もう物蔭は少し薄暗くなっていて、物置の奥がはっきり見えないのを、覗き込むようにして見ると、髪を長く垂れた、等身大の幽霊の首に白い着物を着せたのが、萱か何かを束ねて立てた上に覗かせてあった。その頃まで寄席に出る怪談師が、明りを消してから、客の間を持ち廻って見せることになっていた、出来合の幽霊である。百物語のアワン・グウ(4)はこんな物かと、やや馬鹿にせられたような気がして、僕は引き返した。

玄関に上がる時に見ると、上がってすぐ突き当る三畳には、男が二人立って何か忙がしそうに囁き合っていた。「どうしやがったのだなあ。」「それだからおいらが蠟燭は舟で来る人なんぞに持せて来ては行けないと云ったのだ。差当り燭台に立ててあるのしきゃないのだから」と云うような事を言っている。楽屋の方の世話も焼いている人達であろう。二人は僕の立っているのには構わずに、奥に這入ってしまう。入り替って、一人の男が覗いて見て、黙ってまた引っ込んでしまう。

僕はどうしようかと思って、暫く立ち竦んでいたが、右の方の唐紙が明いている、その先きに人声がするので、その方へ行って見た。そこは十四畳ばかりの座敷で、南側は古風に刈り込んだ松の木があったり、雪見燈籠があったり、泉水があったりする庭を見晴している。この座敷にもう二十人以上の客が詰め掛けている。やはり船宿や舟の中と同じ様に、余り話はずんでいない。どの顔を見ても、物を期待しているとか、好奇心を持っているとか云うような、緊張した表情をしているものはない。

丁度僕が這入った時、入口に近い所にいる、髯の長い、紗の道行触を着た中爺いさんが、「ひどい蚊ですなあ」と云うと、隣の若い男が、「なに藪蚊ですから、明りを附ける頃にはいなくなってしまいます」と云うその声が耳馴れているので、顔を見れば、蔀君であった。蔀君も同時に僕の顔を見附けた。

「やあ。お出なさいましたか。まだ飾磨屋さんを御存じないのでしたね。一寸御紹介をしましょう。」

こう云って蔀君は先きに立って、「御免なさい、御免なさい」を繰り返しながら、平手で人を分けるようにして、入口と反対の側の、格子窓のある方へ行く。僕は黙って跡に附いて行った。

蔀君のさして行く格子窓の下の所には、外の客と様子の変った男がいる。しかも随分込み合っている座敷なのに、その人の周囲は空席になっているので、僕は入口に立っていた時、もうそれが目に附いたのであった。年は三十位ででもあろうか。色の蒼い、長い顔で、髪は刈ってから大ぶ日が立っているらしい。地味な縞の、鈍い、薄青い色の勝った何やらの単物に袴を着けて、少し前屈みになって据わっている。徹夜をした人の目のように、軽い充血の痕の見えている目は、余り周囲の物を見ようともせずに、大抵直前の方向を凝視している。この男の傍には、少し背後へ下がって、一人の女が附き添っている。これも支度が極地味な好みで、その頃流行った紋織お召の単物も、帯も、帯止も、ひたすら目立たないようにと心掛けているらしく、薄い鼠が根調をなしていて、二十になるかならぬ女の装飾としては、ほとんど異様に思われる程である。中肉中背で、可哀らしい円顔をしている。銀杏返しに結って、体中で外にない赤い色をしている六分珠の金釵を挿した、たっぷりある髪の、鬢のおくれ毛が、俯向いている片頬に掛かっている。好い女ではあるが、どこと云って鋭い、際立った線もなく、凄いような処もない。僕は一寸見た時から、この男の傍にこの女のいるのを、ただ何となく病人に看護婦が附いているように感じたのである。

蔀君が僕をこの男の前に連れて行って、僕の名を言うと、この男は僕を一寸見て、黙って丁寧に辞儀をしただけであった。蔀君はそこらにいた誰やらと話をし出したので、僕はひとり縁側の方へ出て、いつの間にか薄い雲の掛かった、暮方の空を見ながら、今見た飾磨屋と云う人の事を考えた。

今紀文だと評判せられて、あらゆる豪遊をすることが、新聞の三面に出るようになってからもう大ぶ久しくなる。きょうの百物語の催しなんぞでからが、いかにも思い切って奇抜な、時代の風尚にも、社会の状態にも頓着しない、大胆な所作だと云わなくてはなるまい。

原来百物語に人を呼んで、どんな事をするだろうかと云う、僕の好奇心には、そう云う事をする男は、どんな男だろうかと云う好奇心も多少手伝っていたのである。僕は慥かに空想で飾磨屋と云う男を画き出していたには違いないが、そんならどんな風をしている男だと想像していたかと云うと、僕もそれをはっきりとは言うことが出来ない。しかし不遠慮に言えば、百物語の催主が気違染みた人物であったなら、どっちかと云えば、必ず躁狂に近い間違方だろうとだけは思っていた。今実際に見たような沈鬱な人物であろうとは、決して思っていなかった。この時よりずっと後になって、僕はゴリキイのフォマ・ゴルジエフを読んだが、もしきょうあのフォマのように、飾磨屋が客を攫まえて、隅田川へ投げ込んだって、僕は今見たその風采ほど意外には思わなかったかも知れない。

飾磨屋は一体どう云う男だろう。錯雑した家族的関係やなんかが、新聞に出たこともあり、友達の噂話で耳に入ったこともあったが、僕はそんな事に興味を感じないので、格別心に留めずにしまった。しかしこの人が何かの原因から煩悶した人、もしくは今している人だと云うことは疑がないらしい。大抵の人は煩悶して焼けになって、豪遊をするとなると、きっと強烈な官能的な受用を求めて、それに依って意識をぼかしていようとするものである。そう云う人は躁狂に近い態度にならなくてはならない。飾磨屋はどうもそれとは違うようだ。一体あの沈鬱なような態度は何に根ざしているだろう。あの目の血走っているのも、事によったら酒と色とに夜を更かしたためではなくて、深い物思に夜を穏に眠ることの出来なかったためではあるまいか。強いて推察して見れば、この百物語の催しなんぞも、主人は馬鹿げた事だと云うことを飽くまで知り抜いていて、そこへ寄って来る客の、あるいは酒食を貪る念に駆られて来たり、あるいはまた迷信の霧に理性を鎖されていて、こわい物見たさの穉い好奇心に動かされて来たりするのを、あの血糸の通っている、マリショオな(5)、デモニックな(6)ようにも見れば見られる目で、冷かに見ているのではあるまいか。こんな想像が一時浮んで消えた跡でも、僕は考えれば考えるほど、飾磨屋と云う男が面白い研究の対象になるように感じた。

僕はこう云う風に、飾磨屋と云う男の事を考えると同時に、どうもこの男に附いている女の事を考えずにはいられなかった。

飾磨屋の馴染は太郎だと云うことは、もう全国に知れ渡っている。しかしそれよりも深く人心に銘記せられているのは、太郎が東京で最も美しい芸者だと云う事であった。尾崎紅葉君が頬杖を衝いた写真を写した時、太郎の真似をしたのだと、みんなが云ったほど、太郎の写真は世間に広まっていたのである。その紅葉君で思い出したが、僕はこの芸者をきょう始て見たのではない。

この時より二年程前かと思う。湖月に宴会があって行って見ると、紅葉君はじめ、硯友社の人達が、客の中で最多数を占めていた。床の間に梅と水仙の生けてある頃の寒い夜が、もう大ぶ更けていて、紅葉君は火鉢の傍へ、肘枕をして寐てしまった。尤も紅葉君は折々狸寐入をする人であったから、本当に寐ていたかどうだか知らない。僕はふいと床の間の方を見ると、一座は大抵縞物を着ているのに、黒羽二重の紋付と云う異様な出立をした長田秋濤君が床柱に倚り掛かって、下太りの血色の好い顔をして、自分の前に据わっている若い芸者と話をしていた。その芸者は少し体を屈めて据わって、沈んだ調子の静かな声で、ただの娘らしい話振をしていたが、島田に結った髪の毛や、頬のふっくりした顔が、いかにも可哀らしいので、僕が傍の人に名を聞いて見たら、「君まだ太郎を知らないのですか」と、その人がさも驚いたような返事をした。

太郎が芸者らしくないと云う感じは、その時から僕にはあったのだが、きょう見れば大ぶ変っている。それでもやはり芸者らしくはない。先きの無邪気な、娘らしい処はもうなくなって、その時つつましい中にも終始見せていた笑顔が、今はめったに見られそうにもなくなっている。一体あんなに飽くまで身綺麗にして、巧者に着物を着こなしているのに、なぜ芸者らしく見えないのだろう。そんならあの姿が意気な奥様らしいと云おうか。それも適当ではない。どうも僕にはやはりさっき這入った時の第一の印象が附き纏っていてならない。それはふと見て病人と看護婦のようだと思った、あの刹那の印象である。

僕がぼんやりして縁側に立っている間に、背後の座敷には燭台が運ばれた。まだ電燈の無い時代で、瓦斯も寺島村には引いてなかったが、わざわざランプを廃めて蠟燭にしたのは、今宵の特別な趣向であったのだろう。

燭台が並んだと思うと、跡から大きな盥が運ばれた。中には鮓が盛ってある。道行触のおじさんが、「いや、これは御趣向」と云うと、傍にいた若い男が「湯灌の盥と云う心持ですね」と注釈を加えた。すぐに跡から小形の手桶に柄杓を投げ入れたのを持って出た。手桶からは湯気が立っている。先っきの若い男が「や、閼伽桶」と叫んだ。所謂閼伽桶の中には、番茶が麻の嚢に入れて漬けてあったのである。

この時玄関で見掛けた、世話人らしい男の一人が、座敷の真ん中に据わって「一寸皆様に申し上げます」と冒頭を置いて、口上めいた挨拶をした。段々準備が手おくれになって済まないが、並の飯の方を好む人は、もう折詰の支度もしてあるから、別間の方へ来て貰いたいと云う事であった。一同鮓を食って茶を飲んだ。僕には蔀君が半紙に取り分けて、持って来てくれたので、僕は敷居の上にしゃがんで食った。「お茶も今上げます。盥も手桶も皆新しいのです」と蔀君は言いわけをするように云って置いて、茶を取りに立った。しかしそんな言いわけらしい事を聞かなくても、僕は飲食物の入物の形を気にする程、細かく尖った神経を持ってはいないのであった。

僕が主人夫婦、いや、夫婦にはまだなっていなかった、いやいや、やはり夫婦と云いたい、主人夫婦から目を離していたのは、座敷に背を向けて、暮れて行く庭の方を見ながら、物を考えていた間だけであった。座敷を見ている間は、僕はどうしても二人から目を離すことが出来なかった。客が皆飲食をしても、二人は動かずにじっとしている。袴の襞を崩さずに、前屈みになって据わったまま、主人は誰に話をするでもなく、正面を向いて目を据えている。太郎は傍に引き添って、退屈らしい顔もせず、何があっても笑いもせずに、おりおり主人の顔を横から覗いて、機嫌を窺うようにしている。

僕は障子のはずしてある柱に背を倚せ掛けて、敷居の上にしゃがんで、海苔巻の鮓を頬張りながら、外を見ている振をして、実は絶えず飾磨屋の様子を見ている。一体僕は稟賦と習慣との種々な関係から、どこに出ても傍観者になり勝である。西洋にいた時、一頃大そう心易く附き合った爺いさんの学者があった。その人は不治の病を持っているので、生涯無妻で暮した人である。その位だから舞踏なんぞをしたことはない。ある時舞踏の話が出て、傍の一人が僕に舞踏の社交上必要なわけを説明して、是非稽古をしろと云うと、今一人が舞踏を未開時代の遺俗だとしての観察から、可笑しいアネクドオト[7]交りに舞踏の弊害を列べ立てて攻撃をした。その時爺いさんは黙って聞いてしまって、さてこう云った。「わたくしは御存じの体ですから、舞踏なんぞをしたことはありません。自分の出来ない舞踏を、人のしているのを見ます度に、なんだかそれをしている人が人間ではないような、神のような心持がして、ただ目を睜って視ているばかりでございますよ」と云った。爺いさんのこう云う時、顔には微笑の淡い影が浮んでいたが、それが決して冷刻な嘲の微笑ではなかった。僕は生れながらの傍観者と云うことについて、深く、深く考えて見た。僕には不治の病はない。僕は生れながらの傍観者である。子供に交って遊んだ初から大人になって社交上尊卑種々の集会に出て行くようになった後まで、どんなに感興の涌き立った時も、僕はその渦巻に身を投じて、心から楽んだことがない。僕は人生の活劇の舞台にいたことはあっても、役らしい役をしたことがない。高がスタチスト[8]なのである。さて舞台に上らない時は、魚が水に住むように、傍観者が傍観者の境に安んじているのだから、僕はその時尤もその所を得ているのである。そう云う心持になっていて、今飾磨屋と云う男を見ているうちに、僕はなんだか他郷で故人に逢うような心持がして来た。傍観者が傍観者を認めたような心持がして来た。

僕は飾磨屋の前生涯を知らない。あの男が少壮にして鉅万の富を譲り受けた時、どう云う志望を懐いていたか、どう云う活動を試みたか、それは僕に語る人がなかった。しかし彼が芸人附合を盛んにし出して、今紀文と云われるようになってから、もうよほどの年月が立っている。察するに飾磨屋は僕のような、生れながらの傍観者ではなかっただろう。それが今は慥かに傍観者になっている。しかしどうしてなったのだろうか。よもや西洋で僕の師友にしていた学者のような、オルガニック(9)な欠陥が出来たのではあるまい。そうして見れば飾磨屋は、どうかした場合に、どうかした無形の創痍を受けてそれが癒えずにいるために、傍観者になったのではあるまいか。

もしそうだとすると、その飾磨屋がどうして今宵のような催しをするのだろう。世間にはもう飾磨屋の破産を云々するものもある。豪遊の名を一時に擅にしてから、もう大ぶ久しくなるのだから、内証はあるいはそうなっているかも知れない。それでいて、こんな催しをするのは、彼が忽ち富豪の主人になって、人を凌ぎ世に傲った前生活の惰力ではあるまいか。その惰力に任せて、彼は依然こんな事をして、丁度創作家が同時に批評家の眼で自分の作品を見る様に、過ぎ去った栄華のなごりを、現在の傍観者の態度で見ているのではあるまいか。

僕の考はまた一転して太郎の上に及んだ。あれは一体どんな女だろう。破産の噂が、ほとんど別な世界に栖息していると云って好い僕なんぞの耳に這入る位であるから、怜悧らしいあの女がそれに気が附かずにいるはずはない。なぜ死期の近い病人の体を蝨が離れるように、あの女は離れないだろう。それに今の飾磨屋の性質はどうだ。傍観者ではないか。傍観者は女の好んで択ぶ相手ではない。なぜと云うに、生活だの生活の喜だのと云うものは、傍観者の傍では求められないからである。そんなら一体どうしたと云うのだろう。僕の頭には、また病人と看護婦と云う印象が浮んで来た。女の生涯に取って、報酬を予期しない看護婦になると云うこと、しかもその看護を自己の生活の唯一の内容としていると云うこと程、大いなる犠牲はまたとあるまい。それも夫婦の義務の鎖に繋がれていてする、イブセンの謂う幽霊に祟られていてすると云うなら、別問題であろう。この場合にはそれはない。また恋愛の欲望の鞭でむちうたれていてすると云うなら、それも別問題であろう。この場合に果してそれがあろうか、少くも疑を挟む余地がある。そうして見ると、財産でもなく、生活の喜でもなく、義務でもなく、恋愛でもないとして考えて、僕はあの女の捧げる犠牲のいよいよ大きくなるのに驚かずにはいられなかったのである。

僕はこんな事を考えて、鮓を食ってしまった跡に、生姜のへがしたのが残っている半紙を手に持ったまま、ぼんやりしてやはり二人の方を見ていた。その時一人の世話人らしい男が、飾磨屋の傍へ来て何か囁くと、これまでほとんど人形のように動かずにいた飾磨屋が、つと起って奥に這入った。太郎もその跡に引き添って這入った。

暫くすると蔀君が僕のいる所へ来て、縁側にしゃがんで云った。「今あっちの座敷で弁当を上がっていなすった依田先生が、もう怪談はお預けにして置いて帰ると云われたので、飾磨屋さんは見送りに立ったのです。もう暑くはありませんから、これから障子を立てさせて、狭くても皆さんにここへ集まって貰って、怪談を始めさせるのだそうです」と云った。僕はさっき飾磨屋を始て見たとき、あの沈鬱なような表情に気を附け、それからこの男の瞬きもせずに、じっとして据わっているのを、やや久しく見て、終始なんだか人を馬鹿にしているのではないかというような感じを心の底に持っていた。この感じが鋭くなって、一刹那あの目をデモニックだとさえ思ったのである。そうであるのに、この感じが、今依田さんを送りに立ったと云うだけの事を、蔀君の話に聞いて、なんとなく少し和(やわら)げられた。僕は蔀君には、ただ自分もそろそろ帰ろうかと思っていると云うことを告げた。僕は最初に、百物語だと云って、どんな事をするだろうかと思った好奇心も、催主の飾磨屋がどんな人物だろうかと思った好奇心も、今は大抵満足させられてしまって、この上雇われた話家の口から、古い怪談を聞こうと云う希望は少しも無くなっていたからである。蔀君は留めようともしなかった。

改まって主人に暇乞(いとまごい)をしなくてはならないような席でもなし、集まった客の中には、外に知人もなかったのを幸に、僕は黙って起って、舟から出るとき取り換えられた、歯の斜に耗(へ)らされた古下駄を穿いて、ぶらりとこの怪物(ばけもの)屋敷を出た。少し目の慣れるまで、歩き艱んだ夕闇の田圃道には、道端の草の蔭で蚟が微かに鳴き出していた。

＊　　＊　　＊

二三日立ってから蔀君に逢ったので、「あれからどうしました」と僕が聞いたら、蔀君がこう云った。「あなたのお帰りになったのは、丁度好い引上時でしたよ。暫く談を聞いているうちに、飾磨屋さんがいなくなったので聞いて見ると、太郎を連れて二階へ上がって、蚊屋を吊らせて寐たと云うじゃありませんか。失礼な事をしても構わないと云うような人ではないのですが、無頓着なので、そんな事をするのですね」と云った。

傍観者と云うものは、やはり多少人を馬鹿にしているに極まっていはしないかと僕は思った。

（1）accenturr（仏）目立たせる。強調する。（2）faakir（仏）イスラム教の托鉢僧。（3）Allah, Allah（アラビア語）イスラム教の神。（4）avant-gout（仏）前兆。（5）malicieux（仏）意地の悪い。（6）demonic（英）悪魔的。（7）anecdote（仏）、Anekdote（独）小話。逸話。（8）Statist（独）端役。（9）organique（仏）、organic（英）器官の。

秘密

谷崎潤一郎

■谷崎潤一郎　たにざきじゅんいちろう　明治一九年（一八八六）～昭和四〇年（一九六五）

東京生れ。東大国文科在学中より創作を開始。「刺青」「少年」（明四三）などを発表。永井荷風に絶賛され、文壇デビュー。関東大震災を契機に関西へ移住してからは「痴人の愛」（大一四）を最後に悪魔主義的、耽美派的な作風を一変して、純日本的なものへ傾倒していった。「卍」（昭五）、「吉野葛」（昭六）、「蘆刈」（昭七）、「春琴抄」（昭八）、「細雪」（昭二三）、「鍵」（昭三一）、「瘋癲老人日記」（昭三七）など旺盛な創作力で次々と作品を生み出した。「秘密」は明治四四年「中央公論」に発表された。

其の頃私は或る気紛れな考から、今迄自分の身のまはりを裹んで居た賑やかな雰囲気を遠ざかつて、いろ／＼の関係で交際を続けて居た男や女の圏内から、ひそかに逃れ出ようと思ひ、方々と適当な隠れ家を捜し求めた揚句、浅草の松葉町辺に真言宗の寺のあるのを見附けて、やう／＼其処の庫裡の一と間を借り受けることになつた。

新堀の溝へついて、菊屋橋から門跡の裏手を真つ直ぐに行つたところ、十二階の下の方の、うるさく入り組んだ Obscure な町の中に其の寺はあつた。ごみ溜めの箱を覆した如く、彼の辺一帯にひろがつて居る貧民窟の片側に、黄橙色の土塀の壁が長く続いて、如何にも落ち着いた、重々しい寂しい感じを与へる構へであつた。

私は最初から、渋谷だの大久保だのと云ふ郊外へ隠遁するよりも、却つて市内の何処かに人の心附かない、不思議なさびれた所があるであらうと思つてゐた。丁度瀬の早い渓川のところ／＼に、澱んだ淵が出来るやうに、下町の雑沓する巷と巷の間に挟まりながら、極めて特殊の場合か、特殊の人でもなければめつたに通行しないやうな閑静な一郭が、なければなるまいと思つてゐた。

同時に又こんな事も考へて見た。――北海道から九州までも歩いて来た。けれども未だ此己は随分旅行好きで、京都、仙台、北海道から九州までも歩いて来た。けれども未だ此の東京の町の中に、人形町で生れて二十年来永住してゐる東京の町の中に、一度も足を踏み入れた事のないと云ふ通りが、屹度あるに違ひない。いや、思つたより沢山あるに違ひない。

さうして大都会の下町に、蜂の巣の如く交錯してゐる大小無数の街路のうち、私が通つた事のある所と、ない所では、孰方が多いかちよいと判らなくなつて来た。

何でも十一二歳の頃であつたらう。父と一緒に深川の八幡様へ行つた時、

「これから渡しを渡つて、冬木の米市で名代のそばを御馳走してやるかな。」

かう云つて、父は私を境内の社殿の後の方へ連れて行つた事がある。其処には小網町や小舟町辺の堀割と全く趣の違つた、幅の狭い、岸の低い、水の一杯にふくれ上つてゐる川が、細かく建て込んでゐる両岸の家々の、軒と軒とを押し分けるやうに、どんよりと物憂く流れて居た。小さな渡し船は、川幅よりも長さうな荷足りや伝馬が、幾艘も縦に列んでゐる間を縫ひながら、二た竿三竿ばかりちよろ〳〵と水底を衝いて往復して居た。私は其の時まで、たび〳〵八幡様へお参りをしたが、未だ嘗て境内の裏手がどんなになつてゐるか考へて見たことはなかつた。いつも正面の鳥居の方から社殿を拝むだけで、恐らくパノラマの絵のやうに、表ばかりで裏のない、行き止まりの景色のやうに自然と

考へてゐたのであらう。現在眼の前にこんな川や渡し場が見えて、其の先に広い地面が果てしもなく続いてゐる謎のやうな光景を見ると、何となく京都や大阪よりももつと東京をかけ離れた、夢の中で屢〻出逢ふことのある世界の如く思はれた。

それから私は、浅草の観音堂の真うしろにはどんな町があつたか想像して見たが、仲店の通りから宏大な朱塗りのお堂の甍(いらか)を望んだ時の有様ばかりが明瞭に描かれ、其の外の点はとんと頭に浮かばなかつた。だん／＼大人になつて、世間が広くなるに随ひ、知人の家を訪ねたり、花見遊山(ゆさん)に出かけたり、東京市中は隈なく歩いたやうであるが、いまだに子供の時分経験したやうな不思議な別世界へ、ハタリと行き逢ふことがたび／＼あつた。

さう云ふ別世界こそ、身を匿すには究竟(くつきよう)であらうと思つて、此処彼処といろ／＼に捜し求めて見れば見る程、今迄通つた事のない区域が到る処に発見された。浅草橋と和泉橋は幾度も渡つて置きながら、其の間にある左衛門橋を渡つたことがない。二長町の市村座へ行くのには、いつも電車通りからそばやの角を右へ曲つたが、あの芝居の前を真つ直ぐに柳盛座の方へ出る二三町ばかりの地面は、一度も踏んだ覚えはなかつた。昔の永代橋の右岸の袂から、左の方の河岸(かし)はどんな工合になつて居たか、どうも好く判らなかつた。其の外八丁堀、越前堀、三味線堀、山谷堀の界隈には、まだ／＼知らない所が沢山あるらしかつた。

松葉町のお寺の近傍は、其のうちでも一番奇妙な町であつた。六区と吉原を鼻先に控へてちよいと横丁を一つ曲つた所に、淋しい、廃れたやうな区域を作つてゐるのが非常に私の気に入つて了つた。今迄自分の無二の親友であつた「派手な贅沢なさうして平凡な東京」と云ふ奴を置いてき堀にして、静かに其の騒擾を傍観しながら、こつそり身を隠して居られるのが、愉快でならなかつた。

隠遁をした目的は、別段勉強をする為めではない。其の頃私の神経は、刃の擦り切れたやすりのやうに、鋭敏な角々がすつかり鈍つて、余程色彩の濃い、あくどい物に出逢はなければ、何の感興も湧かなかつた。微細な感受性の働きを要求する一流の芸術だとか、一流の料理だとかを翫味するのが、不可能になつてゐた。下町の粋と云はれる茶屋の板前に感心して見たり、仁左衛門や鴈治郎の技巧を賞美したり、凡べて在り来たりの都会の歓楽を受け入れるには、あまり心が荒んでゐた。惰力の為めに面白くもない懶惰な生活を、毎日々々繰り返して居るのが、堪へられなくなつて、全然旧套を擺脱した、物好きな、アーティフィシヤルな、Mode of life を見出して見たかつたのである。

普通の刺戟に馴れて了つた神経を顫ひ戦かすやうな、何か不思議な、奇怪な事はないであらうか。現実をかけ離れた野蛮な荒唐な夢幻的な空気の中に、棲息することは出来ないであらうか。かう思つて私の魂は遠くバビロンやアッシリヤの古代の伝説の世界にさ迷つたり、コナンドイルや涙香の探偵小説を想像したり、光線の熾烈な熱帯地方の焦土と緑野を恋ひ慕つたり、腕白な少年時代のエクセントリツクな悪戯に憧れたりした。賑かな世間から不意に韜晦して、行動を唯徒らに秘密にして見るだけでも、すでに一種のミステリアスな、ロマンチツクな色彩を自分の生活に賦与することが出来ると思つた。私は秘密と云ふ物の面白さを、子供の時分からしみ〴〵と味はつて居た。かくれんぼ、宝さがし、お茶坊主のやうな遊戯――殊に、其れが闇の晩、うす暗い物置小屋や、観音開きの前などで行はれる時の面白味は、主として其の間に「秘密」と云ふ不思議な気分が潜んで居るせゐであつたに違ひない。

私はもう一度幼年時代の隠れん坊のやうな気持を経験して見たさに、わざと人の気の附かない下町の曖昧なところに身を隠したのであつた。其のお寺の宗旨が「秘密」とか、「禁厭」とか、「呪詛」とか云ふものに縁の深い真言宗であることも、私の好奇心を誘うて、妄想を育ませるには恰好であつた。部屋は新らしく建て増した庫裡の一部で、南を向いた八畳敷きの、日に焼けて少し茶色がゝつてゐる畳が、却つて見た眼には安らかな暖かい感じを与へた。昼過ぎになると和やかな秋の日が、幻燈の如くあか〳〵と縁側の障子に燃えて、室内は大きな雪洞のやうに明るかつた。

それから私は、今迄親しんで居た哲学や芸術に関する書類を一切戸棚へ片附けて了つて、魔術だの、催眠術だの、探偵小説だの、化学だの、解剖学だのゝ奇怪な説話と挿絵に富んでゐる書物を、さながら土用干の如く部屋中へ置き散らして、寝ころびながら、手あたり次第に繰りひろげては耽読した。其の中には、コナンドイルの The Sign of Four や、ドキンシイの Murder, Considered as one of the fine arts や、アラビアンナイトのやうなお伽噺から、仏蘭西の不思議な Sexuology の本なども交つて居た。

此処の住職が秘してゐた地獄極楽の図を始め、須弥山図だの涅槃像だの、いろ〳〵の古い仏画を強ひて懇望して、丁度学校の教員室に掛つてゐる地図のやうに、所嫌はず部屋の四壁へぶら下げて見た。床の間の香炉からは、始終紫色の香の煙が真つ直ぐに静かに立ち昇つて、明るい暖かい室内を焚きしめて居た。私は時々菊屋橋際の舗へ行つて白檀や沈香を買つて来てはそれを燻べた。

天気の好い日、きら〳〵とした真昼の光線が一杯に障子へあたる時の室内は、眼の醒めるやうな壮観を呈した。絢爛な色彩の古画の諸仏、羅漢、比丘、比丘尼、優婆塞、優婆夷、象、獅子、麒麟などが四壁の紙幅の内から、ゆたかな光の中に泳ぎ出す。畳の上に投げ出された無数の書物からは、惨殺、麻酔、麻薬、妖女、宗教――種々雑多の傀儡が、香の煙に溶け込んで、朦朧と立ち罩める中に、二畳ばかりの緋毛氈を敷き、どんよりとした蛮人のやうな瞳を据ゑて、寝ころんだ儘、私は毎日々々幻覚を胸に描いた。

夜の九時頃、寺の者が大概寝静まつて了ふとウヰスキーの角壜を呷つて酔ひを買つた後、勝手に縁側の雨戸を引き外し、墓地の生け垣を乗り越えて散歩に出かけた。成る可く人目にかゝらぬやうに毎晩服装を取り換へて公園の雑沓の中を潜つて歩いたり、古道具屋や古本屋の店先を漁り廻つたりした。頰冠りに唐桟の半纏を引つ掛け、綺麗に研いた素足へ爪紅をさして雪駄を穿くこともあつた。金縁の色眼鏡に二重廻しの襟を立てゝ出ることもあつた。着け髭、ほくろ、痣と、いろ〳〵に面体を換へるのを面白がつたが、或る晩、三味線堀の古着屋で、藍地に大小あられの小紋を散らした女物の袷が眼に附いてから、急にそれが着て見たくてたまらなくなつた。

一体私は衣服反物に対して、単に色合ひが好いとか柄が粋だとかいふ以外に、もつと深く鋭い愛着心を持つて居た。女物に限らず、凡べて美しい絹物を見たり、触れたりする時は、何となく顫ひ附きたくなつて、丁度恋人の肌の色を眺めるやうな快感の高潮に達することが屢〻であつた。殊に私の大好きなお召や縮緬を、世間憚らず、恣に着飾ることの出来る女の境遇を、嫉ましく思ふことさへあつた。

あの古着屋の店にだらりと生々しく下つて居る小紋縮緬の袷――あのしつとりした、重い冷たい布が粘つくやうに肉体を包む時の心好さを思ふと、私は思はず戦慄した。あの着物を着て、女の姿で往来をあるいて見たい。……かう思つて、私は一も二もなく其れを買ふ気になり、ついでに友禅の長襦袢や、黒縮緬の羽織迄も取りそろへた。

大柄の女が着たものと見えて、小男の私には寸法も打つてつけであつた。夜が更けてがらんとした寺中がひつそりした時分、私はひそかに鏡台に向つて化粧を始めた。黄色い生地の鼻柱へ先づベツトリと練りお白粉をなすり着けた瞬間の容貌は、少しグロテスクに見えたが、濃い白い粘液を平手で顔中へ万遍なく押し拡げると、思つたよりものりが好く、甘い匂ひのひや／＼とした露が、毛孔へ沁み入る皮膚のよろこびは、格別であつた。紅やとのこを塗るに随つて、石膏の如く唯徒らに真つ白であつた私の顔が、潑剌とした生色ある女の相に変つて行く面白さ。文士や画家の芸術よりも、俳優や芸者や一般の女が、日常自分の体の肉を材料として試みてゐる化粧の技巧の方が、遥かに興味の多いことを知つた。

長襦袢、半襟、腰巻、それからチユッチユッと鳴る紅絹裏の袂、——私の肉体は、凡べて普通の女の皮膚が味はふと同等の触感を与へられ、襟足から手頸まで白く塗つて、銀杏返しの鬘の上にお高祖頭巾を冠り、思ひ切つて往来の夜道へ紛れ込んで見た。

雨曇りのしたうす暗い晩であつた。千束町、清住町、龍泉寺町——あの辺一帯の溝の多い、淋しい街を暫くさまよつて見たが、交番の巡査も、通行人も、一向気が附かないやうであつた。甘皮を一枚張つたやうにぱさ／＼乾いてゐる顔の上を、夜風が冷やかに撫でゝ行く。口辺を蔽うて居る頭巾の布が、息の為めに熱く湿つて、歩くたびに長い縮緬の腰巻の裾は、じやれるやうに脚へ縺れる。みぞおちから肋骨の辺を堅く緊め附けてゐる丸帯と、骨盤の上を括つてゐる扱帯の加減で、私の体の血管には、自然と女のやうな血が流れ始め、男らしい気分や姿勢はだん／＼となくなつて行くやうであつた。

友禅の袖の蔭から、お白粉を塗つた手をつき出して見ると、強い頑丈な線が闇の中に消えて、白くふつくらと柔かに浮き出てゐる。私は自分で自分の手の美しさに惚れ〴〵とした。此のやうな美しい手を、実際に持つてゐる女と云ふ者が、羨ましく感じられた。芝居の弁天小僧のやうに、かう云ふ姿をして、さま〴〵の罪を犯したならば、どんなに面白いであらう。……探偵小説や、犯罪小説の読者を始終喜ばせる「秘密」「疑惑」の気分に髣髴とした心持で、私は次第に人通りの多い、公園の六区の方へ歩みを運んだ。さうして、殺人とか、強盗とか、何か非常な残忍な悪事を働いた人間のやうに、自分を思ひ込むことが出来た。

十二階の前から、池の汀について、オペラ館の四つ角へ出ると、イルミネーションとアーク燈の光が厚化粧をした私の顔にきら〴〵と照つて、着物の色合ひや縞目がはツきりと読める。常盤座の前へ来た時、突き当りの写真屋の玄関の大鏡へ、ぞろ〴〵雑沓する群集の中に交つて、立派に女と化け終せた私の姿が映つて居た。

こツてり塗り附けたお白粉の下に、「男」と云ふ秘密が悉く隠されて、眼つきも口つきも女のやうに動き、女のやうに笑はうとする。甘いへんなうの匂ひと、衣摺れの音を立て丶、私の前後を擦れ違ふ幾人の女の群も、皆私を同類と認めて訝しまない。さうして其の女達の中には、私の優雅な顔の作りと、古風な衣裳の好みとを、羨ましさうに見てゐる者もある。

いつも見馴れて居る公園の夜の騒擾も、「秘密」を持つて居る私の眼には、凡べてが新しかつた。何処へ行つても、何を見ても、始めて接する物のやうに、珍しく奇妙であつた。人間の瞳を欺き、電燈の光を欺いて、濃艶な脂粉とちりめんの衣裳の下に自分を潜ませながら、「秘密」の帷を一枚隔てゝ眺める為めに、恐らく平凡な現実が、夢のやうな不思議な色彩を施されるのであらう。

それから私は毎晩のやうに此の仮装をつゞけて、時とすると、宮戸座の立ち見や活動写真の見物の間へ、平気で割つて入るやうになつた。寺へ帰るのは十二時近くであつたが、座敷に上ると早速空気ランプをつけて、疲れた体の衣裳も解かず、毛氈の上へぐつたり嫌らしく寝崩れた儘、残り惜しさうに絢爛な着物の色を眺めたり、袖口をちやら〳〵と振つて見たりした。剝げかゝつたお白粉が肌理の粗いたるんだ頰の皮へ滲み着いて居るのを、鏡に映して凝視して居ると、廃頽した快感が古い葡萄酒の酔ひのやうに魂をそゝつた。地獄極楽の図を背景にして、けば〳〵しい長襦袢のまゝ、遊女の如くなよ〳〵と蒲団の上へ腹這つて、例の奇怪な書物のページを夜更くる迄繙すこともあつた。次第に扮装も巧くなり、大胆にもなつて、物好きな聯想を醸させる為めに、匕首だの麻酔薬だのを、帯の間へ挿んでは外出した。犯罪を行はずに、犯罪に附随して居る美しいロマンチツクの匂ひだけを、十分に嗅いで見たかつたのである。

さうして、一週間ばかり過ぎた或る晩の事、私は図らずも不思議な因縁から、もツと奇怪なもツと物好きな、さうしてもツと神秘な事件の端緒に出会した。

其の晩私は、いつもよりも多量にウヰスキーを呷つて、三友館の二階の貴賓席に上り込んで居た。何でももう十時近くであつたらう、恐ろしく混んでゐる場内は、霧のやうな濁つた空気に充たされて、黒く、もく〳〵とかたまつて蠢動(しゅんどう)してゐる群衆の生温かい人いきれが、顔のお白粉を腐らせるやうに漂つて居た。暗中にシヤキシヤキ軋(きし)みながら目まぐるしく展開して行く映画の光線の、グリグリと瞳を刺す度毎に、私の酔つた頭は破れるやうに痛んだ。時々映画が消えてぱツと電燈がつくと、渓底(たにそこ)から沸き上る雲のやうに、階下の群衆の頭の上を浮動して居る煙草の烟の間を透かして、私は真深いお高祖頭巾の蔭から、場内に溢れて居る人々の顔を見廻した。さうして私の旧式な頭巾の姿を珍しさうに窺つて居る男や、粋な着附けの色合ひを物欲しさうに盗み視てゐる女の多いのを、心ひそかに得意として居た。見物の女のうちで、いでたちの異様な点から、様子の婀娜(あだ)つぽい点から、乃至(ないし)器量の点からも、私ほど人の眼に着いた者はないらしかつた。

始めは誰も居なかつた筈の貴賓席の私の側の椅子が、いつの間に塞がつたのか能くは知らないが、二三度目に再び電燈がともされた時、私の左隣りに二人の男女が腰をかけて居るのに気が附いた。

女は二十二三と見えるが、其の実六七にもなるであらう。髪を三つ輪に結つて、総身をお召の空色のマントに包み、くツきりと水のしたゝるやうな鮮やかな美貌ばかりを、此れ見よがしに露はにして居る。芸者とも令嬢とも判断のつき兼ねる所はあるが、連れの紳士の態度から推して、堅儀の細君ではないらしい。

「…… Arrested at last. ……」

と、女は小声で、フィルムの上に現れた説明書を読み上げて、土耳古(トルコ)巻の M. C. C. の薫りの高い烟を私の顔に吹き附けながら、指に嵌(は)めて居る宝石よりも鋭く輝く大きい瞳を、闇の中できらりと私の方へ注いだ。

あでやかな姿に似合はぬ太棹(ふとざお)の師匠のやうな皺嗄れた声、――其の声は紛れもない、私が二三年前に上海(シャンハイ)へ旅行する航海の途中、ふとした事から汽船の中で暫く関係を結んで居たT女であつた。

女はその頃から、商売人とも素人とも区別のつかない素振りや服装を持つて居たやうに覚えて居る。船中に同伴して居た男と、今夜の男とはまるで風采も容貌も変つてゐるが、多分は此の二人の男の間を連結する無数の男が女の過去の生涯を鎖のやうに貫いて居るのであらう。兎も角其の婦人が、終始一人の男から他の男へと、胡蝶のやうに飛んで歩く種類の女であることは確かであつた。二年前に船で馴染みになつた時、二人はいろ〳〵の事情から本当の氏名も名乗り合はず、境遇も住所も知らせずにゐるうちに上海へ着いた。さうして私は自分に恋ひ憧れてゐる女を好い加減に欺き、こツそり跡をくらまして了つた。以来太平洋上の夢の中なる女とばかり思つて居た其の人の姿を、こんな処で見ようとは全く意外である。あの時分やゝ小太りに肥えて居た女は、神々しい迄に痩せて、すツきりとして、睫毛の長い潤味を持つた円い眼が、拭ふが如くに冴え返り、男を男とも思はぬやうな凛々しい権威さへ具へてゐる。触るゝものに紅の血が濁染むかと疑はれた生々しい唇と、耳朶の隠れさうな長い生え際ばかりは昔に変らないが、鼻は以前よりも少し嶮しい位に高く見えた。

女は果して私に気が附いて居るのであらうか。どうも判然と確かめることが出来なかつた。明りがつくと連れの男にひそ〳〵戯れて居る様子は、傍に居る私を普通の女と蔑んで、別段心にかけて居ないやうでもあつた。実際其の女の隣りに居ると、私は今迄得意であつた自分の扮装を卑しまない訳には行かなかつた。表情の自由な、如何にも生き〳〵とした妖女の魅力に気圧されて、技巧を尽した化粧も着附けも、醜く浅ましい化物のやうな気がした。女らしいと云ふ点からも、美しい器量からも、私は到底彼女の競争者ではなく、月の前の星のやうに果敢なく萎れて了ふのであつた。

朦々と立ち罩めた場内の汚れた空気の中に、曇りのない鮮明な輪郭をくツきりと浮かばせて、マントの蔭からしなやかな手をちら〳〵と、魚のやうに泳がせてゐるあでやかさ。男と対談する間にも時々夢のやうな瞳を上げて、天井を仰いだり、眉根を寄せて群衆を見下ろしたり、真つ白な歯並みを見せて微笑んだり、其の度毎に全く別趣の表情が、溢れんばかりに湛へられる。如何なる意味をも鮮かに表はし得る黒い大きい瞳は、場内の二つの宝石のやうに、遠い階下の隅からも認められる。顔面の凡べての道具が単に物を見たり、嗅いだり、聞いたり、語つたりする機関としては、あまりに余情に富み過ぎて、人間の顔と云ふよりも、男の心を誘惑する甘味ある餌食であつた。愚かにも、私は自分の人気をもう場内の視線は、一つも私の方に注がれて居なかつた。嘗ては自分が弄んで奪ひ去つた其の女の美貌に対して、嫉妬と忿怒を感じ始めた。恣に棄てゝしまつた女の容貌の魅力に、忽ち光を消されて踏み附けられて行く口惜しさ。事に依ると女は私を認めて居ながら、わざと皮肉な復讐をして居るのではないであらうか。

私は美貌を羨む嫉妬の情が、胸の中で次第々々に恋慕の情に変つて行くのを覚えた。女としての競争に敗れた私は、今一度男として彼女を征服して勝ち誇つてやりたい。かう思ふと、抑へ難い欲望に駆られてしなやかな女の体を、いきなりむづと鷲掴みにして、揺す振つて見たくもなつた。

君は予の誰なるかを知り給ふや。今夜久し振りに君を見て、予は再び君を恋し始めたり。今一度、予と握手し給ふお心はなきか。明晩も此の席に来て、予を待ち給ふお心はなきか。予は予の住所を何人にも告げ知らす事を好まねば、唯願はくは明日の今頃、此の席に来て予を待ち給へ。

闇に紛れて私は帯の間から半紙と鉛筆を取出し、こんな走り書きをしたものをひそかに女の袂へ投げ込んだ、さうして、又じツと先方の様子を窺つてゐた。

十一時頃、活動写真の終るまでは女は静かに見物してゐた。観客が総立ちになつてどや〳〵と場外へ崩れ出す混雑の際、女はもう一度、私の耳元で、

「……… Arrested at last. ………」

と囁きながら、前よりも、自信のある大胆な凝視を、私の顔に暫く注いで、やがて男と一緒に人ごみの中へ隠れてしまつた。

「……… Arrested at last. ………」

女はいつの間にか自分を見附け出して居たのだ。かう思つて私は竦然とした。

それにしても明日の晩、素直に来てくれるであらうか。大分昔よりは年功を経てゐるらしい相手の力量を測らずに、あのやうな真似をして、却つて弱点を握られはしまいか。いろ〳〵の不安と疑惧に挟まれながら私は寺へ帰つた。

いつものやうに上着を脱いで、長襦袢一枚にならうとする時、ぱらりと頭巾の裏から四角にたゝんだ小さい洋紙の切れが落ちた。

「Mr. S. K.」

と書き続けたインキの痕をすかして見ると、玉甲斐絹のやうに光つてゐる。正しく彼女の手であつた。見物中、一二度小用に立つたやうであつたが、早くも其の間に、返事をしたゝめて、人知れず私の襟元へさし込んだものと見える。

思ひがけなき所にて思ひがけなき君の姿を見申候。たとひ装ひを変へ給ふとも、三年

此のかた夢寐にも忘れぬ御面影を、いかで見逃し候べき。妾は始めより頭巾の女の君なる事を承知仕候。それにつけても相変らず物好きなる君にておはせしことの可笑しさよ。妾に会はんと仰せらるゝも多分は此の物好きのおん興じにやと心許なく存じ候へども、あまりの嬉しさに兎角の分別も出でず、唯仰せに従ひ明夜は必ず御待ち申す可く候。たゞし、妾に少々都合もあり、考へも有之候へば、九時より九時半までの間に雷門までお出で下されまじくや。其処にて当方より差し向けたるお迎ひの車夫が、必ず君を見つけ出して拙宅へ御案内致す可く候。君の御住所を秘し給ふと同様に、妾も今の在り家を御知らせ致さぬ所存にて、車上の君に眼隠しをしてお連れ申すやう取りはからはせ候間、右御許し下され度、若し此の一事を御承引下され候はずば、妾は永遠に君を見ることかなはず、之に過ぎたる悲しみは無之候。

私は此の手紙を読んで行くうちに、自分がいつの間にか探偵小説中の人物となり終せて居るのを感じた。不思議な好奇心と恐怖とが、頭の中で渦を巻いた。女が自分の性癖を呑み込んで居て、わざとこんな真似をするのかとも思はれた。

明くる日の晩は素晴らしい大雨であつた。私はすつかり服装を改めて、対の大島の上にゴム引きの外套を纏ひ、ざぶん、ざぶんと、甲斐絹張りの洋傘に、滝の如くたゝきつける雨の中を戸外へ出た。新堀の溝が往来一円に溢れてゐるので、私は足袋を懐へ入れたが、びしょ〳〵に濡れた素足が家並みのランプに照らされて、ぴか〳〵光つて居た。

夥しい雨量が、天からざあ〳〵と直瀉する喧囂の中に、何も彼も打ち消されて、ふだん賑やかな広小路の通りも大概雨戸を締め切り、二三人の臀端折りの男が、敗走した兵士のやうに駈け出して行く。電車が時々レールの上に溜まつた水をほとばしらせて通る外は、ところ〴〵の電柱や広告のあかりが、朦朧たる雨の空中をぼんやり照らしてゐるばかりであつた。

外套から、手首から、肘の辺まで水だらけになつて、漸く雷門へ来た私は、雨中にしよんぼり立ち止りながらアーク燈の光を透かして、四辺を見廻したが、一つも人影は見えない。何処かの暗い隅に隠れて、何物かが私の様子を窺つてゐるのかも知れない。かう思つて暫くイんで居ると、やがて吾妻橋の方の暗闇から、赤い提灯の火が一つ動き出して、がら〳〵と街鉄の鋪き石の上を駛走して来た旧式な相乗りの俥がぴたりと私の前で止まつた。

「旦那、お乗んなすつて下さい。」

深い饅頭笠に雨合羽を着た車夫の声が、車軸を流す雨の響きの中に消えたかと思ふと、男はいきなり私の後へ廻つて、羽二重の布を素早く私の両眼の上へ二た廻り程巻きつけて、蟀谷の皮がよぢれる程強く緊め上げた。

「さあ、お召しなさい。」

かう云つて男のざら〳〵した手が、私を攫んで、慌しく俥の上へ乗せた。

しめつぽい匂ひのする幌の上へ、ぱら〳〵と雨の注ぐ音がする。疑ひもなく私の隣りには女が一人乗つて居る。お白粉の薫りと暖かい体温が、幌の中へ蒸すやうに罩つてゐた。

轅を上げた俥は、方向を晦ます為めに一つ所をくる〳〵と二三度廻つて走り出したが、右へ曲り、左へ折れ、どうかすると Labyrinth の中をうろついて居るやうであつた。時々電車通りへ出たり、小さな橋を渡つたりした。

長い間、さうして俥に揺られて居た。隣りに並んでゐる女は勿論T女であらうが、黙つて身じろぎもせずに腰かけてゐる。多分私の眼隠しが厳格に守られるか否かを監督する為めに同乗して居るものらしい。しかし、私は他人の監督がなくても、決して此の眼かくしを取り外す気はなかつた。海の上で知り合ひになつた夢のやうな女、大雨の晩の幌の中、夜の都会の秘密、盲目、沈黙――凡べての物が一つになつて、渾然たるミステリーの靄の裡に私を投げ込んで了つて居る。

やがて女は堅く結んだ私の唇を分けて、口の中へ巻煙草を挿し込んだ。さうしてマッチを擦つて火をつけてくれた。

一時間程経つて、漸く俥は停つた。再びざら〳〵した男の手が私を導きながら狭さうな路次を二三間行くと、裏木戸のやうなものをギーと開けて家の中へ連れて行つた。

眼を塞がれながら一人座敷に取り残されて、暫く坐つてゐると、間もなく襖の開く音がした。女は無言の儘、人魚のやうに体を崩して擦り寄りつゝ、私の膝の上へ仰向きに上半身を靠せかけて、さうして両腕を私の項に廻して羽二重の結び目をはらりと解いた。

部屋は八畳位もあらう。普請と云ひ、装飾と云ひ、なか〳〵立派で、木柄なども選んではあるが、丁度此の女の身分が分らぬと同様に、待合とも、妾宅とも、上流の堅気な住まひとも見極めがつかない。一方の縁側の外にはこんもりとした植ゑ込みがあつて、其の向うは板塀に囲はれてゐる。唯此れだけの眼界では、此の家が東京のどの辺にあたるのか、大凡その見当すら判らなかつた。

「よく来て下さいましたね。」

かう云ひながら、女は座敷の中央の四角な紫檀の机へ身を靠せかけて、白い両腕を二匹の生き物のやうに、だらりと卓上に匍はせた。襟のかゝつた渋い縞お召に腹合はせ帯をしめて、銀杏返しに結つて居る風情の、昨夜と恐ろしく趣が変つてゐるのに、私は先づ驚かされた。

「あなたは、今夜あたしがこんな風をして居るのは可笑しいと思つていらッしやるんでせう。それでも人に身分を知らせないやうにするには、かうやつて毎日身なりを換へるより外に仕方がありませんからね。」

卓上に伏せてある洋盃を起して、葡萄酒を注ぎながら、こんな事を云ふ女の素振りは、思つたよりもしとやかに打ち萎れて居た。

「でも好く覚えて居て下さいましたね。上海でお別れしてから、いろ〳〵の男と苦労もして見ましたが、妙にあなたの事を忘れることが出来ませんでした。もう今度こそは私を棄てないで下さいまし。身分も境遇も判らない、夢のやうな女だと思つて、いつまでもお附き合ひなすつて下さい。」

女の語る一言一句が、遠い国の歌のしらべのやうに、哀韻を含んで私の胸に響いた。昨夜のやうな派手な勝気な悧発な女が、どうしてかう云ふ憂鬱な、殊勝な姿を見せることが出来るのであらう。さながら万事を打ち捨てゝ、私の前に魂を投げ出してゐるやうであつた。

「夢の中の女」「秘密の女」朦朧とした、現実とも幻覚とも区別の附かない Love adventure の面白さに、私は其れから毎晩のやうに女の許に通ひ、夜半の二時頃迄遊んでは、また眼かくしをして、雷門まで送り返された。一と月も二た月も、お互に所を知らず、名を知らずに会見してゐた。女の境遇や住宅を捜り出さうと云ふ気は少しもなかつたが、だん〳〵時日が立つに従ひ、私は妙な好奇心から、自分を乗せた俥が果して東京の何方の方面に二人を運んで行くのか、自分の今眼を塞がれて通つて居る処は、浅草から何の辺に方つて居るのか、唯其れだけを是非共知つて見たくなつた。三十分も一時間も、時とすると一時間半もがら〳〵と市街を走つてから、轅を下ろす女の家は、案外雷門の近くにあるのかも知れない。私は毎夜俥に揺す振られながら、此処か彼処かと心の中に臆測を廻らす事を禁じ得なかつた。

或る晩、私はとう〳〵たまらなくなつて、

「一寸でも好いから、この眼かくしを取つてくれ。」

と俥の上で女にせがんだ。

「いけません、いけません。」

と、女は慌てゝ、私の両手をしツかり抑へて、其の上へ顔を押しあてた。

「何卒(どうぞ)そんな我が儘を云はないで下さい。此処の往来はあたしの秘密です。此の秘密を知られゝばあたしはあなたに捨てられるかも知れません。」

「どうして私に捨てられるのだ。」

「さうなれば、あたしはもう『夢の中の女』ではありません。あなたは私を恋して居るよりも、夢の中の女を恋して居るのですもの。」

いろ〳〵に言葉を尽して頼んだが、私は何と云つても聴き入れなかつた。

「仕方がない、そんなら見せて上げませう。……………其の代り一寸ですよ。」

女は嘆息するやうに云つて、力なく眼かくしの布を取りながら、

「此処が何処だか判りますか。」

と、心許(こころもと)ない顔つきをした。

美しく晴れ渡つた空の地色は、妙に黒ずんで星が一面にきら〳〵と輝き、白い霞のやう

な天の川が果てから果てへ流れてゐる。狭い道路の両側には商店が軒を並べて、燈火の光が賑やかに町を照らしてゐた。

不思議な事には、可なり繁華な通りであるらしいのに、私は其れが何処の街であるか、さつぱり見当が附かなかつた。俥はどん／＼其の通りを走つて、やがて一二町先の突き当りの正面に、精美堂と大きく書いた印形屋の看板が見え出した。

私が看板の横に書いてある細い文字の町名番地を、俥の上で遠くから覗き込むやうにすると、女は忽ち気が附いたか、

「あれッ」

と云つて、再び私の眼を塞いで了つた。

賑やかな商店の多い小路で突きあたりに印形屋の看板の見える街、――どう考へて見ても、私は今迄通つたことのない往来の一つに違ひないと思つた。子供時代に経験したやうな謎の世界の感じに、再び私は誘はれた。

「あなた、彼の看板の字が読めましたか。」

「いや読めなかつた。一体此処は何処なのだか私にはまるで判らない。私はお前の生活に就いては三年前の太平洋の波の上の事ばかりしか知らないのだ。私はお前に誘惑されて、何だか遠い海の向うの、幻の国へ伴れて来られたやうに思はれる。」

私が斯う答へると、女はしみ／＼とした悲しい声で、こんな事を云つた。

「後生だからいつまでもさう云ふ気持で居て下さい。幻の国に住む、夢の中の女だと思つて居て下さい。もう二度と再び、今夜のやうな我が儘を云はないで下さい。」

女の眼からは、涙が流れて居るらしかつた。

其の後暫く、私は、あの晩女に見せられた不思議な街の光景を忘れることが出来なかつた。燈火のかん〳〵ともつてゐる賑やかな狭い小路の突き当りに見えた印形屋の看板が、頭にはツきりと印象されて居た。何とかして、あの町の在りかを捜し出さうと苦心した揚句、私は漸く一策を案じ出した。

長い月日の間、毎夜のやうに相乗りをして引き擦り廻されて居るうちに、雷門で俥がくる〳〵と一つ所を廻る度数や、右に折れ左に曲る回数まで、一定して来て、私はいつともなく其の塩梅を覚え込んでしまつた。或る朝、私は雷門の角へ立つて眼をつぶりながら二三度ぐる〳〵と体を廻した後、此の位だと思ふ時分に、俥と同じ位の速度で一方へ駈け出して見た。唯好い加減に時間を見はからつて彼方此方の横町を折れ曲るより外の方法はなかつたが、丁度此の辺と思ふ所に、予想の如く、橋もあれば、電車通りもあつて、確かに此の路に相違ないと思はれた。

道は最初雷門から公園の外郭を廻つて千束町に出て、竜泉寺町の細い通りを上野の方へ進んで行つたが、車坂下で更に左へ折れ、お徒町(かちまち)の往来を七八町も行くとやがて又左へ曲り始める。私は其処でハタと此の間の小路にぶつかつた。成る程正面に印形屋の看板が見える。其れを望みながら、秘密の潜んでゐる巌窟の奥を究めでもするやうに、つか〳〵と進んで行つたが、つきあたりの通りへ出ると、思ひがけなくも、其処は毎晩夜店の出る下谷竹町の往来の続きであつた。いつぞや小紋の縮緬を買つた古着屋の店もついニ三間先に見えて居る。不思議な小路は、三味線堀と仲お徒町の通りを横に繋いで居る街路であつたが、どうも私は今迄其処を通つた覚えがなかつた。散々私を悩ました精美堂の看板の前に立つて、私は暫く彳んで居た。燦爛とした星の空を戴いて夢のやうな神秘な空気に蔽はれながら、赤い燈火を湛へて居る夜の趣とは全く異り、秋の日にかん〳〵照り附けられて乾涸びて居る貧相な家並を見ると、何だか一時にがつかりして興が覚めて了つた。

抑へ難い好奇心に駆られ、犬が路上の匂ひを嗅ぎつゝ自分の棲み家へ帰るやうに、私は又其処から見当をつけて走り出した。

道は再び浅草区へ這入つて、小島町から右へ〳〵と進み、菅橋の近所で電車通りを越え、代地河岸を柳橋の方へ曲つて、遂に両国の広小路へ出た。女が如何に方角を悟らせまいとして、大迂廻をやつて居たかゞ察せられる。薬研堀、久松町、浜町と来て蠣浜橋を渡つた処で、急に其の先が判らなくなつた。

何んでも女の家は、此の辺の路次にあるらしかつた。一時間ばかりかゝつて、私は其の近所の狭い横町を出つ入りつした。

丁度道了権現の向ひ側の、ぎつしり並んだ家と家との庇間を分けて、殆ど眼につかないやうな、細い、さゝやかな小路のあるのを見つけ出した時、私は直覚的に女の家が其の奥に潜んで居ることを知つた。中へ這入つて行くと右側の二三軒目の、見事な洗ひ出しの板塀に囲まれた二階の欄干から、松の葉越しに女は死人のやうな顔をして、じつと此方を見おろして居た。

思はず嘲けるやうな瞳を挙げて、二階を仰ぎ視ると、寧ろ空惚けて別人を装ふものゝ如く、女はにこりともせずに私の姿を眺めて居たが、別人を装うても訝しまれぬくらゐ、其の容貌は夜の感じと異つて居た。たツた一度、男の乞ひを許して、眼かくしの布を弛めたばかりに、秘密を発かれた悔恨、失意の情が見る／＼色に表はれて、やがて静かに障子の蔭へ隠れて了つた。

女は芳野と云ふ其の界隈での物持の後家であつた。あの印形屋の看板と同じやうに、凡べての謎は解かれて了つた。私は其れきり其の女を捨てた。

二三日過ぎてから、急に私は寺を引き払つて田端の方へ移転した。私の心はだん／＼「秘密」などゝ云ふ手ぬるい淡い快感に満足しなくなつて、もツと色彩の濃い、血だらけな歓楽を求めるやうに傾いて行つた。

疑惑

芥川龍之介

■芥川龍之介　あくたがわりゅうのすけ

明治二五年（一八九二）〜昭和二年（一九二七）

東京生れ。幼少時に母の実家の養子となる。学業極めて優秀の天才肌で東大英文科卒業。「鼻」（大六）を夏目漱石に認められ、文壇へ。新現実主義の第一人者となる。病弱を押して、作品を発表し続けたが、自殺。「羅生門」（大四）、「芋粥」「手巾」（大六）、「藪の中」（大一一）、「蜘蛛の糸」（大七）、「杜子春」（大九）など。

「疑惑」は大正八年「中央公論」に発表された。

今ではもう十年あまり以前になるが、或年の春私は実践倫理学の講義を依頼されて、その間彼是一週間ばかり、岐阜県下の大垣町へ滞在する事になつた。元来地方有志なるものの難有迷惑な厚遇に辟易してゐた私は、私を請待してくれた或教育家の団体へ予め断りの手紙を出して、送迎とか宴会とか或は又名所の案内とか、その外いろいろ講演に附随する一切の無用な暇つぶしを拒絶したい旨希望して置いた。すると幸私の変人だと云ふ風評は夙にこの地方にも伝へられてゐたものと見えて、やがて私が向うへ行くと、その団体の会長たる大垣町長の斡旋によつて、万事がこの我儘な希望通り取計らはれたばかりでなく、宿も特に普通の旅館を避けて、町内の素封家N氏の別荘とかになつてゐる閑静な住居を周旋された。私がこれから話さうと思ふのは、その滞在中その別荘で偶然私が耳にした或悲惨な出来事の顚末である。

その住居のある所は、巨鹿城に近い廓町の最も俗塵に遠い一区劃だつた。殊に私の起臥してゐた書院造りの八畳は、日当りこそ悪い憾はあつたが、障子襖も程よく寂びのついた、如何にも落着きのある座敷だつた。私の世話を焼いてくれる別荘番の夫婦者は、格別用のない限り、何時も勝手に下つてゐたから、このうす暗い八畳の間は大抵森閑として人気がなかつた。それは御影の手水鉢の上に枝を延ばしてゐる木蓮が、時々白い花を落すのでさへ、明に聞き取れるやうな静かさだつた。毎日午前だけ講演に行つた私は、午後と夜とをこの座敷で甚泰平に暮す事が出来た。が、同時に又、参考書と着換へとを入れた鞄の外に何一つない私自身を、春寒く思ふ事も度々あつた。

尤も午後は時折来る訪問客に気が紛れて、さほど寂しいとは思はなかつた。が、やがて竹の筒を台にした古風なランプに火が燈ると、人間らしい気息の通ふ世界は、忽其かすかな光に照される私の周囲だけに縮まつてしまつた。しかも私にはその周囲さへ、決して頼もしい気は起させなかつた。私の後にある床の間には、花も活けてない青銅の瓶が一つ、威かつくどつしりと据えてあつた。さうしてその上には怪しげな楊柳観音の軸が、煤けた錦襴の表装の中に朦朧と墨色を弁じてゐた。私は折々書見の眼をあげて、この古ぼけた仏画をふり返ると、必焚きもしない線香がどこかで匂つてゐるやうな心もちがした。それほど座敷の中には寺らしい閑寂の気が罩つてゐた。だから私はよく早寝をした。が、床にはいつても、容易に眠くはならなかつた。雨戸の外では夜鳥の声が、遠近を定めず私を驚かした。その声はこの住居の上にある天主閣を心に描かせた。昼見ると何時も天主閣には、蓊鬱とした松の間に三層の白壁を畳みながら、その反り返つた家根の空へ無数の鴉をばら撒いてゐる。――私は何時かうと〳〵と浅い眠に沈みながら、それでもまだ腹の底には水のやうな春寒むが漂つてゐるのを意識した。

　すると或夜の事——それは予定の講演日数が将に終らうとしてゐる頃であつた。私は何時もの通りランプの前にあぐらをかいて、漫然と書見に耽つてゐると、突然次の間との境の襖が無気味な程静に明いた。その明いたのに気がついた時、無意識にあの別荘番を予期してゐた私は、折よく先刻書いて置いた端書の投函を頼まうと思つて、何気なく其方を一瞥した。するとその襖側のうす暗がりには、私の全く見知らない四十恰好の男が一人、端然として坐つてゐた。実を云へばその瞬間、私は驚愕——と云ふよりも寧ろ迷信的な恐怖に近い一種の感情に脅された。又実際その男は、それだけのショックに価すべく、ぼんやりとしたランプの光を浴びて、妙に幽霊じみた姿を具へてゐた。が、彼は私と顔を合はすと、昔風に両肱を高く張つて恭しく頭を下げながら、思つたよりも若い声で、殆機械的にこんな挨拶の言を述べた。

「夜中、殊に御忙しい所を御邪魔に上りまして、何とも申し訳の致しやうはございませんが、ちと折入つて先生に御願ひ申したい儀がございまして、失礼をも顧ず、参上致したやうな次第でございます。」

　漸く最初のショックから恢復した私は、その男がかう弁じ立ててゐる間に、始めて落着いて相手を観察した。彼は額の広い、頬のこけた、年にも似合はず眼に働きのある、品の好い半白の人物だつた。それが紋附でこそなかつたが見苦しからぬ羽織袴で、しかも膝のあたりにはちゃんと扇面を控へてゐた。唯、咄嗟の際にも私の神経を刺戟したのは、彼の左の手の指が一本欠けてゐる事だつた。私はふとそれに気がつくと、我知らず眼をその手から外らさないではゐられなかつた。

「何か御用ですか。」

私は読みかけた書物を閉じながら、無愛想にかう問ひかけた。云ふまでもなく私には、彼の唐突な訪問が意外であると共に腹立しかつた。と同時に又別荘番が一言もこの客来を取次がないのも不審だつた。しかしその男は私の冷淡な言葉にもめげないで、もう一度額を畳につけると、相不変朗読でもしさうな調子で、

「申し遅れましたが、私は中村玄道と申しますもので、やはり毎日先生の御講演を伺ひに出て居りますが、勿論多数の中でございますから、御見覚えもございますまい。どうかこれを御縁にして、今後は又何分ともよろしく御指導の程を御願ひ致します。」

私はここに至つて、漸くこの男の来意が呑みこめたやうな心もちがした。が、夜中書見の清興を破られた事は、依然として不快に違ひなかつた。

「すると——何か私の講演に質疑でもあると仰有るのですか。」

かう尋ねた私は内心ひそかに、「質疑なら明日講演場で伺ひませう」と云ふ体の善い撃退の文句を用意してゐた。しかし相手はやはり顔の筋肉一つ動かさないで、ぢつと袴の膝の上に視線を落しながら、

「いえ、質疑ではございません。ございませんが、実は私一身のふり方に就きまして、是非とも先生の御意見を承りたいのでございます。と申しますのは、唯今からざつと二十年ばかり以前、私は或思ひもよらない出来事に出合ひまして、その結果とんと私にも私自身がわからなくなつてしまひました。就きましては、先生のやうな倫理学界の大家の御説を伺ひましたら、自然又分別もつかうと存じまして、今晩はわざわざ推参致したのでございます。如何でございませう。御退屈でも私の身の上話を一通り御聴き取り下さる訳には参りますまいか。」

私は答に躊躇した。成程専門の上から云へば倫理学者には相違ないが、さうかと云つて又私は、その専門の知識を運転させてすぐに当面の実際問題への霊活な解決を与へ得る程、融通の利く頭脳の持ち主だとは遺憾ながら己惚れる事が出来なかつた。すると彼は私の逡巡に早くも気がついたと見えて、今まで袴の膝の上に伏せてゐた視線をあげると、半ば歎願するやうに、怯(お)づ々々私の顔色を窺ひながら、前より稍(やや)自然な声で、慇懃にかう言葉を継いだ。

「いえ、それも勿論強ひて先生から、是非の御判断を伺はなくてはならないと申す訳ではございません。唯、私がこの年になりますまで、始終頭を悩まさずにはゐられなかつた問題でございますから、せめてその間の苦しみだけでも先生のやうな方の御耳に入れて、多少にもせよ私自身の心やりに致したいと思ふのでございます。」

かう云はれて見ると私は、義理にもこの見知らない男の話を聞かないと云ふ訳には行かなかつた。が、同時に又不吉な予感と茫漠とした一種の責任感とが、重苦しく私の心の上にのしかかつて来るやうな心もちもした。私はそれらの不安な感じを払ひ除けたい一心から、わざと気軽らしい態度を装つて、うすぼんやりしたランプの向うに近々と相手を招じながら、

「では兎に角御話だけ伺ひませう。尤もそれを伺つたからと云つて、格別御参考になるやうな意見などは申し上げられるかどうかわかりませんが。」

「いえ、唯、御聞きになつてさへ下されば、それでもう私には本望すぎる位でございます。」

中村玄道と名のつた人物は、指の一本足りない手に畳の上の扇子をとり上げると、時々そつと眼をあげて私よりも寧床の間の楊柳観音を偸み見ながら、やはり抑揚に乏しい陰気な調子で、とぎれ勝ちにかう話し始めた。

丁度明治二十四年の事でございます。御承知の通り二十四年と申しますと、あの濃尾の大地震がございました年で、あれ以来この大垣もがらりと容子が違つてしまひましたが、その頃町には小学校が丁度二つございまして、一つは藩侯の御建てになつたもの、

一つは町方の建てたものと、かう分れて居つたものでございます。私はその藩侯の御建てになつたK小学校へ奉職して居りましたが、二三年前に県の師範学校を首席で卒業致しましたのと、その後又引き続いて校長などの信用も相当にございましたのとで、年輩にしては高級な十五円と云ふ月俸を頂戴致して居りました。唯今でこそ十五円の月給取は露命も繫げない位でございませうが、何分二十年も以前の事で、十分とは参りませんまでも、暮しに不自由はございませんでしたから、同僚の中でも私などは、どちらかと申すと羨望の的になつた程でございました。

家族は天にも地にも妻一人で、それもまだ結婚してから、漸く二年ばかりしか経たない頃でございました。妻は校長の遠縁のもので、幼い時に両親に別れてから私の所へ片づくまで、ずつと校長夫婦が娘のやうに面倒を見てくれた女でございます。名は小夜と申しまして、私の口から申し上げますのも、異なものでございますが、至つて素直な、はにかみ易い――その代り又無口過ぎて、どこか影の薄いやうな、寂しい生れつきでございました。が、私には似たもの夫婦で、たとひこれと申す程の花々しい楽しさはございませんでも、まづ安らかなその日その日を、送る事が出来たのでございます。

するとあの大地震で、――忘れも致しません十月の二十八日、彼是午前七時頃でございませうか。私が井戸側で楊子（ようじ）を使つてゐると、妻は台所で釜の飯を移してゐる。――その上へ家がつぶれました。それがほんの一二分の間の事で、まるで大風のやうな凄まじい地鳴りが襲ひかかつたと思ひますと、忽めきめきと家が傾いで、後は唯瓦の飛ぶのが見えたばかりでございます。私はあつと云ふ暇もなく、やにはに落ち来た庇に敷かれて、暫くは無我夢中の儘、どこからともなく寄せてくる大震動の波に揺られて居りましたが、やつとその庇の下から土煙の中へ這ひ出して見ますと、目の前にあるのは私の家の屋根で、しかも瓦の間に草の生へたのが、そつくり地の上へひしやげて居りました。

その時の私の心もちは、驚いたと申しませうか。慌てたと申しませうか。まるで放心したのも同然で、べつたり其処へ腰を抜いたなり、丁度嵐の海のやうに右にも左にも屋根を落した家々の上へ眼をやつて、地鳴りの音、梁の落ちる音、樹木の折れる音、壁の崩れる音、それから幾千人の人々が逃げ惑ふのでございませう、声とも音ともつかない響が騒然と煮えくり返るのをぼんやり聞いて居りました。が、それはほんの刹那の間で、やがて向うの庇の下に動いてゐるものを見つけますと、私は急に飛び上つて、凶い夢からでも覚めたやうに意味のない大声を挙げながら、いきなり其処へ駈けつけました。庇の下には妻の小夜が、下半身を梁に圧されながら、悶え苦しんで居つたのでございます。

私は妻の手を執つて引張りました。妻の肩を押して起さうとしました。が、圧しにかかつた梁は、虫の這ひ出す程も動きません。私はうろたへながら、庇の板を一枚々々むしり取りました。取りながら、何度も妻に向つて「しつかりしろ」と喚きました。妻を？　いや或は私自身を励ましてゐたのかも存じません。小夜は「苦しい」と申しました。「どうかして下さいまし」とも申しました。が、私に励まされるまでもなく、別人のやうに血相を変へて、必死に梁を擡（もた）げようと致して居りましたから。私はその時妻の両手が、爪も見えない程血にまみれて、震へながら梁をさぐつて居つたのが、今でもまざまざと苦しい記憶に残つてゐるのでございます。

それが長い長い間の事でございました。――その内にふと気がつきますと、どこからか濛々とした黒煙が一なだれに屋根を渡つて、むつと私の顔へ吹きつけました。と思ふと、その煙の向うにけたたましく何か爆（は）ぜる音がして、金粉のような火粉（ひのこ）がばらばらと疎らに空へ舞ひ上りました。私は気の違つたやうに妻へ獅嚙（しが）みつきました。さうしてもう一度無二無三に、妻の体を梁の下から引きずり出さうと致しました。が、やはり妻の下半身は一寸も動かす事は出来ません。私は又吹きつけて来る煙を浴びて、庇に片膝つきながら、嚙みつくやうに妻へ申しました。何を？　と御尋ねになるかも存じません。いや、必御尋ねになりませう。しかし私は何を申したか、とんと覚えてゐないのでございます。唯私はその時妻が、血にまみれた手で私の腕をつかみながら、「あなた」と一言申したのを覚えて居ります。私は妻の顔を見つめました。あらゆる表情を失つた、眼ばかり徒（いたずら）に大きく見開いてゐる、気味の悪い顔でございます。すると今度は煙ばかりか、火の粉を煽（あお）つた一陣の火気が、眼も眩む程私を襲つて来ました。私はもう駄目だと思ひました。妻は生きながら火に焼かれて、死ぬのだと思ひました。生きながら？　私は血だらけな妻の手を握つた儘、又何か喚きました。と、妻も又繰返して、「あなた」と一言申しました。私はその時その「あなた」と云ふ言葉の中に、無数の意味、無数の感情を感じたのでございます。生きながら？　生きながら？　私は三度何か叫びました。それは「死ね」と云つたやうにも覚えて居ります。「己も死ぬ」と云つたやうにも覚えて居ります。が、何と云つたかわからない内に、私は手当り次第、落ちてゐる瓦を取り上げて、続けさまに妻の頭へ打ち下しました。

それから後の事は、先生の御察しにまかせる外はございません。私は独り生き残りました。殆町中を焼きつくした火と煙とに追はれながら、小山のやうに路を塞いだ家々の屋根の間をくぐつて、漸く危い一命を拾つたのでございます。幸か、それとも又不幸か、私には何にもわかりませんでした。唯その夜、まだ燃えてゐる火事の光を暗い空に望みながら、同僚の一人二人と一しよに、やはり一ひしぎにつぶされた学校の外の仮小屋で、炊き出しの握り飯を手にとつた時とめどなく涙が流れた事は、未だにどうしても忘れられません。

中村玄道は暫く言葉を切つて、臆病らしく眼を畳へ落した。突然こんな話を聞かされた私も、愈広い座敷の春寒が襟元まで押寄せたやうな心もちがして、「成程」と云ふ元

気さへ起らなかつた。

部屋の中には、唯、ランプの油を吸ひ上げる音がした。それから机の上に載せた私の懐中時計が、細かく時を刻む音がした。と思ふと又その中で、床の間の楊柳観音が身動きをしたかと思ふ程、かすかな吐息をつく音がした。

私は悸えた眼を挙げて、悄然と坐つてゐる相手の姿を見守つた。吐息をしたのは彼だらうか。それとも私自身だらうか。——が、その疑問が解けない内に、中村玄道はやはり低い声で、徐に話を続け出した。

申すまでもなく私、妻の最期を悲しみました。それればかりか、時としては、校長始め同僚から、親切な同情の言葉を受けて、人前も恥ぢず涙さへ流した事がございました。が、私があの地震の中で、妻を殺したと云ふ事だけは、妙に口へ出して云ふ事が出来なかつたのでございます。「生きながら火に焼かれるよりはと思つて、私が手にかけて殺して来ました。」——これだけの事を口外したからと云つて、何も私が監獄へ送られる次第でもございますまい。いや、寧ろその為に世間は一層私に同情してくれたのに相違ございません。それがどう云ふものか、云はうとすると忽ち喉元にこびりついて、一言も舌が動かなくなつてしまふのでございます。

当時の私はその原因が、全く私の臆病に根ざしてゐるのだと思ひました。が実は単に臆病と云ふよりも、もつと深い所に潜んでゐる原因があつたのでございます。しかしその原因は、私に再婚の話が起つて、愈もう一度新生涯へはいらうと云ふ間際までは、私自身にもわかりませんでした。さうしてそれがわかつた時、私はもう二度と人並の生活を送る資格のない、憐むべき精神上の癈残者になるより外はなかつたのでございます。

再婚の話を私に持ち出したのは、小夜の親許になつてゐた校長で、これが純粋に私の為を計つた結果だと申す事は私にもよく呑み込めました。又実際その頃はもうあの大地震があつてから、彼是一年あまり経つた時分で、校長がこの問題を切り出した以前にも、内々同じやうな相談を持ちかけて私の口裏を引いて見るものが一度ならずあつたのでございます。所が校長の話を聞いて見ますと、意外な事にはその縁談の相手と云ふのが、唯今先生のいらつしやる、このN家の二番娘で、当時私が学校以外にも、時々出稽古の面倒を見てやつた尋常四年生の長男の姉だつたらうではございませんか。勿論私は一応辞退しました。第一教員の私と資産家のN家とでは格段に身分も違ひますし、家庭教師と云ふ関係上、結婚までには何か曰くがあつたらうなどと、痛くない腹を探られるのも面白くないと思つたからでございます。同時に又私の進まなかつた理由の後(うしろ)には、去る者は日に疎しで、以前程悲しい記憶はなかつたまでも、私自身打ち殺した小夜の面影が、箒星の尾のやうにぼんやり纏はつてゐたのに相違ございません。

が、校長は十分私の心もちを汲んでくれた上で、私位の年輩の者が今後独身生活を続けるのは困難だと云ふ事、しかも今度の縁談は先方から達つての所望だと云ふ事、校長自身が進んで媒酌の労を執る以上、悪評などが立つ謂はれのないと云ふ事、その外日頃私の希望してゐる東京遊学の如きも、結婚した暁には大いに便宜があるだらうと云ふ事――さう事をいろいろ並べ立てて、根気よく私を説きました。かう云はれて見ますと、私も無下には断つてしまふ訳には参りません。そこへ相手の娘と申しますのは、評判の美人でございましたし。その上御恥しい次第ではございますが、N家の資産にも目がくれましたので、校長に勧められるのも度重なつて参りますと、何時か「熱考して見ませう」が「いづれ年でも変りましたら」などと、だんだん軟化致し始めました。さうしてその年の変つた明治二十六年の初夏には、愈秋になつたら式を挙げると云ふ運びさへついてしまつたのでございます。

するとその話がきまつた頃から、妙に私は気が鬱して、自分ながら不思議に思ふ程、何をするにも昔のやうな元気がなくなつてしまひました。たとへば学校へ参りましても、教員室の机に倚り懸りながら、ぼんやり何かに思ひ耽つて、授業の開始を知らせる板木の音さへ、聞き落してしまふやうな事が度々あるのでございます。その癖何が気になるのかと申しますと、それは私にもはつきりとは見極めをつける事が出来ません。唯、頭の中の歯車がどこかしつくり合はないやうな――しかもそのしつくり合はない向うには、私の自覚を超越した秘密が蟠つてゐるやうな、気味の悪い心もちがするのでございます。

それがざつと二月ばかり、続いてからの事でございましたらう。丁度暑中休暇になつた当座で、或夕方私が散歩旁々、本願寺別院の裏手にある本屋の店先を覗いて見ますと、その頃評判の高かつた風俗画報と申す雑誌が五六冊、夜窓鬼談や月耕漫画などと一しよに、石版刷の表紙を並べて居りました。そこで店先に佇みながら、何気なくその風俗画報を一冊手にとつて見ますと、表紙に家が倒れたり火事が始つたりしてゐる画があつて、そこへ二行に「明治廿四年十一月三十日発行、十月廿八日震災記聞」と大きく刷つてあるのでございます。それを見た時、私は急に胸がはずみ出しました。私の耳もとでは誰かゞ嬉しさうに嘲笑ひながら、「それだ。それだ。」と囁くやうな心もちさへ致します。私はまだ火をともさない店先の薄明りで、慌しく表紙をはぐつて見ました。するとまつ先に一家の老若が、落ちて来た梁に打ちひしがれて惨死を遂げる画が出て居ります。それから土地が二つに裂けて、足を過つた女子供を呑んでゐる画が出て居ります。それから――一々数へ立てるまでもございませんが、その時その風俗画報は、二年以前の大地震の光景を再私の眼の前へ展開してくれたのでございます。長良川鉄橋陥落の図、尾張紡績会社破壊の図、第三師団兵士屍体発掘の図、愛知病院負傷者救護の図――さう云ふ凄惨な画は次から次と、あの呪はしい当時の記憶の中へ私を引きこんで参りました。私は眼がうるみました。体も震へ始めました。苦痛とも歓喜ともつかない感情は、用捨なく私の精神を蕩漾させてしまひます。さうして最後の一枚の画が私の眼の前に開かれた時——私は今でもその時の驚愕がありありと心に残つて居ります。それは落ち来た梁に腰を打たれて、一人の女が無惨にも悶え苦しんでゐる画でございました。その梁の横はつた向うには、黒煙が濛々と巻き上つて、朱を撥いた火の粉さへ乱れ飛んでゐるではございませんか。これが私の妻でなくて誰でせう。妻の最期でなくて何でせう。私は危く風俗画報を手から落さうと致しました。危く声を挙げて叫ばうと致しました。しかもその途端に一層私を悸えさせたのは、突然あたりが赤々と明くなつて、火事を想はせるやうな煙の匂がぷんと鼻を打つた事でございます。私は強ひて心を押し鎮めながら、風俗画報を下へ置いて、きよろきよろ店先を見廻しました。店先では丁度小僧が吊ランプへ火をとぼして、夕暗の流れてゐる往来へ、まだ煙の立つ燐寸殻を捨ててゐる所だつたのでございます。

それ以来、私は、前よりも更に幽鬱な人間になつてしまひました。今まで私を脅したのは唯、何とも知れない不安な心もちでございましたが、その後は或疑惑が私の頭の中に蟠つて、日夜を問はず私を責め虐むのでございます。と申しますのは、あの大地震の時私が妻を殺したのは、果して已むを得なかつたのだらうか。——もう一層露骨に申しますと、私は妻を殺したのは、始から殺したい心があつて殺したのではなかつたらうか。大地震は唯私の為に機会を与へたのではなかつたらうか、——かう云ふ疑惑でございました。私は勿論この疑惑の前に、何度思ひ切つて「否、否」と答へた事だかわかりません。が、本屋の店先で私の耳に「それだ。それだ。」と囁いた何物かは、その度に又嘲笑つて、「では何故お前は妻を殺した事を口外する事が出来なかつたのだ」と、問ひ詰るのでございます。私はその事実に思ひ当ると、必ぎくりと致しました。ああ、何故私は妻を殺したなら殺したと云ひ放てなかつたのでございませう。何故今日までひた隠しに、それ程の恐しい経験を隠して居つたのでございませう。

しかもその際私の記憶へ鮮に生き返つて来たものは、当時の私が妻の小夜を内心憎んでゐたと云ふ、忌はしい事実でございます。これは恥を御話しなければ、ちと御会得が参らないかも存じませんが、妻は不幸にも肉体的に欠陥のある女でございました。（以下八十二行省略）……そこで私もその時までは、覚束ないながら私の道徳感情が兎も角も勝利を博したものと信じて居つたのでございます。が、あの大地震のやうな凶変が起つて、一切の社会的束縛が地上から姿を隠した時、どうしてそれと共に私の道徳感情も亀裂を生じなかつたと申せませう。どうして私の利己心も火の手を揚げなかつたと申せませう。私は是に立ち至つて、やはり妻を殺したのは殺す為に殺したのではなかららうかと云ふ、疑惑を認めずには居られませんでした。私が愈幽鬱になつたのは、寧自然の数とでも申すべきものだつたのでございます。

しかしまだ私には、「あの場合妻を殺さなかつたにしても、妻は必火事の為に焼け死んだのに相違ない。さうすれば何も妻を殺したのが、特に自分の罪悪だとは云はれない筈だ」と云ふ一条の血路がございました。所が或日、もう季節が真夏から残暑へ振り変つて、学校が始まつて居た頃でございますが、私ども教員が一同教員室の卓子(テエブル)を囲んで、番茶を飲みながら、多愛(たわい)もない雑談を交して居りますと、どう云ふ時の拍子だつたか、話題が又あの二年以前の大地震に落ちた事がございます。私はその時も独り口を噤(つぐ)んだぎりで、同僚の話を聞くとなく聞き流して居りましたが、本願寺の別院の屋根が落ちた話、船町の堤防が崩れた話、俵町の往来の土が裂けた話――とそれからそれへ話がはづみましたが、やがて一人の教員が申しますには、中町とかの備後屋と云ふ酒屋の女房は、一旦梁の下敷になつて、身動きも碌に出来なかつたが、その内に火事が始つて、梁も幸焼け折れたものだから、やつと命だけは拾つたと、かう云ふのでございます。私はそれを聞いた時に、俄に目の前が暗くなつて、その儘暫くは呼吸さへも止るやうな心地が致しました。又実際その間は、失心したも同様な姿だつたのでございませう。漸く我に返つて見ますと、同僚は急に私の顔色が変つて、椅子ごと倒れさうになつたのに驚きながら、皆私のまはりへ集つて、水を飲ませるやら薬をくれるやら、大騒ぎを致して居りました。が、私はその同僚に礼を云ふ余裕もない程、頭の中はあの恐ろしい疑惑の塊で一ぱいになつてゐたのでございます。私はやはり妻を殺す為に殺したのではなかつたらうか。たとひ梁に圧されてゐても、万一命が助かるのを恐れて、打ち殺したのではなかつたらうか。もしあの儘殺さないで置いたなら、今の備後屋の女房の話のやうに、私の妻もどんな機会で九死に一生を得たかも知れない。それを私は情無く、瓦の一撃で殺してしまつた――さう思つた時の私の苦しさは、ひとへに先生の御推察を仰ぐ外はございません。私はその苦しみの中で、せめてはN家との縁談を断つてでも、幾分一身を潔くしようと決心したのでございます。

所が愈その運びをつけると云ふ段になりますと、折角の私の決心は未練にも又鈍り出しました。何しろ近々結婚式を挙げようと云ふ間際になつて、突然破談にしたいと申すのでございますから、あの大地震の時に私が妻を殺害した顛末は元より、これまでの私の苦しい心中も一切打ち明けなければなりますまい。それが小心な私には、いざと云ふ場合に立ち至ると、如何に自ら鞭撻しても、断行する勇気が出なかつたのでございます。私は何度となく腑甲斐ない私自身を責めました。が、徒に責めるばかりで、何一つ然るべき処置も取らない内に、残暑は又朝寒に移り変つて、とうとう所謂華燭の典を挙げる日も、目前に迫つたではございませんか。

私はもうその頃には、何誰とも滅多に口を利かない程、沈み切つた人間になつて居りました。結婚を延期したらと注意した同僚も、一人や二人ではございません。医者に見て貰つたらと云ふ忠告も、三度まで校長から受けました。が、当時の私にはさう云ふ親切な言葉の手前、外見だけでも健康を顧慮しようと云ふ気力さへ既になかつたのでございます。と同時に又その連中の心配を利用して、病気を口実に結婚を延期するのも、今となつては意気地のない姑息手段としか思はれませんでした。しかも一方ではN家の主人などが、私の気鬱の原因を独身生活の影響だとでも勘違ひをしたのでございませう、一日も早く結婚しろと頻に主張しますので、日こそ違ひますが二年前にあの大地震のあつた十月、愈私はN家の本邸で結婚式を挙げる事になりました。連日の心労に憔悴し切つた私が、花婿らしい紋服を着用して、いかめしく金屏風を立てめぐらした広間へ案内された時、どれ程私は今日の私を恥しく思つたでございませう。私はまるで人目を偸んで、大罪悪を働かうとしてゐる悪漢のやうな気が致しました。いや、やうな気ではございません。実際私は殺人の罪悪をぬり隠して、N家の娘と資産とを一時盗まうと企てゝゐる人非人なのでございます。私は顔が熱くなつて参りました。胸が苦しくなつて参りました。出来るならこの場で、私が妻を殺した一条を逐一白状してしまひたい。――そんな気がまるで嵐のやうに、烈しく私の頭の中を駈けめぐり始めました。するとその時、私の着座してゐる前の畳へ、夢のやうに白羽二重の足袋が現れました。続いて仄かな波の空に松と鶴とが霞んでゐる裾模様が見えました。それから錦襴の帯、はこせこの銀鎖、白襟と順を追つて、鼈甲の櫛笄が重さうに光つてゐる高島田が眼にはいつた時、私は殆息がつまる程、絶体絶命な恐怖に圧倒されて、思はず両手を畳へつくと、「私は人殺しです。極重悪の罪人です」と、必死な声を挙げてしまひました。…………

中村玄道はかう語り終ると、暫くぢつと私の顔を見つめてゐたが、やがて口もとに無理な微笑を浮べながら、

「それ以後の事は申し上げるまでもございますまい。が、唯一つ御耳に入れて置きたいのは、当日限り私は狂人と云ふ名前を負はされて、憐むべき余生を送らなければならなくなつた事でございます。果して私が狂人かどうか、そのやうな事は一切先生の御判断に御任かせ致しませう。しかしたとひ狂人でございましても、私を狂人に致したものは、やはり我々人間の心の底に潜んでゐる怪物のせいではございますまいか。その怪物が居ります限り、今日私を狂人と嘲笑つてゐる連中でさへ、明日は又私と同様な狂人にならないものでもございません。――とまあ私は考へて居るのでございますが、如何なものでございませう。」

ランプは相不変私とこの無気味な客との間に、春寒い焔を動かしてゐた。私は楊柳観音を後にした儘、相手の指の一本ないのさへ問ひ質して見る気力もなく、黙然と座つてゐるより外はなかつた。

死体紹介人

川端康成

■川端康成　かわばたやすなり

明治三二年（一八九九）〜昭和四七年（一九七二）

大阪生れ。幼くして両親を亡くし孤児となる。東大在学中、「新思潮」に参加。菊池寛に認められ、横光利一らと共に新感覚派の作家として注目を浴びる。「伊豆の踊子」（大一五）、「雪国」（昭一二）などは広く知られている。また、「みづうみ」（昭二九）、「眠れる美女」（昭三六）など独特のエロチシズムにあふれる作品がある。昭和四三年、ノーベル文学賞を受賞。

「死体紹介人」は「一」から「五」までが昭和四年「文藝春秋」に「死体紹介人」と題して、「六」から「十」までが同年「近代生活」に「遺骨贋造」と題して、「十一」から「十五」までが同年「死体の復讐」と題して、「十六」から「十八」までが、昭和五年「作品」に「通夜人足」と題して発表された。

一

Box and Cox ——同ジ家ニ住ミナガラ互ニ顔ヲ知ラヌ人。John Morton 作滑稽物ノ中ノ人物デ、Box ト Cox トハ一室ニ同居シナガラ一度モ顔ヲ合セタコトガナイトコロカラ、イロイロ滑稽ナ間違ヒヲ起ス。

奇怪な用事で朝木新八を訪ねた私は、座敷で彼を待つ暇つぶしに英和辞書を読んでゐると、赤鉛筆のアングア・ラインが目に止まつた。

Box and Cox arrangement ——一室ヲ一人ガ昼間使ヒ、他ノ一人ガ夜間使フトイフ取リ極メ。

裏頁が膨らむ程強く赤い線が引いてあるばかりでなく、私が英和辞書を手に取ると自然にその頁が開いたのだから、朝木新八はこの言葉に特別な興味を持つてゐるらしい。だから私は彼の顔を見るなり聞いてみた。そんなことでも聞く方がよささうに思はれた程、新八は冷たい顔をしてゐた。

「あなたはこの、ジョンなにがしの小説だか、芝居だか、お読みになつたことがあるんですか。」

「あ、それ？」

「面白さうですね。」

「知らんですね。読まないんですよ。」

「ボックス、アンド、コックスといふ個有名詞が普通名詞として通用するくらゐだから、よつぽど人気者なんでせうな。」

「ボックス、アンド、コックス——語呂がいいですね。」

「ええ？」

「いや、まあ言つてみれば、ボックス君とコックス君とには喜劇だつたことが、私には悲劇だつたことがあるんですよ。私もある娘とボックス、アンド、コックス、アレンヂメントをやつたことがあるんですよ。」

そして朝木新八の話——。

二

朝木新八が或る日、浅草の蔵前から新橋駅まで乗合自動車に乗つたことがあつた。乗合自動車なぞ何も「乗つたことがあつた。」と、わざわざことわるにも及ばないやうなものだが、乗合自動車にするか、市内電車にするか。その十四銭の違ひも直ぐ頭に浮ぶやうな、彼は貧しい大学生だつたのである。

「お切りいたしませう。」と、新八の胸の前へ、手袋のまま女の掌がつきつけられた。

「失敬な、私は直ぐさう思ふやうな人間だつたんですよ。」と、新八は話しながら私に言つた。

「兵隊や八百屋の御用聞きなんかがはく、あの白い木綿糸の手袋ですよ。——今だつて、青バスに乗つてごらんなさい。同じ手袋です。」

その手袋に金を渡しながら、女車掌をじろりと見上げると、彼の苦い顔は忽ち微笑に変つて行つた。女車掌は大黒帽をかぶつた耳のうしろに鉛筆を一本挿してゐる——その安鉛筆が言ひやうなくいい感じだつた。こんないい髪飾り、こんないい帽子ピンを、彼はこれまで見たことがない。

髪はすつかり大黒帽の中へ円め込むためにうしろを吊り上げてゐる。首筋の生え際の余り揃つてゐないのが却つてよく、うぶ毛がばうばう生えてゐる。そこへ八角の黄塗りの鉛筆が二本削つた尖を下に突き挿さつてゐる。少し汚れた繃帯を首に巻いてゐる。それに重なつて、彼女らの呼び名となる「白襟」が開いてゐる。腰に樺色のこれも兵隊のやうに固い革帯をしめて、前にニツケルの金具で黒い革のカバンを引つかけてゐる。このニツケルの光り程こちらの胸に沁み通つて来る女らしい飾りも、彼はこれまで見たことがない。

鉛筆とニツケルと、この子供じみた飾りが朝木新八を動かしたのは、勿論彼女の顔が野を走る子供のやうに飾りなく美しかつたからである。切れの長い目の一重瞼であることは、少し寂しい勝気だつたが、それによく似合ふ鼻筋であり、それを幼い柔らかさに見せる面長の頬の線であつた。野の娘が町へ出て色白になる——その途中のやうな頬の健かさで、よく見ればうぶ毛に巷のほこりがあるかと思はれる外は口紅もない。車が揺れて二三歩よろめく時だけ、ふいと内足になる。

いつも彼女は心もち膝を開いて立つてゐる。座席があいてゐても腰かけない。車が揺れて二三歩よろめく時だけ、ふいと内足になる。

「その内足が、びつくりする程女らしいんで。」と、新八は話しながら私に言つた。

新八は大学生らしい熱心さで、彼女が処女であらうかなからうかと、しげしげと眺め出した。——雨の夜、わざと故障車と赤文字をかかげ、車内の電燈を消し、運転手と女車掌とが暗い街に車を止めてゐるとか、その日の運転を終へて車庫へ入れてからの車の中だとか、作り話だとしか思へないやうなことを、社会運動家である友人の家で、新八は一人の女車掌の口から聞いたことがあるからだつた。

しかし、新八と乗り合せてゐる彼女は、どんな男の切符を切る時も、決してその顔を見ないばかりでなく、少しもよそ見をしない。透き通つた飴を思はせるやうな瞼で、ほうつと前ばかり見てゐる。新八は入口のちやうど向ひに腰かけてゐた。だから、車が右へ曲る時彼女は彼のうしろの窓の硝子戸を落し、彼の帽子のひさしへ腹を押しつけて乗り出しながら、窓から右腕を出して合図するのであるが、彼女の体は何の匂ひもない。飾りのない紺の服がぴつたり体に合つてすらりと伸びてゐるが、彼女の背丈が高いのか低いのか、どうも分らない。それがしきりと気になる。

車内をこつこつ歩いて来ては、運転手台のうしろのニツケルの棒につかまつて立つ。

「次願ひ……。」ます、が消える。

「オオライ。」

この合図の度毎に運転手は軽くうなづいて見せる。言ひやうなく自然な愛情が素直に通つてゐるやうに見える。彼女は少し猫背だが、その背の円みが感情のやうに親しく見えて、新八はちよいといたづらに髪の鉛筆を抜き取つてもよささうな気がする。彼女が前を通る度に、木綿糸の手袋を握りさうでならない。

新橋駅で下りる時に、出入口の裏の名札を覗くと、

——車掌　酒井ユキ子

「ユキちやん。」と、新八は思はず声を出しかかつて、どぎまぎしながら駅前の広場に立つと、彼女が下りて来るのを待つてゐた。車庫だから交替するか、休憩すると思つてゐた。しかしユキ子が運転手の方へ歩いて、彼のうしろのニッケルの棒につかまると、車はそのまま発車点の方へ動き出した。曲つて行く硝子窓に西日が眩しく光つた。

「私が名を呼びさうになつたといふのは——つまり私がボックスとすれば、ユキ子はコックス君だつたのですよ。」と、新八は話しながら私に言つた。

三

「ユキちやん」といふ呼び名を新八の耳に親しませたのは、浅草西鳥越の帽子修繕屋の婆さんだつた。しかし、娘の名に「ちやん」をつけて呼んだりなぞしたことのない彼はいつも、

「ゐますか。」と二階を指さして見せるだけだつた。

「ゐますよ。」ならば帽子修繕屋の店先からそのまま、蔵前の電車通の歯科医院へ引き返す新八だつた。

帽子修繕屋一家は、その歯科医院の患者だつた。下宿代のない新八は、その歯科医院に居候してゐた。二階が診察室に待合室、下は技工室のあの金槌や、金(きん)をのばすロオラや、瓦斯(ガス)の炎や、エンジンなんかの、神経質な工場じみた音に加へて、小さい子供が

四人もあり、おまけに電車通だつた。歯医者が帽子修繕屋の爺さんに、安い勉強部屋はないかと聞いてくれると、うちの二階がよからう、女車掌さんは大てい寝るだけであいてゐるのだから、間代を半分持つと言へば喜ぶにちがひない、とのことだつたが、二三日して、

「ユキちやんはほんたうに喜んでましたよ。」

「だけど……。」

「だめだよ、書生さん。間代なんかも七分三分くらゐでもいいつて向うで言ふんだぜ。」

新八が爺さんにつれられて、帽子修繕屋へ行つてみると、広い板敷の店に鉛のつるつる禿の頭がずらりと二列に並んでゐた。

「その鉛の禿頭が、蒸した帽子を冠つて、ふうふう湯気を立ててゐるんですよ。」と、新八は話しながら私に言つた。

二階の彼女の――そして彼のともなる部屋は、通りに向いた窓際に、安い塗薬の匂ひがする粗末な机があるきりで、その外は灰色の壁と押入れの襖だけだつた。

翌る日から新八はその二階へ通つた。その次の日は机の上に茶盆があつた。湯呑が二つ――紅で伊勢蝦を描いた古いのは伏せてあり、藍で竹の葉を描いた新しいのは上向いてゐた。急須の蓋を取ると、新しい番茶が匂つた。

「一つの湯呑は私のために、その娘がわざわざ買つてくれたのだと思ひました。私は若

い娘から、かういふ心づくしを見せられたのは初めてでした。」と、新八は話しながら私に言つた。

小さい瀬戸火鉢に炭団を埋めて、湯沸しがかけてあつた。彼は机の下からめりんすの座蒲団を引つぱり出して、女の湯呑で番茶を飲んだ。机の抽斗を引つぱつてみた。二つとも鍵がかかつてゐた。

これらのことは、それから四月ばかりの間、毎日同じであつた。彼女は机に鍵をかけることも、炭団を埋めることも、一日として忘れなかつた。畳に赤い糸屑の落ちてゐることもなかつた。壁にはいつも細紐一つかかつてゐなかつた。女らしい生活の息づかひをしてゐるのは、恐らく押入れの中だけらしかつた。その襖をあけてみることはさすがにしなかつたが、彼はいつも彼女の湯呑で番茶を飲んだ。

帽子修繕屋の爺さんも婆さんもがに股で、立つ度に足の間のほこりだらけの前垂れをはたいた。婆さんの返事が、

「ゐますよ。」ならば、彼はいつも店先からそのまま歯科医院へ引き返した。彼はたいてい夕飯前までだが、夜になるやうなことがあつても、あらかじめその夜の彼女の退け時を帽子修繕屋に聞いておいて、その前に引き上げるやうにした。

「ですから、私たちもボックス君とコックス君とのやうに、一度も顔を合せはしませんでしたが、滑稽なことは何一つ起らなかつたのです。ところが……。」と、新八は話し

ながら私に言つた。

「しかし、綺麗な娘さんかどうかも聞いてみなかつたんですか。」

「私には出来ませんでしたね。」

ところがあんな風に、朝木新八は酒井ユキ子と蔵前から新橋まで乗り合せたのだつた。彼にじろじろ見られてゐることも彼女は気がつかない風であつたから、ユキ子も新八を同室の大学生とは知らなかつたのであらう。

彼は新橋駅で友だちと待ち合せ、鎌倉の先生の家へ行つた。教授が専門雑誌に出す研究論文の材料の整理をするためであつた。

四日目に帰ると、ユキ子は急性肺炎をわづらつてゐた。熱に浮かされてうはことを口走つてゐるさうだつた。湯気を立ててゐる鉛の頭の間から、帽子修繕屋の爺さんが、

「助からんらしい。死なれたらどうするんで。」

「医者は？」

「国もとが分らんのでな。」

「親かきやうだいから手紙でも来たことがあるでせう。それを調べたら？」

「手紙は一本も来たことなし。」

「来たことなし？」と、新八は繰り返して店先に突つ立つてゐた。――この間新橋行の青バスの中で、ユキ子が首に繃帯を巻いてゐたのは、もう肺炎の初まりだつたのか。そ

れでユキ子は熱のために透き通つた飴のやうな瞼をしてゐたのであらうか。

「ユキちやんが生きてゐるうちに、一度顔を見ておやんなさい。」

「さうね。」と少し顔を紅らめると、新八はユキ子がたつしやな時、

「ゐますよ。」と言はれた時と同じやうに、そのまま店先から踵を返した。ある医科大学の研究室にゐる助手を、自動電話で呼んだ。助手の入江は直ぐ来てくれた。歯科医院から帽子修繕屋へ入江を連れて行つた時も、

「二階。」と言つたまま、新八は鉛の頭の型の間に突つ立つてゐた。

「大丈夫、うつりはしないよ。」と、入江はけげんな顔をして二階へ上つた。

「どうしてユキ子の生き顔に会はなかつたのか、今でも私は自分ながら不思議なんです。」と、新八は話しながら私に言つた。

「若い娘が熱に浮かされて取りみだしてゐる――それを見たくなかつたからでせうかね。とにかくユキ子が生きてゐる間は、ボツクス君とコツクス君との習慣を破らなかつたのですよ。」

診察をして来た入江は表に出ると、

「もう手のほどこしやうがないね。もつとも、手後れでなくても助からないかもしれないが。」

「死んだら葬式をしなきやならんね。」

「え？」

「葬式つていくらくらゐかかるもんだらう。」

「さあ、上はきりがないがね。死体を火葬場へ運ぶ霊柩車代と——まさか当世担いで行けないからね。——火葬場の焼き賃と、それだけはどうしても必要だな。焼き賃は並等なら五円も取るまいが、ここから三河島の焼場まで霊柩車はいくら取るかな。お、それから棺桶代だ。」

「坊主は？」

「そんなものいらんよ。」

街を鳴らす木枯に吹きつけられて、入江は度々眼鏡を外して砂ぼこりを拭いてゐた。

「しかし、あの娘の国もとが分らないんだよ。」

「へえ。——それだつて葬式は出せるさ。」

「しかし、その金は僕とあの帽子修繕屋とが出すことになるらしい。」

「それぢや区役所へでも頼めないものかな。——うん、さうだ、僕の学校へ死体を寄附してくれよ。」

「死体を寄附？」

「解剖学の材料にさ。年頃の娘の死体つて、めつたに来ないから、さうしてくれるとありがたいがね。学校から死体を受け取りに来るし、香奠（こうでん）のしるしくらゐは出すよ。」

「だつて、僕の肉親でもないぢやないか。」

「そこはなんとか、帽子修繕屋の姪とか、君のいとことか、君があの娘を好きなら、内縁の妻としたつていいさ。」

「死かばねの花嫁か。」

「君を嫌つてたつて、死人なら結婚が厭だとは言ひはしないぜ。」

「しかし、まだ死んぢやゐないんだ。」

「それぢや、生きてる今のうちに内縁の妻にしといてくれよ。今夜あたりいけなくなること確かだからね。どこかから思はぬ遺産が舞ひ込むかもしれんよ。」

「それで、助かつたら？ 熱で浮かされてゐるうちに、自分が内縁の妻呼ばはりされてゐたと知つたら？」

「とにかく、なんとでも届けられるからさ。死体はおくれよ。」

「あの娘を解剖するのか。」と、新八は落しものをするやうにぼんやり言つた。

「いいぢやないか。自分の子供の死体を売りに来る母親だつて、時々あるんだもの。」

四

助手の入江に別れてからも、朝木新八は風に鳴る街をなぜか早足で歩き廻つてゐた。夜が更けて風が死んだ。彼は砂を食つた歯を冷たい寝床でじやりじやり顫（ふる）はせてゐた。

朝早く帽子修繕屋の婆さんが歯科医院へ新八を迎へに来た。昨夜風の死んだ時分に、ユキ子も死んだと報せた。彼等二人の部屋で、新八とユキ子とは初めて対面した。

「片一方は死顔で……。」と、新八は話しながら私に言つた。

婆さんが白い布を取りのけると、

「ほおう、綺麗ですね。」と、新八は死顔に吸ひ寄せられるやうに顔を近づけた。胸の病で死んだ人に特有の透き通る蠟のやうな美しさ、それになんと子供じみた安らかさであらう。

「まあ、この人は新八さんが見たいとみえて、まだ眼をあいてゐるよ。」

「ほう、死人は眼をふさいでゐるものですか。」と、新八はユキ子の眼を覗き込んだ。

「眼をあいてゐることが少しも無気味でない程美しく微笑んでゐるやうな死顔だつたんですよ。」と、新八は話しながら私に言つた。

眼の色はまだ生きてゐた。新八の顔がその瞳に写つてゐた。しかし見つめられても動かないユキ子の眼の底から、冷たいものが新八の体を貫いた。

「もうたんまりと見たからいいわね。」と、婆さんはユキ子の上瞼を撫で下してやりながら、

「死人つてほんたうに冷たいものですね。」

新八はしかたなしに、死人の顔に指をあててみた。初めはよく分らないが、暫くする

と底知れぬ冷たさが伝はつて来る。

八つになる女の子、帽子修繕屋の末娘が彼等のうしろに立つてゐた。

「ねえ、お姉ちやんをどうするの。」

「お墓へ持つて行つて焼くんですよ。」

「眼が見えなくなりやしない。」

「今だつてもう見えないんですよ。」

女の子は黙つて、むづかしい顔をしてゐた。

「朝木さんの立会ひで持ち物を調べるんだ。」と、爺さんが机の抽斗をぐいと引つぱると、歯磨の缶が踊り出した。鍵がかかつてゐなかつたのだ。

「お待ちよ。」と、婆さんは死顔にかかつた歯磨粉をふうふう吹いて、白い布をかぶせた。

石鹸、手拭、セルロイドのキユウピイ、化粧水、鋏、手鏡、毛ピン——そんなものがきちんと入れてあるばかりだつた。

「なんだつまらない。」と、もう一つの抽斗をあけた爺さんは、円めた封筒を拡げて、

「おい、これ、ユキちやんの国ぢやないかね。」

——大阪府三島郡豊川村大字小野原

そこまで書いて握りつぶしてあつた。

「宛名がないや。」

「その村の酒井として電報を打つてみたらどうです。」と、新八は言つたが、しかしユキ子の財布を見つけた爺さんには聞えなかつた。その肩に婆さんも重なつて、

「いくらある。」

「五円一枚と五十銭銀貨が三つと……。」

「お線香でも買はう。」と、婆さんはさつさと帯の間へしまひ込んだ。

押入れ――女らしい生活の息づかひをしてゐるのは、その中だけらしいと新八が思つてゐた押入れも、あけてみるとその部屋の壁のやうに片づいてゐた。上の段は蒲団を出して空、隅に婦人雑誌と「文藝春秋」とが、別々にきちんと揃へて二重ねに積んであつた。下には行李一つ、紙屑籠一つ、蝙蝠一本、風呂敷包一つ――布屑一つ落ちてゐないのだ。

「おや、札がついてるぜ。」と、爺さんが風呂敷包を隅から引つぱり出した。

――捨てるもの。

「捨てるもの――つて書いてあるぜ。」

「阿呆、女の汚れものだよ。」

「ふつ。」と、爺さんがはふり込んだ。婆さんは行李をあけながら、

「着物だね。綺麗にたたんである。国から電報の返事が来ないなら、売つて葬式の金の

足しにしようよ。」

一番上に乗務服がスカアトのひだをきちんと折つて入れてあつた。新八が新橋行の青バスで見た紺服だ。——新八は初めてぽろぽろ涙を落した。

「私はその事務服に恋をしてゐたのかもしれないのですものね。」と、新八は話しながら私に言つた。

「ユキ子は高い熱に苦しみながら、もう助からないかもしれないと思つて、こつそり押入れを片づけたんぢやないでせうか。夜中に一人汚れものを風呂敷に包んで、捨てるものと書いてゐる姿を思ふと寂しい。捨てるもの——ユキ子の遺言はたつたそれだけです。」

婆さんが行李の蓋をしてから、彼はもう一度あけて紺の服を眺めた。底の方に紙包らしいものが見える。拾ひ上げると、

——二月十三日、拾ひもの。

と、白紙の包みに書いてあつて、中は朱色の塩瀬の紙入れだつた。新八はそれから十円紙幣と一緒に写真を三枚引つぱり出して鋭い叫び声をあげるところだつた。

「何だと思ひます。」と、新八は話しながら私に言つた。

「男と女のけしからん写真なんです。涙をぽろぽろ流しながら、けしからん写真を見てゐる若い私を想像して下さい。」

その写真と包紙とを素早く懐へ入れて、新八は、

「お婆さん。ここにも財布がありましたよ。」

「ほう、三十円。あの子は三十円も行李の底に隠してたんだよ。」

婆さんは十円紙幣を拡げて、しばらく眺めてゐた。

五

新八と帽子修繕屋一家のほかに近所の女房二三人で、貧しいお通夜をした。新八は皆の前で、ユキ子の一番親しい人間であるかのやうに振舞つた。

「あのけしからん写真を見てから、不思議にも、ユキ子がほんたうに内縁の妻のやうに思へて来ましてね。」と、新八は話しながら私に言つた。

「彼女がそんな写真を見たからといつて、彼女に幻滅するやうな人間でも、私はなかつたんですけど。」

二月十三日は、新八が鎌倉へ行く二三日前だ。してみれば、彼と彼女とが蔵前から新橋駅まで青バスに乗り合せた時、ユキ子はもうあの写真を見てゐたのだ。そのためにユキ子は透き通つた飴のやうな瞼をしてゐたのであらうか。

あの紙入れはわざわざ白紙に包んで、「拾ひもの」と書いてあつた。――彼女は拾つた紙入れを、ふとあけてみた。あゝいふ写真の入つてゐるものを、彼女は恥しくて男の

監督に届けることが出来なかつた。また、青バスの中で拾つたとは限らない。とにかく届けようと思ふうちに病の床に倒れ、「拾ひもの」と書き残したのだ。新八はさう信じた。しかし、ユキ子があの写真を見たと知つてから、新八は彼女の死の床全体を恥しがらずに見ることが出来るやうになつた。

お通夜の翌日も、国から電報の返事はなかつた。入江の大学病院から死体を受け取りに来た。新八はユキ子を抱き上げてやつた。冷たい異常な重さなのに、汗と熱の匂ひがまだ、消毒剤の匂ひの底からほのかに内縁の妻らしい親しさを漂はせた。階段の途中で硬いユキ子の腰ががくりと折れた。はつと腕をゆるめた新八は、落しさうな死体を今度は胸に抱きしめて、尻餅を突いてゐた。ユキ子はやつぱり死んでゐた。新八は彼女の冷たい額にそつと接吻した。

「綿ネルの寝間着一枚で、寝台車に積み込まれて解剖室へ行く、寂しい花嫁の葬式でしたよ。——ですから、翌朝私は研究室の助手に電話をかけずにはゐられませんでしたよ。」と、新八は話しながら私に言つた。

「あの死体ね。」

「ああ、君の花嫁か。」

「顔の美しさは変つてゐない？」

「顔？　さあ、そいつは気がつかなかつた。」

「処女か。」

「処女だ。」

「死体の写真を取つといてもらふことは出来ないかしら。」

「さあ、写真機があれば造作はないが。——あ、ある、ある、素晴らしいのが研究室にあるはずだ。」

「ぢやあ、頼む。」

「今、解剖台の上で真つ裸だよ。それでいいかね。」

六

髪だけが、そこでは鮮かな滴のやうに、濃い黒であつた。髪だけが今はユキ子の体で、濡れた艶めかしさであつた。

金属製の解剖台は真白いペンキ塗りらしかつた。その白さの上へ仰向きに寝てゐるために、ユキ子の肌は動き出しさうな色にも見えるのだ。けれども、凍るやうに張りつめた、乳房と腹との線が、処女のしるしなぞといふなまやさしいものでなく、憎しみに満ちた陰気さが迫つて来た。

彼女は太つてはゐないが、骨組の細い娘であつた。車掌の乗務服の上からも、胴の幅よりも円さが感じられた。それに今は、腰骨が意地悪く突き出てゐる。これは何よりも死の姿であつた。

「しかしこの写真はね、死の冷たさと言ふよりも、科学の白々しさでしたよ。」と、新八は話しながら私に言つた。

「硝子箱のやうに明るい部屋の明るい色の上に、さうです、温室咲きの花でもありさうなところに、真裸の死体が置いてあるんですからな。」

「傍に誰も立つてゐないんですか。」

「無論。——誰が縁もゆかりもない裸の死体と一緒に、写真を写したりなんぞするもんですか。」

白壁の広い部屋であつた。三方の大きい窓添ひに、ぐるりと細長い板が取りつけられてゐた。それが医学生達の爼(まないた)である。彼等はその上へ、死人の頭蓋骨とか、心臓とか、眼球とか、卵巣とかを切り取つて来て料理する。解剖台はその部屋の真中にあつた。

「さう、さう、傍には誰もゐないと言ひましたがね。」と、新八は話しながら私に言つた。

「ユキ子の寝かされた横に、もう一つ解剖台がありましたよ。白い布がかぶさつてゐましたよ。死刑囚か惨殺体かもしれません。」

「可愛いをさな子——貧しい母親が売りに来た、をさな子かもしれないと、隣りの死体を考へることも出来ますね。」

「いや、そんな小さいものぢやなかつたのです。」と、新八は切るやうに言ふと、私をじろりと見て、

「一ことも話しかけたことのない娘の死かばねを、花嫁と呼んだりする私が――あなたにはロマンチストに見えるのですね。――言ひ忘れましたが、私は入江に教へられた通りに、ユキ子のことを、内縁の妻の死体だと届けてみました。警察では少しも疑ひませんでしたよ。――とにかく、私自身でさへ見たことのない花嫁の裸を、解剖台の上にさらしたりしても、それでもロマンチストですかね。私はその正反対のつもりでゐた。けれどもさていよいよ彼女の体が学生達のメスに切り刻まれるのだと思ふと、ユキ子は私の感情の中に、不思議と生き生きして来たことは事実でした。言つてみれば、多分恋人もなくつつましく暮してゐた娘が、死体となつて初めて、白い解剖台の上で、若い男達に女としての媚びを現はした……。」

「本人は少しも知らないぢやありませんか。」

「さう、彼女の魂から別段苦情が出なかつたところをみるとね。――しかし、骨上げに行く者もないみじめな葬式よりも、その方がどれだけ女の本懐かしれませんよ。」

「それこそ、一種のロマンチシズムぢやないですか。」

「いいや、骨までしやぶれ。処女で終つたかはりに、死んだユキ子は女の体として、使はれる限り使はれたのです。さう思ふことはなかなか、こちらの胸のすくやうな盛んな

感情でしたよ。」

私はいつの間にか、うつむいて新八の話を聞いてゐたのだが、この時ふと彼の冷たい笑ひを見上げたものとみえる。彼は再び私をうつむかせようとして言つた。

「例へば、ユキ子の行李の底から見つかつた写真にしてもです。十年前に写したのか、三十年前に写したのか、分つたものぢやありません。その女達はとつくの昔に死んでゐるかも知れないし、梅干婆になつてゐるかもしれません。だが、今だつて男女のけしからん写真としての役目を、彼女等は立派に果してゐるんですからな。また、ユキ子の内臓は壜づめになつて、今でもちやんと大学病院にありますよ。」

「それを御覧になつたんですか。」

「花嫁に会ひたい時にはね。」

しかし、朝木新八のいはゆる「盛んな感情」の妄想も、助手の入江から死体の写真の書留郵便が届くまでのことであつた。

同じ部屋に住みながら、ボックス君とコックス君とで、生きてゐるうちには蔵前から新橋駅まで青バスの中で一度見ただけのユキ子、しかもその時は首に繃帯を巻き、手袋をはめ、靴下を穿いてゐた花嫁の肌を、初めて見るやうに封を切つてみると、それは「科学の白々しさ」であつた。

「しかし、解剖をする時に頭の毛は剃らんのでせうかね。」と、新八は話しながら私に言つた。

「水死体の髪の水をきゆつとしごいて結んだやうに、髪だけが女らしくねばねば濡れて見えるんです。」

写真を受け取ると同時に、彼の空想はユキ子の体から解剖台へ移つてしまつた。どんなに凶悪な死刑囚が、どんなに無惨な他殺死体が、どんなに奇怪な病気の施療患者が、またどんなに悲惨な行路死人が——この解剖台の上に横たはつたらうかなぞと。けれども、寝る前に必ず三枚のけしからん写真と一緒にユキ子の写真を見ることが、彼の癖になつてしまつた。

七

「たはむれ同様にしろ、ユキ子の内縁の夫と名乗つてみせながら、一文なしの苦学生の私が、たつた机一つを遺品に貰つて、それでもその時は申しわけのないやうな気がしてゐたんですからね。」と、新八は話しながら私に言つた。

ユキ子の財布の七円足らずの金も、「拾ひもの」の三十円も、供花料といふ名目で医科大学から貰つた死体料も、うつかり帽子修繕屋に渡したまま忘れてゐたのだ。自動車会社からも余りに少い、とは言つても新八には大金の香奠が来てゐるにちがひなかつたのだ。

彼女が死んでから、新八は帽子修繕屋の二階へ通はなくなつてゐた。生きてゐてさへ、赤い糸屑一つ畳に落しておかなかつた彼女であるから、死体を運び出すだけのことで、部屋は寂しい清潔さに片づいてしまつたが、彼は区役所の消毒屋を信じる程に科学的ではなかつた。また、卒業試験が目の前なので浅草蔵前の歯科医院から本郷の安下宿へ引越しをした。それと同時に、新八はユキ子の遺産相続権を忘れてゐたのだつた。けれども、彼女の遺産は安い塗薬の匂ひがする粗末な机一つ——ただそれだけで決して終りはしなかつた。

先づ手始めに、帽子修繕屋の爺さんが電話で彼を追つかけて来た。

「もしもし、あんたが朝木さんかな。——ユキちやんの妹といふのが、今頃田舎から現はれて来ましたがな。」

「東京へ来たんですか。」

「今私のうちで泣いとります。姉さんのお骨が見たいと……。」

「骨なんかあるはずがない。」

「それがな、立派な葬ひをしてやつたと言うた。お骨は朝木さんのところにあるとな。——これからその娘をそちらへやるが、ようがすか。」

「だめだ。明日の試験でいそがしいんです。」と、電話を切つてしまつたが、直ぐその場で大学病院の入江を呼び出した。

「あの、君のところに骨があるだらう。」

「骨つて——何の骨だ。」

「白ばつくれるな。青バスの女車掌の骨さ。その骨をね、田舎から妹が受け取りに来たんだ。」

「ああ、それぢや、人間の骨でさへありや。誰のだつていいだらう。」

「あの骨はどうしたんだ。」

「さあ、もう一月も前の解剖だからね。ちやんと取つてあるか、どうだか。——ほかの人間の骨でもいいのなら都合しとくよ。それでごまかしとけよ。いくら肉親の妹だつて、姉の骨まで見たことはあるまいから、分るもんか。戦死者や天災地変の死人の遺骨だつて……。」

「もしもし、これから研究室へ貰ひに行つてもいいかね。」

「ああ、ちよつと——もしもし、お骨つて言へば焼いた骨だつたね。どうして焼けばいいかな。それより君、一そう鶏の骨でも渡しといたらどうだい。あかの他人の骨よりも鶏の骨の方が、却つて気持がいいかもしれない。スウプを取つた後のあらを、病院の小使にでも焼かしとかうか。」

新八はユキ子の姿を思ひ出してゐた。その姿に幼い野の風を加へた妹——遥々姉の骨を受け取りに来た小娘の感情を空想して黙つてゐた。

「さうだな、今夜雛鳥を一羽買つて帰らうか。君も僕の家へ来て一ぱいやりながら、花嫁の遺骨を製造しようぢやないか。」

八

錆びたトタンの街に桜が咲き始めてゐた。朝木新八は乞食と自動車との群に追はれ追はれ、三河島の火葬場へ歩いてゐた。

路が狭くなる手前の関所に自動車が重なりあつて止まり、通行券を貰つてゐた。葬式が多過ぎるのか自動車が多過ぎるのか――一つの葬式には、霊柩車と一台の乗用車しか火葬場に入ることを許されないのである。それでもその狭い路は新八を追ひ廻すに十分な自動車の数であつた。新八は高級車の重々しい背の高さを、初めて見るやうに驚いた。乞食等はその重々しい怪物の威厳を恐れないと見える。世にも真剣な顔つきで窓に群がり、叫び立てた。窓の中はまたこれ、違つた種類の真剣な顔のお揃ひであつた。黒と白の礼装は、人生の最後の審判の席に急ぐかのやうであつた。それから、季節は新しい春の色の訪問着に移らうとし、若い女等は貴族の客間のやうに焼場を訪れる。――とにかく、ユキ子の解剖台の葬礼や乗務服の盛装とは、何といふ違ひであらう。

「私は笑へなくなりましたよ。」と、新八は話しながら私に言つた。

「とても滑稽な用事なのだから、にやにや笑ひながら来て、にやにや笑ひながら帰るつもりだつたんですがね。」

「骨を盗みにでもいらしたのですか。」

「それがね、盗めばよかつたと気がついたのは、焼場へ行つてからのことでしたよ。あすこでなら山で枯枝を拾ふやうに骨が拾へないとも限りませんからね。」

「さうでせう。この間も三河島の火葬場の裏手に、沢山骨が捨ててあるので、近所の者が警察へ苦情を申し込んだつて、新聞に出てゐたくらゐですから。」

「裏のことなんか、大学生だつた私に分るもんですか。——その前の晩、入江の家で酒を飲みながら雛鳥の骨を焼いて、それも金網ではお骨のやうな色にならないといふので、わざわざ灰の中に埋めましてね、ユキ子の遺骨を拵へ上げたんでしたが、考へてみると骨壺と錦の袋がない。そんなものは焼場にしか売つてゐるとは思へないから、翌朝私が買ひに来たのでしたが。——それから、人間の骨はどんなものかも、念のために見ておきませんとね。」

とにかく、焼場の路を一人で歩いてゐるのは、新八一人であつた。五人八人と揃つた、他人の葬ひまたはお骨拾ひの連れらしく見せかけながら歩いた。

「しかし、一たいユキ子は私に他人ぢやなかつたのでせうか。」と、新八は話しながら私に言つた。

「ユキ子のためにともかく火葬場へ行つたのは、私一人にはちがひないのですけれども。」

自動車と乞食との中を歩きながら、彼はなぜかむやみに腹が立つて来た。――若い娘の贋骨にすると聞きながら、医者の妻らしく笑つて、痩せた子供のためにスウプを取つた、入江の細君の鬘のやうに濃い生え際までが、憎々しく思ひ出されて来た。

「ちよいと待つてね。そのまま焼いちや勿体ないわ。」と、

場末の町は二日前の雨でぬかるんでゐた。靴底の破れた彼の歩く通りに、彼の後から路を拾つて来る娘があつた。彼女は下駄屋の飾窓によりかかつて足袋を脱いだ。脱いだ足袋を懐にはさんだ。――そのことが、新八をふと爽かにした。彼はその自分に驚いて、度々振り返つた。いつの間にか彼女は足袋を懐深く隠してしまつていた。新八は声をあげて笑つてみたかつた。彼女は下駄を気にし始めた。彼は怒鳴つてみたかつた。

「お嬢さん、僕は君の下駄なんか見てやしない。美しい足を見てるんだ。」

「何をつ。」と、彼女はつかみかかつて来さうな顔の娘であつた。微笑してゐる剣のやうな顔には、ゆひつけてゐるといふこと以外に、桃割は似合つてやしない。彼女は白い包みをさげてゐた。

火葬場は奇怪な公園のやうに立派であつた。掛茶屋があり、廃れた劇場があり、廃れた公会堂がありといふ風に見え――それは滅びた国のやうな大きく暗い口を開いてゐた。

九

古びた郵便局のやうな事務所の壁にもたれて、娘は足袋をはいた。中では人々が各等火葬料の値段表を見上げて、こそこそ話をしながら、役所の窓口へうやうやしく税金を納めるやうに料金を支払つてゐた。新八は一番小さい骨壺と赤い錦の袋とを買つた。白木の棺を載せた鉄の車が、コンクリイトにきびしい車輪の響きを立ててゐた。彼はその後について行つた。

勿論、最下等の焼場にちがひない、港の荷揚げ場のやうなコンクリイトの台の上に、死体の箱が積み重なつてゐる――それを大きく暗い入口から覗くと、むうつと人の骨の灰の匂ひであるが、桃割の娘がゐた。腐つた都の塵埃焼却工場のやうな、残酷な清潔さを思はせる、煉瓦囲ひの大きい竈、それに並んだ鉄の扉の前に、彼女が立つてゐるのだ。錆びた扉を開いて、火夫が鉄の大きい抽斗のやうなものを抜き、鉄の塵取りのやうな器に白骨を箒で掃き落した。そして一隅の卓の上にそれをがちやりと投げ出して、

「おい、これを拾ひな。」

娘が入口に立つてゐる彼を振り向いた。きつい目つきで彼を呼んでゐるやうであつた。彼女が白い包みを開くと、

「全く驚きましたね。」と、新八は話しながら私に言つた。

「その骨壺がね、味噌か梅干を入れて置くあの壺なんです。お勝手にあつたのを洗つてもつて来たにちがひないのです。」

彼女は卓の上の瀬戸物の筒から長い竹箸を抜き出して、突然新八に、

「これで拾ふんですわね。」

「へえ。」と、彼がまごついてゐると、

「すみませんが、ここに立つてゐて下さいまし。」

「お一人なんですか。」

「いいえ。でも、今も隠亡(おんぼう)に、お前一人かい、つて聞かれましたの。いいえつて私言つてしまひましたの。」

「どなたなんです。」

「姉ですわ。」

新八も竹の箸で骨を拾つてやつた。

「ありがたうございます。これでもう一人だと思ひませんわ。」

「でも、僕も骨壺をぶら下げてるんだから、変ですよ。」

「さう？」

「さうでもないかな。大きいのと小さいのと、骨壺を二つ持つて来るのが普通ですね。

――この壺にも骨を少し拾はしてくれませんか。」

「あら。」

「僕にも姉さんの骨を少しばかりいただけないでせうか。」

「だつて、そんな他人の骨なんぞ。——あなたの方は、これからお拾ひになるんぢやありません？　あなたもお一人でいらしたわね。お連れは……。」

「ないんです。」

「それぢや、後で私がお手つだひしますわ。一人だと隠亡が小馬鹿にしてよ。私それがつらくつて。」

「僕は骨を拾ひに来たんぢやないんです。」

「あら、だつて、それは？」

「この骨壺だけを買ひに来たんです。——実はね、田舎の人が東京で死んで、その骨を預つてゐたんですが、僕みたいな書生のことだから、それをどこかへ紛失しちまつたんです。ところが今度、田舎から骨を受け取りに来たもんだから、あわてましてね、骨壺を買ひに来るやら、鶏の骨を焼いて贋のお骨を拵へるやら……。」

「まあ、鶏の骨。」と、彼女は花束を振り廻すやうに笑ひころげた。冷たい立方体の重なりである火葬場に、かくも高々と響いた笑ひ声は——余りに花々しい木魂で身がすくむやうであつた。

「そいぢや、姉の骨でもお役に立ちますわね。」

「鶏の骨よりずつと綺麗に焼けてゐます。」

「あら。」

「これは失礼。——ですが、人間の骨つて、案外少いものですね。」

「さうでせうか。」

「まだ温かいですね。——でも、もし姉さんが見ていらしたら変なものですね。結婚してらしたのでせう。」

「さうね。——なぜ売らなかつたかつて、言ふくらゐのものでせう、姉は。」

「売るつて、骨をですか。」

「その方お幾つくらゐでしたの、姉の骨が代理をつとめる。」

「あなたより、一つか二つくらゐ上の娘でした。」

彼等が骨を拾つてゐる卓の片端には、白紙が十枚ばかり並べてあつた。その紙の上にそれぞれ五十銭銀貨が二枚三枚四枚、文鎮のやうに置いてあつた。骨と引き換へに火夫へ渡す証書であつた。心づけの金高が一目で分つて便利である。銀貨で抑へてない紙は、今二人が骨を拾つてゐる死人の証書だけであつた。窓からそよ風が吹けば飛んでしまふであらう。

十

娘は火葬場の広い門でまた足袋を脱いだ。娘と言へば女学生であるやうな気がしてゐる新八には、彼女の美しい肌が早熟な白さであつた。彼女の短い首を見てゐると、彼はいろんなことが打ち明けたくなつた。

「どこの誰だか分らない、行きずりの人の気易さでしたよ。」と、新八は話しながら私に言つた。

「しかし後で考へてみると、女遊びになれない男が、娼婦にむやみと身の上話をしたくなる、あの気持だつたかもしれません。」

路に出ると、娘は怒つたやうに離れて歩いた。行きよりもしつつこく乞食につきまとはれた。新八は娘に迫ひついて、これが別れの言葉かと思ひながら、

「姉さんの墓が、どこか知らない田舎にもう一つ出来ると思つて、勘弁していただくんですな。」

「私の方には墓なんぞ出来やしませんわ。」

「さう言へば、勿論僕の方だつて……。」

「お墓を持つやうな女ぢやなかつたのですわね。こんなお骨を持つて帰つたつて、私どうしていいか分らないんですの。区役所の助葬会にお葬ひを出していただいたから、骨を拾はないと叱られると思つて来ましたのよ。」

「助葬会つて、そんなものがあるんですか。」

癩病患者の夫婦がぬかるみを膝で這ひ寄つて来た。

「隠亡つて、ずゐぶんお金が出来るんですつて。」

「さうでせうね。」

「火葬場の株は、割がいいから、滅多に売りに出ないんですつて。」

「あなたはさつき、姉さんの骨を売るとか言つたでせう。」

「さう？」

「実は僕、この……。」と、新八は骨壺の袋を振つて、

「この娘の死体を骨ぐるみ売つちやつたんですよ。」

「あら。」

「助葬会は只かもしれないが、医学校へ解剖の材料として寄附すると、幾らか金が取れるんですよ。」

「その方は、あなたのなんでしたの。」

「何と言つたらいいかな。」

「幾らで売れたの。」

「その金を僕は見なかつたです。」

「私も死んだらあなたに売つていただくわ。」

「僕が先きに死んだら、あなたに売つて貰ふかな。」

「保険金を取るより面白いわね。」

「さういふ約束をしとけば、一生離れなくていいかもしれない。」

「高く売れるものなの。」

「さあ。」

「姉さんの死体も売ればよかつたわね。どうせ一生売つて売り抜いた体なんですもの。――あら、こんなこと言つちやつて――でも二度とお会ひしないんだからかまやしないわ。姉は死ぬまで身売日記を毎日つけて、一々金高を書き込んでゐましたわ。」

「あなた一人つきりで暮して行くんですか。」

「お名刺を頂戴。」

彼女は小さい郊外電車に乗つた。

「窓からね……。」と、新八は話しながら私に言つた。

「こちらを向いてゐる顔から上が見えるんです。見違へるやうな美しさでした。汚れた着物が隠れたせゐもあるでせうが。」

桃色の煉歯磨のやうに滑かな厚化粧の頬――それは朝らしい悲しみであつた。

十一

勿論朝木新八の家も、朝夕に新聞が配達された。その上、一匹の犬までがゐた。テリアと狆との雑種の小犬に、彼は「呼鈴」といふ名をつけた。

「一月前の苦学生が忽ち呼鈴欲しげな顔で、一家を持つやうになつた——といふ皮肉ではなかつたですがね。」と、新八は話しながら私に言つた。

「家へ来る人来る人——まあ、御用聞きぐらゐのものですが、片つ端から死物狂ひに吠えつくんです。」

「私もさつき玄関でやられた？」

「あいつですよ。——後足を踏み構へて、血相変へて吠え立てたでせう。あの気ちがひじみた程真剣な犬の顔をね、家を持つた当座の私は、不思議さうにつくづく眺めたものでしたよ。自分の持ち物でもない、そして昨日まで誰が住んでゐたかも分らない、ちつぽけな家をしたりげに守つてゐる、けちな人間の小憎らしさが——犬畜生にまでそつくりそのまま沁み込んでゐる。」

しかもその犬は——畳の上に飼はれてゐて、毎朝早く小便をさせるために、門口の外へつなぐのだつたが、そこで馴染んだものとみえて、新聞配達夫にだけは吠えなくなつた。また、小便がしたい時には、玄関のたたきへ駈け下りて、明けてくれと、硝子戸の前でちんちんをするやうになつた。

新八等人間はまして、この家の形にあてはまつた、いろいろな生活の習はしが、出来つつあるにちがひなかつた。

初夏で——金雀児の花の濃い黄と桐の花の薄紫とが、隣家の庭から新八の家の木戸口の上へ、枝をさし伸べてゐた。彼は生れて初めて金雀児の花の形をはつきり覚えこんだ。そして、金雀児の落花は醜いが、桐の花の落花ははかない朗かさである。

「そんなことまで、いつの間にか知つてゐる。——それから、私は犬の夢を見ましたよ。うちの犬の夢を。」と、新八は話しながら私に言つた。

「あいつは——犬ぢやありません、ユキ子の妹のことですが、(うちの呼鈴、うちの呼鈴)と言つて、犬の話をよくしましたよ。そのうちの呼鈴の夢を私もみたんです。眼が覚めるとすつかり忘れてゐましたが、ただよその犬共に較べて、うちの呼鈴が美しいと安心したことだけは、ちやんと憶えてゐたぢやありませんか。」

「しかし、あなたは何をそんなに?」

「軽蔑してゐたかとおつしやるんですか。」

「嘲ると言つては悪いですが……。」

「つまり、私はユキ子の妹と、ユキ子の遺骨を受け取りに来た田舎娘と——家を持つやうになつたのですよ。」

「ああ? ——それで、あのお骨のことは巧く片がついたんですか。」

「勿論、ごまかしました。——いくら肉親の妹だつて、姉の骨まで見たことはあるまいからと、大学病院の助手が言つた通りでしたよ。野たれ死したらしい売笑婦の骨を、姉のお骨だと信じてね……。」

百姓娘は額に押し戴かうとするから、新八は、

「明けてごらん。」

するとと、彼女の指がぶるぶる顫へて、急に啜り上げた。

「それぢや、お線香でも買つて来ませうね。」と、さすがに下宿を逃げ出したが、四月の街の明るさで自分でも驚く程声高に、新八は笑ひ出してしまつた。

「火葬場で骨をくれた娘も、その骨を受け取りに来た娘も、この世にゐさうにない春――私は、明るく明るく、とつぶやきながら歩いてゐたんですが。」と、新八は話しながら私に言つた。

しかし帰つてみると、突つ伏してゐた娘は、悪いことでも見られたやうに、胸の下から骨壺を出したが、やはり肩でしやくり上げてゐた。

「さあ、線香と花をね。」

「ありがたうおます。」と、彼女は袖で顔を拭きながら起き上つて、部屋を見廻した。汚い床の間が本箱代りで、書物や筆記帳なぞが乱れてゐる。

「そのお骨を机の上に置いたらいいでせう。」

とにかく線香の匂ひがした。彼女は合掌して頭を下げた。桃割髪の細い肩を後から眺めてゐると、新八は幼い静かなものを感じた。

「昨夜は汽車で眠れましたか。」

「いいえ。」

「姉さんのところへは手紙が一本も来なかつたさうですが、お父さんやお母さんは？」

「はい。わたえ一人だけで——ちよつと遠いところへ、奉公に出てましたよつてに。」

そして、彼女は奉公先から暇を取つて、東京へ来たのだといふ。彼女は十八ださうだ。それで分つたのだが、姉のユキ子は彼が思つたより上の二十だつたのだ。二親ともなく、彼女等二人きりだつたのだ。

「それぢや、急いで田舎へ帰ることもないから、桜でも見物して行つたらどうです。」

「はい。」

彼は下宿の女中に彼女の昼寝の床を頼んで置いて、

「それも私の虚栄心からね、今度勤め口がきまつて家を持つので、田舎から女中を呼んだと、言つて見せたのでした。」と、新八は話しながら私に言つた。

「ところが、その時出かけて行つた、人造絹糸会社の東京支社へ採用されまして、ほんたうに家を持つやうなことになつたのですがね。」

「学校を出ると直ぐに自分で飯が食へる。——この驚きで下宿の障子をさつと開くと、娘が驚いて起き上つた。彼女は寝床へは入らずに、蒲団の端を枕にして眠つてゐたのだつた。紅らんだ片頬に敷布の織模様の形がついてゐた。痺れたらしい右手を振りながら、髪を直した。

しかし、夜女中が寝床を二つ取つてゐる間に、彼女はゐなくなつて、一時間も部屋に戻らなかつた。新八は廊下を捜し廻つてから表に出た。娘はぼんやり坂にたたずんでゐた。彼が近づくと、彼女は片側の溝沿ひにどんどん坂を下りた。追ひつくと肱(ひじ)で眼を抑へて泣き出した。

「一体どうしたんです。」と、新八が思はず伸ばした手を、彼女は激しく肩で振り払つた。

「こんなところで、だめぢやないか。とにかく帰つて寝なくちや。――あんたは東京に身寄りもないと言ふし、今夜はあの下宿に泊つたらいいぢやないですか。」

彼女は泣きながら、だだつ児をなだめすかすやうな手つきの彼の腕を、また振り払つた。しかし黙つて彼について来た。

「部屋に帰ると、けろりと泣き止んでね。」と、新八は話しながら私に言つた。

「羽織を脱いで丁寧にたたむんですよ。――部屋に糸屑一つ落しといたことのないユキ子と、妹もおんなじなんです。」

妹も姉のやうに――さうだ、羽織を脱ぐと、いかにも一重裸になつたと思はれる程、野良仕事で膨らんだ手に似合はず、骨組が細く、胴の円さが感じられた。赤い花のめりんすの帯の心が柔かいのか、結び目がぴつたり胴を抱きしめて、彼女は帯の幅よりも狭かつた。彼女はその帯だけを解いて、下宿の貸浴衣には替へずに床へ入つた。

「それが一月後には、（うちの呼鈴）と犬を呼ぶやうになつたのですからね。」と、新八は話しながら私に言つた。

「私にしたつて、新しい——全く新しい生活の形は嬉しかつたです。誤解なすつちやいけません。新婚とはこれに似た気持だらうと空想しながら、私はこの娘と結婚することなぞ思ひもしなかつたのです。その頃の私の先輩にね、頻々と女中を取り替へる人がありましたよ。奥さんがよく病気するのですが、大抵奥さんの入院中に女中を替へて——いや、どうしようと言ふのぢやないのです。新しい女房を貰つたやうな——はかない幻を描くだけのことなんです。」

十二

娘は千代子といつた。彼女はよく歌を歌つた。その歌が大阪訛りであつた。台所の買物に近所へ出るだけの千代子が、どこで新しい歌を覚えるかは、娘らしい不思議さであつた。田舎びた桃割をやめると髪を上げるのが面倒臭いらしく、お下げにし、それさへ結んでゐないこともあつたが、いつの間にか女学生風に髪の尖を揃へて切つてゐた。彼のお古の黒い三尺帯を結んで、公設市場へ走つて行つた。

土曜日の夜であつた。新八は兵隊のやうに畳へ「伏せ」をして、空気銃の銃床を肩にあててゐた。千代子の言つた通りに、瓦斯計量器の裏から鼠が頭を出して、お勝手の様子をうかがつた。

「私の家にも、犬ばかりぢやない、鼠までが住むやうになつたのだから、大したものですよ。」と、新八は話しながら私に言つた。

「しかし、ふとした偶然から飯を焚くやうになつた家に、さも一生ゐさうな顔――直ぐそんな顔になれる女といふものが、鼠を呼ぶんですかね。」

「さう一々あなたのやうにおつしやつちや。」

「そりやね、私だつて生れつきの人造絹糸会社員のやうな顔をしてゐたにちがひありませんさ。」

「家を持つことがお厭だつたわけぢやないでせう。」

「さう。――日本の戸籍によると、私生児だつて、棄子だつて、ちやんと家を持つてゐますからね。千代子は一家の戸主だつたはずですよ。」

ところで、お勝手の板の間に出て来た鼠が、ふと首を縮めて立ち止まつたところへ覘（ねら）ひを定めて、新八は空気銃を撃つた。鼠は一尺程前の壁に飛び当つて、ぱたりと腹を返した。

「当つた、畜生。」と、新八は起き上つたが、気がついてみると、千代子は脣（くちびる）の色を失つて蒼ざめてゐた。彼は黙つて鼠の死骸を棄て、僅かな血を自分で拭き清めた。彼が二階へ上ると、千代子もついて来て、門口の戸の明く音がするまで下りて行かなかつた。

「伏見さん言ふ女の人でつせ。火葬場で会うた言うたら分りますと。」

まだ白褪めてゐる千代子の顔をじろりと見て、新八は彼女より先きに駈け下りた。

「失礼ぢやございませんでして？　下宿へ伺ひましたら……。」

「お上んなさい。」

「あれ、お役に立ちまして？」

「ああ。」

「姉の骨……。」

「ああ、ありがたう。」と、新八はさつさと二階へ上つて坐るなり、

「いかがです。どうかなさいましたか。」

「どうかつて。」

「姉さんに死なれて――お一人でゐるんですか。」

「あら、あれ？　よく憶えて居りますわ。姉のやうに身売日記をつけなければならなくなつたら、その前に下宿へ電話をかけろつて、火葬場でおつしやつて下さいましたの。きつとおかけしようと思つてますのよ。だけど、その時はもう引越しなすつた後ですつてね。」

「そりやあ、あなたの方が居どころを教へなかつたんだ。」

「あら、さうだつたの？」と、娘が袂を振つて笑つてゐる時に、千代子が下から彼を呼んだ。鼠の殺されたお勝手がこはいから、瓦斯の上の湯沸しを取つてくれと言ふのだ。彼の後から二階へ上つて、彼の横に隠れながらお茶を入れた。彼は伏見たか子の肌の色を見てゐた。

「人生の別の色でしたよ。」と、新八は話しながら私に言つた。

「上等の色街で磨き上げたわけではないのですが、早く売りたいために早熟した、冴えてゐながら粘りつこい白さ――いや、なんとはなく私を、これではいかんと、立ち直らせるやうな美しい明るさでしたよ。」

千代子がゐなくなると、たか子はまた、

「もう、あの骨はお渡しになりましたの。」

「渡しました。」

「今の方なの？　死んだ方のお妹さんて。」

「あれは女中です。」

「あれが、女中さん？」

「どうして。」

「ここは市外でもお屋敷町ね。私達の町とは町がちがひますわね。」

「馬鹿な。」

「今の方のお姉さんのお骨の代理を、私の姉の骨がつとめたのなら、どんなにいいだらうと思つて、私あの方を見てゐましたのよ。」

「へえ。」と、新八はそつぽを向いた。

「だけど、そのなくなつた方のお写真はございません？」

「ありますよ。真裸のでもよければ……。」と、新八は押入れの行李に隠してゐる、男女のけしからん写真三枚の間からユキ子の写真を抜き取つて、立つたままたか子の前へ突き出した。

「解剖台の上に置いたところです。」

「さう。」とだけで、彼女は長い間生真面目な顔をして一ことも言はなかつたが、

「私失礼しますわ。」

新八はたか子を送つて出た。省線電車の駅を遥かに行き過ぎ、またその駅に戻つて彼女に別れて帰ると、階下は真暗だつた。二階の押入れの襖のしまる音がして、千代子は迎へに出て来なかつた。新八は胸を突かれて二階へ駈け上つた。やつぱり千代子は泣いてゐる。彼の寝床の傍に寝間着姿で、ぼんやり坐つてゐた。瞼のむくんだ、涙だらけの顔だつた。

「僕の寝間着が出てないね。」と、口実を見つけて、新八は押入れの襖を明けた。果して行李の蓋が――千代子はけしからん写真と一緒に、姉の真裸な死体の写真を見たのだ。

突然立ち上つた千代子の頭が、彼の胸へ倒れかかつて来た。彼は思ひがけない重みでよろよろしながら、彼女の肩を抱いてゐた。彼が坐ると、その膝へ彼女は胸を落した。膝の温かさは、涙が沁み込むのかと思つた。彼は彼女の背を撫でながら、調子の高まつた声で、

「どうしたんだ。——ね、今晩は千代子も二階でお休みよ。さあ、立つて。」

立ちながらも千代子は、彼の体で顔を隠して、

「鼠がこはい。」

「鼠がこはい——と千代子は言ひましたよ。」と、新八は話しながら私に言つた。

「うん、鼠がこはいから二階でお休みよ。」と、新八はきやうだいのやうに千代子の首を抱きながら、寝床の中で急に幼子じみた娘の顔を眺めてゐた。

十三

それから彼等はいつも、幼いきやうだいのやうに眠つた。

「いつもと言つては、少し嘘ですが……。」と、新八は話しながら私に言つた。

「とにかく、不思議なことだらけでしたよ。」

第一に、余りに無造作に男と寝る娘が彼を驚かせた。男女のことを知らないのだらうか。少くとも、あのけしからん写真を三枚も見てゐる。しかしそれにしては、直ぐにす

やすやと寝入つてしまふ。眠れないのは新八であつた。

また、千代子は姉の裸の写真を見て、なんと思つてゐるのだらう。ユキ子が下宿してゐた、帽子修繕屋の爺さんは、

「それがな、立派な葬ひをしてやつたと言うた。」と、新八に電話をかけて来た以上、千代子はさう騙されてゐるのにちがひない。これもまた、たか子の姉の骨でごまかされてゐるのだが、とにかく葬式をした証拠に、ユキ子のお骨まで見た。その立派なお葬ひをした死体が、なんのために裸の写真を取られてゐるのか。いや、果して千代子には、これが死体だと分つたであらうか。解剖台だと分つたであらうか。姉のユキ子が――、

「生きながらですよ。」と、新八は話しながら私に言つた。

明るい洋室の真中で、真白いペンキ塗りの金属の板のやうな奇怪な寝台の上に、真裸で寝ながら写真を取らせるとは――しかも、その写真をけしからん写真と一緒に、どうして新八が隠し持つてゐるのだらう。

幸ひなことに、それらの写真の女共は恥しげもなく、顔をさらしてゐた。ユキ子が彼女等でないことは、一目で分る。だが、裸の女の写真がその中に混つてゐたからには、ユキ子も彼女等とかかり合ひがあると、千代子は思つたかもしれぬ。遠く離れてゐた姉の生活を――この写真を手がかりとして、千代子はどんな風に想像しただらうか。

その姉の恥しさのために、彼女は彼の体であんなに顔を隠したのだらうか。

「いや、とにかく千代子は私に激しい憤りを感じたにちがひありません。その怒りが余りに強かつたので……。」と、新八は話しながら私に言つた。

「家の中に一人ゐる娘の神経では長続きがせず、ぽきりと折れて——急に悲しみに変り、言ひやうのない寂しさに落ち込んだのかもしれませんね。それで自分を失つて、私に縋りついたのだとしたら、私はまあたか子と遠くまで歩いたお蔭で、千代子にも許されたことになりますかね。」

私が頬だけで笑ふのを見ると、新八はそれが彼の癖らしく、厳しい調子でおつかぶせて来た。

「いや、心理の研究は——大抵の場合下らんです。この場合の事実は、私が新しく感じた千代子の体温でしたよ。」

千代子は久しく野の秋風に吹かれた、白い蠟のやうな肌でありながら、新八より体温が高かつた。

「恐ろしいものです。ユキ子の死体を抱いて、帽子修繕屋の二階から下りて以来ね……。」と、新八は話しながら私に言つた。

「私には、女の体とは冷たいもののやうな気がしてゐたんですね。」

だから千代子の体温は彼に新しかつた。この温かさと彼女の深い眠りとが、だんだん彼を大胆にした。そして五六日後、彼女を後から抱いてゐた新八は、それをそつと放して、ぐつすり深い眠りに落ち込んだ。

深い眠りであつたから、空つぽのやうな軽さで彼は目を覚ました。二人はなにげなく朝の食卓に向ひ合つた。その軽い頭のまま、彼は会社へ出かけて行つた。

ところが夕方帰つてみると、バスケットと風呂敷包とが出してある部屋で、千代子は立つたまま柱に頭を押しつけて泣いてゐた。それでも彼女は、

「お帰りやす。」と、洋服を畳みながら、

「黙つて出て行かう思つて、置き手紙を書きましたけれど……。」

「うん。」

「それはあんまり悪いやうな気がして……」

「その手紙は？」

「今朝起きてみたら――昨夜知らんうちに……。」

「千代子がさう言つたのです。」と、新八は話しながら私に言つた。

「その手紙を見せてごらん。」

「もうお目にかからない方がいいと思ひましたけれど、旦那さんの留守にゐなくなつてはすみませんので、待つてました。」

「そりやあ、僕が悪いのだから。」と、口に出すと新八はむかむかと腹が立つて来た。

「その手紙は？」

「二階の机の上にあります。」

手紙には簡単にこんな意味のことが書いてあつた。――私がいけなかつたのですから、何ごとも言はずに、お別れいたしませう。田舎へ帰つたものと思つて、私のことは御心配下さいますな。先日買つていただいたセルの代金は、今月分の給料と差引きにして下さいませ。お預かりした金はこの封に入れて置きました。買物の控へは鼠入らずの上にございます。お洗濯物は洗濯屋に出し、残りは裏に干してございます。今日の夕飯は支度して置きます。姉の写真だけはお破りくださいませ。おたつしやにお暮らしなさいませ。

「別れるといふ言葉を見て、実は私びつくりしました。」と、新八は話しながら私に言つた。

「二人は、別れたりしなければならん間柄になつたのかとね。」

別れる――その言葉を千代子は、威厳のある重々しさで使つてゐる。たつたあれだけのことで――さうだ、新八はそれをわけなく通り抜けて、電車の中ではもう殆ど忘れてゐたから、軽々と美しかつた、あれだけのことが、千代子に女の一生の大事件として取り扱はれてみると――その「あれだけのこと」が、新八には急に言ひやうなく味気ないことに思はれ出した。彼はがつかり疲れた。彼は変な寂しさから、言葉をつくして千代子を引き止めてゐた。彼女は彼よりも鋭く疲れてゐたにちがひない。

「どこか別の奉公口がきまるか、自分で食べて行ける職が手につくまで、使つて下さいます？——私もうどこへも行けませんもの。」

お嫁に行けなくなつた——これもまた新八の良心を打つ前に、彼を驚かせた。

夜更け千代子は彼に腕を持たれて二階へ上がりながら、細々と言つた。

「置いて下さつても、もうあんなことは止めてね。」

十四

ユキ子の遺骨は、千代子が家を出ようとした時バスケットに入れた——そのままになつてしまつてゐた。千代子に見られた時から、けしからん写真は封をしたままになつてゐた。新八が初めて青バスの中でユキ子を見た時のやうに、千代子もまた、「野の娘が町へ出て色白になる——その途中」の健かな肌の色になり、うぶ毛がばうばうと目立つて来て、もう冬だつた。

「奥さんをお貰ひなさつても、使つといて下さいます？」と、いつも彼を軽く拒みながら千代子はもう姉よりずつと女づいて見えた。

死かばねの花嫁に過ぎなかつたユキ子を、彼は千代子の体からよく思ひ出した。

そして、たうとう彼女も乗合自動車の車掌になつた。

「姉がさうだつたといふだけの理由で——運命のやうな理由ですがね、その職業を選んだのですよ。」と、新八は話しながら私に言つた。

「私は人生の別の色ばかり求めてゐたのです。――もし千代子を愛してゐたとすれば、彼女とは結婚しなくともいいといふ気持からだつたらしいですよ。」

その気持が千代子にも映つて、彼女を家にじつとさせて置かなかつたのであらう。その気持ばかりでなく、家の暮しが次第に苦しくなつて来てゐた。新八の千代子に対する気持はいつの間にか、「雇つてゐる」から「養つてゐる」に変つてゐる。養つてゐる気持になつて以来、暮らし向きに目に見えた変化が何一つあつたわけではないが、千代子の給料も渡せなくなり、月々の諸払ひが滞つて来た。千代子が外に出て働かなければ、家を支へて行けなくなつたのだつた。

一方、新八の人生の別の色――たか子はだんだん足しげく訪ねて来るやうになつた。千代子は乗車勤務で夜も留守勝ちだつた。そんな時度々たか子は、摑みどころのない身の上相談を持ちかけた。いつ聞いても、彼女の身辺に危険が迫つてゐた。魔の手から彼の懐へ身をもつて逃れて来たやうな話であつた。そして大輪の花のやうに笑つてゐた。

「私には堅気な仕事はだめ。」

彼が職業を見つけてやらうと言ふと、これが彼女のきまり文句だつた。

「そんな馬鹿な、姉さんの真似をしなければならんかのやうな風に考へるなんて……。」

「でも、千代子さんだつて、お姉さんの真似をして車掌になつたぢやないの？」

「姉のやつたことしか、妹に出来ないといふわけはない。」

「私、野たれ死にした姉の真似なんかするもんですか。」

「かのやうな風に――と言つてるんです。」

「私は姉より勝気よ。」

「姉さんだつて、あなたの年頃には勝気だつたでせうがな。」

「ほんたうね。」

しかし、彼女の「危険」を魅力として、一層彼を引き寄せながら明るいたか子と同じやうに、職業を持つてからの千代子は新八の人生の別の色となつた。彼は彼女の紺の乗務服の、大黒帽に粗末なピンを挿してやりながら、その細い肩にやはり「危険」を感じた。

この二つの「危険」は、同時に新八の上へ崩れ落ちて来た。

千代子は姉と同じ急性肺炎となり、助手の入江の紹介で大学病院の施療室へ送られた。たか子は傘もなく霙(みぞれ)に濡れて、彼の家へ駈けこむなり、

「私はもうあの家へは帰れないわよ。」と、泣き出した。

「しかし私はその（あの家）なるものを、何が何だかさつぱり知らなかつたんですからね。」と、新八は話しながら私に言つた。

彼は千代子の着物を、自分の手でたか子に着せてやるやうにしながら、

「ちやうど千代子も入院してるし、家にゐてくれるといいな。」

彼女は濡れた桃割を解くと、激しく頭を振つて、ばらばら乱して髪を梳きながら、また泣き出した。帯をしめてゐなかつた。彼はその胸をうしろからそつと抱いて、結婚してくれと言つた。

「厭よ。くすぐつたいわ。」と、さつと立ち上つて、

「私もう帰るわ。」

彼は夢中になつて口説き出した。

「どうして夢中になつたのか分らないのですが、千代子が別れると言つた時に引き止めたと同じなんでせうか。」と、新八は話しながら私に言つた。

「死んだものとあきらめて、目をつぶつて、僕と一緒になつてくれ。」

「厭だわ。私堅気な結婚なんか出来やしないわ。」

「百人の男に身を売るよりも、一人の男に殺されたと思つて。」

「厭だわ。――千代子さんが病院で死にかかつてらしてよ。」

「死にかかつてる？」

「私はもうだめなの。」

「君は一体いくつだ。」

「十四五の子供だとでも思つてらつしやるの。――もうだめなの。もつともつと早くだ

つたら。」

「君は僕を——今だつて現に誘ひ込んでゐる？」

「誘ひ込んでなんかゐないわ。あなたにまでそんな風に思はれるのは、悲しいわ。やつぱり私はしかたがないのね。——私帰ります。」

十五

新八と千代子との結婚届は、千代子の死亡届よりも、僅かに二日早かつた。

「さうです。前にはユキ子が死体となつてから、戯れに彼女が内縁の妻であつたかのやうな顔をして見せ、今度は戯れでなかつたにしろ、千代子が明かに死ぬと診断されてから、私は結婚届を書いたのです。」と、新八は話しながら私に言つた。

「しかし、私はなぜたか子に結婚したいと言ひ、千代子には言はなかつたのです？　この怪物——結婚といふ制度は一たい何ものなんです。」

新八は驚いたのだつた。施療室のほかの患者の手前も恥しく、またそれを千代子が死の宣告と感じはしないかと恐れたので、新八が懐から結婚届をそつと出して見せると、千代子は病床から手を差し伸べると同時に、はらはらと泣いた。彼女の人生の苦しみと、心の濁りとが、清らかに流れ落ちるかのやうな涙だつた。彼女は柔らいだ瞼で瞬きつづけながら、生き返つたやうな眼で彼を見つめてゐた。涙だらけの——こんな美しい頬を彼は見たことがなかつた。感謝されては困る――と思ふと、新八も涙ぐんで来た。その場から役所へ届書を出しに行つて、彼が引き返した時には、もう彼女の頭は高い熱で乱れてゐた。

「死体だがね。」と、彼女が息を引き取ると間もなく、入江が新八に言つた。

「どうする。」

「どうするつて。」

「病室には置けないし、解剖するにしても、二十四時間経過しないと、まさか材料室へは移せないしね――一度家へ持つて帰るかね。」

「さあ、しかたがなければね。だけど借金してまで葬式はしないつもりなんだから。」

「新聞に出てたぢやないか、素晴しく立派な葬式が通るので、警察が驚くと、乞食のお頭が死んだんだつてね。」

「僕は一昨日結婚したばかりなんだよ。」

「それぢや、今夜はまあ病院の死亡室にでも置いて、明日教室へ廻して貰ふことにしようか。」

「死亡室つて、死体がタンクにうぼうぼ浮いた、あの部屋のことか。」

「解剖の教室の？――あれは死体室さ。死亡室は病院の附属さ。死を装飾するための立派な祭壇だよ。」

「そんなものがある？」

「病院としては残念ながらね。――だけど、お通夜しなければならんよ。君一人ぢやこはいかもしれんが。誰か死人の傍にゐないと病院でやかましいんでね。」

十六

病室の廊下が突きあたつて、重い扉を開くと、それは死の廊下であつた。

「薬の匂ひは明るい――なんてなつかしい生の匂ひだらうつて、私は重い扉がうしろでしまると同時に驚いたんでしたよ。」と、新八は話しながら私に言つた。「その廊下はどの病室からも見えないのです。薬も匂つて来ないのです。死体を運ぶ廊下なんですからね。」

両側の壁にはずらりと担架が掛け並べてあつた。その一つ一つが死体を運ぶ幻を浮べて――実際また、死人しか通さない裏廊下であつた。窓が一つもない。長い白壁であつた。それだのに、木々の枝が氷雨にざわざわ鳴るのが聞えて来る。

「一日に何人くらゐ通ります。」と、新八は何かしら声をかけてみたかつた。

二人の看護婦が担架の前とうしろとから振り返つた。うしろの看護婦は化粧をしてゐた。前の看護婦は化粧をしてゐなかつた。新八は突然、化粧した女が恐しく、化粧してゐない女に抱きつきたくなつた。

「女の化粧つてものは凄いですね、或る場合には。」と、新八は話しながら私に言つた。

「さうさう、廊下を出はづれると、死体の上へざあつと雨でせう。顔に載せた白い布がべつたり濡れて鼻の形が飛び出しましたよ。」

私はそれを追ひ払ふやうに頭を振つた。

「なあに、そんなものよりも、看護婦の化粧の方がね。」

「しかし、雨に濡らして運ぶんですか。」

「いや、裏口から死亡室まで五六間しかないんですが。」

その死亡室は——助手の入江が言つた通りに、いかにも「死を装飾するための立派な」コンクリイトの建物であつた。

看護婦達は死体を小高い祭壇に納めると、ハンカチを出して、濡れた布の代りに千代子の顔へ置いた。そして二人並んで、うやうやしく跪(ひざまず)きながら合掌した。白いスカアトがコンクリイトの床に拡がつてゐた。白衣の尼のやうに静かな物腰であつた。

「これでも飾つて上げませう。」と、部屋の片隅から造花の花環を祭壇の脇へ運んで来た。一人がハンカチでばさばさと白い造花をはたきながら、

「ひどいほこりですわ。」

「前の死人がそこへ棄てて行つた花環なのです。」と、新八は話しながら私に言つた。

「しかしこの看護婦達は、明日になればこの千代子の血を金盥に入れて、解剖学教室の

裏口へ棄てに行くかもしれないのです。宗教の天使が翌る朝はもう科学の天使——皮肉ぢやありませんよ。眼を赤くしながら死人を礼拝してゐてくれたんですからね。ところでこれを、死人の側から言へばどうなりますか。」

新八は冷たく笑ひながら、私の答へを待つてゐた。私は黙つてゐた。

「なぜ死の瞬間から、生きてる人間は死人を礼拝しなければならんのか。その死体は次の日にはもう、科学の材料として沢山の医学生に切り刻まれるのにです。死体は生きてる人間共がするさういふことを一切知らない。」

通夜をする人達のために、祭壇と向ひ合つて、畳敷きの部屋があつた。その端に腰をかけて、新八は看護婦達の礼拝をじつと眺めてゐたが、彼女等が振り返つた時に、彼はあわてて立ち上ると頭を下げた。

「お花やお線香なんか買つて参りませうか。」と、化粧してゐない看護婦が言つた。

「ええ。」

「それからお飾り——おまんぢゆうやなんかのお供へでございますわ。」と、もう一人の看護婦が口を添へた。

「それは僕が行きます。」

「あら、お傘。——ちょいとお待ちあそばして。」

十七

その日のうちに届けをすまさなければならないので、新八は病院の玄関から自動車に乗つた。

「警察と区役所へ大急ぎで廻つて。——それから、この近所に線香や花を売つてる店はないかね。」

「は。葬儀社でございますか。どの店へ参りますか。」

「葬式といふやうなものはしない。」

「は。葬儀は私の店でも取り扱つてをりますが。」

それは病院の正門前の大きい自動車屋の運転手だつた。電車道を一つ渡ればいいのだ。ガレエヂへ入つて行くと、

「葬儀の御用は裏口へお廻り下さい。」

汚い裏口で人目を忍ぶやうに葬儀屋をやつてゐるのだつた。

「葬儀屋が代理になつて、届けをしてくれるといふんでしたが、さすがの私も味気なくなるほど便利なものが、もう一つありましたよ。」と、新八は話しながら私に言つた。

葬儀屋の主人はしきびの枝と、線香二三把と、細い蠟燭と、半紙につつんだ貧しい干菓子と——たつたそれだけを破れた番傘で持つて来たが、乞食坊主のやうにもつともら

しく飾りつけた。

「お供へ物はこれでよろしうございますか。」

「せめて君、饅頭を盛り上げて持つて来てくれ給へ。菓子がどこにあるか、それぢや見えないからね。」

「とんでもない、旦那。――このあと、お饅頭でございますね。それからお通夜の召上りものも、御都合でお取次ぎいたします。御人数を伺つとけば……。」

「僕一人だよ。」

「さやうですか。そりやお寂しうございますね。」と、別段驚いた風もなかつた。

「それぢや少しの間でも、私がお相手に参りませう。なんでしたら人足もございますけれども……。」

「人足つて？」

「つまり、お通夜のお相手もいたします。」

「へええ、そんな商売があるのかね。」

「はあ、一人三円で参ります。少しお高うございますが、翌る日寝てしまひますから。女だと二円五十銭でございます。それに弁当代を五十銭もおやり下されば。」

「直ぐ来てくれるのか。」

「はあ、さうしましたら、旦那はお宅へお帰りになつてもよろしうございます。必ず夜通し起きてお守りいたしてをりますから。」

「それぢや、若い美しい女をよこしてくれ給へ——と、僕が頼んだにしてもです。」と、新八は話しながら私に言つた。

「かしこまりました——と、葬儀屋は引き受けてくれたかもしれません。しかし、さすがに私も驚きましたよ。お通夜人足まである便利な世の中です。」

冷たい風にまたしてもぞつと吹かれて、新八は産婦人科の医局へ行つた。助手の入江は冷酒をあふりながら、染色した内膜をパラピンでガラス板にはりつけてゐた。

「ちよつと待つてくれ。明日の授業の教材をこさへてるところだ。」と、テエブルの下から一升壜を出して、コップに冷酒をついでくれた。

「この顕微鏡を覗いてみないか。これがほんたうの娘さんさ……。それから、これはもう更年期を過ぎた婆さんのさ。よく較べてみ給へ。」

「どつちも美しい模様のやうぢやないか。」

「色がつけてあるからさ。組織がはつきり分るやうに、みんな染めるんだよ。」

「娘つてのは、ユキ子のぢやあるまいね。」

「ああ、あの、いつかお骨を贋造した、君の花嫁か？」

「千代子もこんな風に、紙より薄く刻まれて、ガラスにはられて、色をつけられて？」

「飲み給へ。顕微鏡の種板に個有名詞なんぞありはしないよ。」

たけだけしい赤ん坊の泣き声が夜を突き破つた。新八は腹の中に湯が湧いたやうな温かさで、思はず顔を上げた。

「安産だ。あの産婦は八時間も苦しんでゐたんだ。僕もちよつと見て来てやらう。失敬。」と、入江が扉を開くと、産湯の音が聞えて来た。

新八はまたじいつと顕微鏡を覗いてゐた。強い燭光で明るい染色体が広い歓楽場の色ガラスの天井のやうに思へて来た。

「あのう……」と、さつきの化粧しない看護婦が扉から顔を出した。

「旦那さまには休んでいただいて、私がお通夜するつもりでをりましたんですけれど。」

「とんでもない。それに一人ぢやこはいでせう。」

「私がお附きしてゐたんですもの。お墓まで見送るのがほんたうですわ。でも私にはほかの患者さんもございますので、お友だちにお守りしてくれるやうに頼んで参りました。」

千代子は施療病室で死んだのであつた。

「いや、僕が起きてますし、それに人を頼んでありますから。」と、新八は立ち上つて行かずにはゐられなかつた。

長い廊下が寝静まつてゐた。光がとぼしく、冬の夜気だ。産婦と赤子とが小さい寝台車に乗つて分娩室を出て来た。産婦は安らかな疲れた眼を閉ぢてゐた。新八はさつさと追ひ越した。

「死亡室へ急いでゐたのです。」と、新八は話しながら私に言つた。

「死人もこの産婦のやうに満ち足りた清らかさで眠つてゐるか、もう一度千代子の顔が見たいと思ひましてね。」

十八

新八が死亡室の扉を開くと、二人の通夜人足は弾かれたやうに起き直つた。女はひつつめ髪をつくろつてから、汚れた紺の前垂れを膝に伸した。そして、泥水に濡れた古足袋を隠さうとした。彼は畳の部屋の端に腰をかけて、火鉢に足をあぶりながら膝を抱いた。勿論男も女も垢だらけの木綿のふだん着であつた。男は羽織も着てゐなかつた。

「二人もをりや大丈夫でがんすから、旦那はお休みなせい。」

「ほんたうですわ。お疲れですもの。」と、女は摑みどころのない顔を赤らめてにたりにたり笑つた。

新八は黙つて畳の上にあがると、ガラス窓を細目に開けた。

「小さい部屋をしめ切つてるんですからね。壁や床一ぱいにしみこんでる屍の匂ひが、炭火で温まつて漂つて来さうに思へるんですよ。」と、新八は話しながら私に言つた。

「お通夜人足と言へば、せめて折り目のある着物くらゐは着て来るのだらうと考へてたんですが、まるで乞食か立ん坊なんですよ。」

彼等は新八のゐることが、ちがつた人種の前へ出たやうに窮屈であるらしかつた。余分な夜食代まで渡してあるのに、塩せんべい一袋しかなかつた。新八のやうな立派な人間に話しかける言葉に困つてゐるやうだつた。彼がゐなければ二人でごろりと横になるのだ。新八は坐るところがない気持だつた。

「乞食小屋へさらはれたお姫さまのやうに——お蔭で千代子の死体が美しく見えましたけれども。」と、新八は話しながら私に言つた。

コンクリイトの台の上に薄い蒲団を一枚敷いて、彼女はその上に寝かされてゐるのだつた。死体を病院へ寄附するから棺桶はいらない。祭壇の天井の明り窓には藍色のガラスが張つてあつた。その上から流れ込む電燈の光は、湖水の水の中のやうに蒼ざめてゐた。祭壇の三方は擦ガラスであつた。雨に揺れる木の枝が写つたり消えたりした。

新八が細目に開いておいた窓に、突然真白い女の顔が浮び出して、彼はふと一足退いたが、

「たうとう来たのよ、私。」

そして、高々と響いた笑ひ声は——余りに花々しい木魂で身がすくむやうであつた。前に火葬場で聞いた、あの笑ひ声だ。

「私ずぶ濡れよ」

しかしたか子は窓から首を突つ込むと、真赤な手を温めるやうに咽へ持つて行つたが、顎の蔭で小さく手招きした。

「あの人たちなんなの。御親戚？」

「お通夜人足ですよ。」

「人足？」

そこでまた花束を振り廻すやうに笑ひころげた。そして入口へ廻つて来ると、人足の前に突つ立つていきなり、

「あんた達もう帰つていいわよ。」

「はあ。」

「お金がまだなら貰つてくといいわ。」

「それは葬儀屋さんの方からいただきやすんで。」

「いただかせるわよ。」

「今から帰りやしてもどうも……。」

「お通夜つて賑かなほどよいんですわ。」と、女もひどく真顔でさからつて来た。

「そいぢや向うの部屋で休んでて頂戴。私が疲れたら代つて貰ふわ。それまで寝てゐていいわよ。」

「それぢやさういふことにさして貰はうか。」と、たか子のきつぱりした調子に押され

た男は、おどおどと女を誘つて出て行つた。

「向うの部屋で休めと言つたのには、私もあつけに取られましたよ。」と、新八は話しながら私に言つた。

「コンクリイトの廊下をへだてて、もう一つ死亡室があるのです。真つ暗なんですよ。がらんと冷たい――僕はその部屋が宵の口から恐ろしかつたのです。死亡室は死人のゐる方が、どんなに気安いかしれないのです。」

通夜人足はその部屋へ寝に行つたのであつた。

たか子は塩せんべいの紙袋をつまみあげると、畳の上へ上つて来て、

「畜生。」と、窓の外へ棄ててしまつた。

「まあ、私の足こんなに泥々だわ。」

そしてあたりを見廻すと、つかつか下へ下りて行つて、祭壇の隅に棄てた白い布で足を拭いた。

「だめですよ、それは、死人の顔にかぶせてあつた布だ。」

「さう。結構よ。」

それから祭壇の前に膝を折つて合掌すると、

「私これでやつと気が静まつたわ。」と、畳の上へ上つて来た。

「あいつら、さつきここで抱き合つてゐたわよ。私さつきここへ来たの。それであんた

の家へ飛んで行つたのよ。あんなやつら、仏さまの蒲団を剝がして寝ちやふわよ。男のやつばかりなら、もつとひどいことだつてしかねないわ。」

「しかし、今日死んだつてよく分りましたね。」

「たうとう来たのよつて、私言つたでせう。」と、たか子は濡れた羽織を脱いで、水しづくの桃割髪を解くと、激しく頭を振つて、ばらばらに乱した髪を両手でしごいた。

「傘をどこへ棄てたか分らないわ。今日は綺麗にお化粧してから逃げ出したんだけれど。——ねえ、私千代子さんの死顔を一度よく見せていただいていい。」

「いいとも。」

色褪せたメリンスの掛蒲団も一枚であつた。その死人の胸にたか子は右手を突いて、左手で顔のハンカチを取りのけながら、

「死人つて冷たいものねえ。」

「私はふとユキ子のことを思ひ出しましたよ。私が初めて死人の額の冷たさを知つた時のことです。死体ではあつたが、初めて女を抱いた時のことです。」と、新八は話しながら私に言つた。

「たか子は死骸にかぶさつたまま、なかなか離れないのです。乱れ髪に水の中のやうな青い光がさして吸血鬼のやうな姿なのですが、それを見てゐると不思議にも、私の感情は盛んな焰になつて来たのでしたよ。」

思ひがけない朗らかなたか子の声だつた。

「ほんたうに美しい顔をしていらつしやるわ。私は一生千代子さんのことを思ひ出して上げてよ。——千代子さんが病院で死にかけてらつしやる時に、あんたは私を口説いたわね。」

たか子はふいと立ち上ると真白い顔で歩いて来た。

「寒いわ。泣けちやふわ。顫へてるわ。抱つこしてよ。」

新八は女の髪の冷たさに驚いた。

「あら、あら、私、顔の上の布を持つて来ちやつたわ。」と、たか子に言はれてみると、彼の頰のあたりに安香水が匂つてゐた。

「死人が私達を祝つてくれた匂ひでせうか。」と、新八は話しながら私に言つた。看護婦のハンカチなのである。

たか子はハンカチを白い旗のやうに振つた。

「あんたは女をずゐぶん残酷にあつかつて来たのね。」

「初めて抱いた女が屍だつたからね。」

「でも大丈夫よ。私は小さい時からずゐぶん残酷にあつかはれて来た。——あすこに死人が神さまのやうに美しい顔で、私達を祝つてゐてくれるわ。——千代子さん堪忍してよ。」

新八はたか子からハンカチを奪ひ取ると、千代子の顔を隠しに立つて行つた。

通夜人足のいびき声がすさまじい氷雨の間から聞えてゐた。その声も、また死体も、二人を燃やす炎の役をつとめるのだつた。

十九

死体の媒酌の婚礼——その夜の情熱を思ひ出したものか、朝木新八の額には初めて生き生きしい色がのぼつて来た。——彼の話が終つたのである。

新八と私とはもう一年も近くに住みながら、立話一つしたこともない。しかし、彼の妻と私の妻とは親しく行きかひしてゐる間柄である。この話の中のたか子が、今も新八の妻である。

さて、なぜ私が奇怪な用事で新八の家を訪ねるやうになつたかは、以上の話で分るかと思ふ。ある新設の医学校の教授になつた鹿山といふ友人から、私はこんな風に頼まれたのだ。

「君の近所に、朝木新八といふ不思議な貧民救済家がゐるさうだね。なんでも、葬式の費用に困つてゐる死体を、どしどし医科大学へ寄附するやうに勧めるのださうだ。僕等の学校は新しくて解剖死体に困るんだから、僕の方へも死体を少し紹介してくれるやうに、君からその人に頼んでみてほしいんだよ。」

山月記

中島　敦

■中島　敦　なかじまあつし　明治四二年（一九〇九）～昭和一七年（一九四二）

東京生れ。東大国文科卒業、大学院中退。私立横浜高等女学校で教鞭をとるかたわら、創作に励んだ。持病の喘息が悪化し、教職を退職。昭和一六年南洋庁の国語編修書記としてパラオへ赴任するが、健康を害して帰国。この南洋行きの直前、深田久弥に預けた作品が、「文學界」に掲載され、脚光をあびた。「光と風と夢」を発表し、作品集も刊行されるが、文学活動が始まった直後に、喘息のため死去。「山月記」は昭和一七年「文學界」に発表された。

隴西(1)の李徴は博学才穎、天宝の末年、若くして名を虎榜(2)に連ね、ついで江南尉(3)に補せられたが、性、狷介、自ら恃む所頗る厚く、賤吏に甘んずるを潔しとしなかった。いくばくもなく官を退いた後は、故山、虢略(4)に帰臥し、人と交を絶って、ひたすら詩作に耽った。下吏となって長く膝を俗悪な大官の前に屈するよりは、詩家としての名を死後百年に遺そうとしたのである。しかし、文名は容易に揚らず、生活は日を逐うて苦しくなる。李徴は漸く焦躁に駆られて来た。この頃から其の容貌も峭刻となり、肉落ち骨秀で、眼光のみ徒らに炯々として、曾て進士に登第した頃の豊頰の美少年の俤は、何処に求めようもない。数年の後、貧窮に堪えず、妻子の衣食のために遂に節を屈して、再び東へ赴き、一地方官吏の職を奉ずることになった。一方、之は、己の詩業に半ば絶望したためでもある。曾ての同輩は既に遥か高位に進み、彼が昔、鈍物として歯牙にもかけなかった其の連中の下命を拝さねばならぬことが、往年の儁才李徴の自尊心を如何に傷けたかは、想像に難くない。彼は怏々として楽しまず、狂悖の性は愈〻抑え難くなった。一年の後、公用で旅に出、汝水(5)のほとりに宿った時、遂に発狂した。或夜半、急に顔色を変へて寝床から起上ると、何か訳の分らぬことを叫びつつ其の儘下にとび下りて、闇の中へ駈出した。彼は二度と戻つて来なかつた。附近の山野を捜索しても、何の手掛りもない。その後李徴がどうなつたかを知る者は、誰もなかつた。

翌年、監察御史、陳郡の袁傪といふ者、勅命を奉じて嶺南(6)に使し、途に商於の地に宿つた。次の朝未だ暗い中に出発しようとした所、駅吏が言ふことに、これから先の道に人喰虎が出る故、旅人は白昼でなければ、通れない。今はまだ朝が早いから、今少し待たれたが宜しいでせうと。袁傪は、しかし、供廻りの多勢なのを恃み、駅吏の言葉を斥けて、出発した。残月の光をたよりに林中の草地を通つて行つた時、果して一匹の猛虎が叢の中から躍り出た。虎は、あはや袁傪に躍りかかるかと見えたが、忽ち身を飜して、元の叢に隠れた。叢の中から人間の声で「あぶない所だつた」と繰返し呟くのが聞えた。其の声に袁傪は聞き憶えがあつた。驚懼の中にも、彼は咄嗟に思ひあたつて、叫んだ。「其の声は、我が友、李徴子ではないか?」袁傪は李徴と同年に進士の第に登り、友人の少かつた李徴にとつては、最も親しい友であつた。温和な袁傪の性格が、峻峭な李徴の性情と衝突しなかつたためであらう。

叢の中からは、暫く返辞が無かつた。しのび泣きかと思はれる微かな声が時々洩れるばかりである。ややあつて、低い声が答へた。「如何にも自分は隴西の李徴である」と。

袁傪は恐怖を忘れ、馬から下りて叢に近づき、懐かしげに久闊を叙した。そして、何故叢から出て来ないのかと問うた。李徴の声が答へて言ふ。自分は今や異類の身となつてゐる。どうして、おめ／＼と故人の前にあさましい姿をさらせようか。且つ又、自分が姿を現せば、必ず君に畏怖嫌厭の情を起させるに決つてゐるからだ。しかし、今、図らずも故人に遇ふことを得て、愧赧の念をも忘れる程に懐かしい。どうか、ほんの暫くでいいから、我が醜悪な今の外形を厭はず、曾て君の友李徴であつた此の自分と話を交して呉れないだらうか。

後で考へれば不思議だつたが、其の時、袁傪は、この超自然の怪異を、実に素直に受容れて、少しも怪まうとしなかつた。彼は部下に命じて行列の進行を停め、自分は叢の傍に立つて、見えざる声と対談した。都の噂、旧友の消息、袁傪が現在の地位、それに対する李徴の祝辞。青年時代に親しかつた者同志の、あの隔てのない語調で、それ等が語られた後、袁傪は、李徴がどうして今の身となるに至つたかを訊ねた。草中の声は次のやうに語つた。

今から一年程前、自分が旅に出て汝水のほとりに泊つた夜のこと、一睡してから、ふと眼を覚ますと、戸外で誰かが我が名を呼んでゐる。声に応じて外へ出て見ると、声は闇の中から頻りに自分を招く。覚えず、自分は声を追うて走り出した。無我夢中で駈けて行く中に、何時しか途は山林に入り、しかも、知らぬ間に自分は左右の手で地を攫んで走つてゐた。何か身体中に力が充ち満ちたやうな感じで、軽々と岩石を跳び越えて行つた。気が付くと、手先や肱のあたりに毛を生じてゐるらしい。少し明るくなつてから、谷川に臨んで姿を映して見ると、既に虎となつてゐた。自分は初め眼を信じなかつた。次に、之は夢に違ひないと考へた。夢の中で、之は夢だぞと知つてゐるやうな夢を、自分はそれ迄に見たことがあつたから。どうしても夢でないと悟らねばならなかつた時、自分は茫然とした。さうして懼れた。全く、どんな事でも起り得るのだと思うて、深く懼れた。しかし、何故こんな事になつたのだらう。分らぬ。全く何事も我々には判らぬ。理由も分らずに押付けられたものを大人しく受取つて、理由も分らずに生きて行くのが、我々生きもののさだめだ。自分は直ぐに死を想うた。しかし、其の時、眼の前を一匹の兎が駈け過ぎるのを見た途端に、自分の中の人間は忽ち姿を消した。再び自分の中の人間が目を覚ました時、自分の口は兎の血に塗れ、あたりには兎の毛が散らばつてゐた。之が虎としての最初の経験であつた。それ以来今迄にどんな所行をし続けて来たか、それは到底語るに忍びない。ただ、一日の中に必ず数時間は、人間の心が還つて来る。さういふ時には、曾ての日と同じく、人語も操れれば、複雑な思考にも堪へ得るし、経書の章句を誦んずることも出来る。その人間の心で、虎としての己の残虐な行のあとを見、己の運命をふりかへる時が、最も情なく、恐しく、憤ろしい。しかし、その、人間にかへる数時間も、日を経るに従つて次第に短くなつて行く。今迄は、どうして虎などになつたかと怪しんでゐたのに、此の間ひよいと気が付いて見たら、己はどうして以前、人間だつたのかと考へてゐた。之は恐しいことだ。今少し経てば、己の中の人間の心は、獣としての習慣の中にすつかり埋れて消えて了ふだらう。丁度、古い宮殿の礎が次第に土砂に埋没するやうに。さうすれば、しまひに己は自分の過去を忘れ果て、一匹の虎として狂ひ廻り、今日の様に途で君と出会つても故人と認めることなく、君を裂き喰うて何の悔も感じないだらう。一体、獣でも人間でも、もとは何か他のものだつたんだらう。初めはそれを憶えてゐるが、次第に忘れて了ひ、初めから今の形のものだつたと思ひ込んでゐるのではないか？　いや、そんな事はどうでもいい。己の中の人間の心がすつかり消えて了へば、恐らく、その方が、己はしあはせになれるだらう。だのに、己の中の人間は、その事を、此の上なく恐しく感じてゐるのだ。ああ、全く、どんなに、恐しく、哀しく、切なく思つてゐるだらう！　己が人間だつた記憶のなくなることを。この気持は誰にも分らない。誰にも分らない。己と同じ身の上に成つた者でなければ。所で、さうだ。己がすつかり人間でなくなつて了ふ前に、一つ頼んで置き度いことがある。

袁傪はじめ一行は、息をのんで、叢中の声の語る不思議に聞入つてゐる。声は続けて言ふ。

他でもない。自分は元来詩人として名を成す積りでゐた。しかも、業未だ成らざるに、この運命に立至つた。曾て作る所の詩数百篇、固より、まだ世に行はれてをらぬ。遺稿の所在も最早判らなくなつてゐよう。所で、その中、今も尚記誦せるものが数十ある。

之を我が為に伝録して戴き度いのだ。何も、之に仍つて一人前の詩人面をしたいのではない。作の巧拙は知らず、とにかく、産を破り心を狂はせて迄自分が生涯それに執着した所のものを、一部なりとも後代に伝へないでは、死んでも死に切れないのだ。

袁傪は部下に命じ、筆を執つて叢中の声に随つて書きとらせた。李徴の声は叢の中から朗々と響いた。長短凡そ三十篇、格調高雅、意趣卓逸、一読して作者の才の非凡を思はせるものばかりである。しかし、袁傪は感嘆しながらも漠然と次の様に感じてゐた。成程、作者の素質が第一流に属するものであることは疑ひない。しかし、この儘では、第一流の作品となるのには、何処か（非常に微妙な点に於て）欠ける所があるのではないか、と。

　旧詩を吐き終つた李徴の声は、突然調子を変へ、自らを嘲るが如くに言つた。

羞しいことだが、今でも、こんなあさましい身と成り果てた今でも、己は、己の詩集が長安風流人士の机の上に置かれてゐる様を、夢に見ることがあるのだ。岩窟の中に横たはつて見る夢にだよ。嗤つて呉れ。詩人に成りそこなつて虎になつた哀れな男を。（袁傪は昔の青年李徴の自嘲癖を思出しながら、哀しく聞いてゐた。）さうだ。お笑ひ草ついでに、今の懐を即席の詩に述べて見ようか。この虎の中に、まだ、曾ての李徴が生きてゐるしるしに。

袁傪は又下吏に命じて之を書きとらせた。その詩に言ふ。

偶因狂疾成殊類　災患相仍不可逃
今日爪牙誰敢敵　当時声跡共相高
我為異物蓬茅下　君已乗軺気勢豪
此夕渓山対明月　不成長嘯但成嘷

時に、残月、光冷やかに、白露は地に滋く、樹間を渡る冷風は既に暁の近きを告げてゐた。人々は最早、事の奇異を忘れ、粛然として、この詩人の薄倖を嘆じた。李徴の声は再び続ける。

何故こんな運命になつたか判らぬと、先刻は言つたが、しかし、考へやうに依れば、思ひ当ることが全然ないでもない。人間であつた時、己は努めて人との交を避けた。人々は己を倨傲だ、尊大だといつた。実は、それが殆ど羞恥心に近いものであることを、人々は知らなかつた。勿論、曾ての郷党の鬼才といはれた自分に、自尊心が無かつたとは云はない。しかし、それは臆病な自尊心とでもいふべきものであつた。己は詩によつて名を成さうと思ひながら、進んで師に就いたり、求めて詩友と交つて切磋琢磨に努めたりすることをしなかつた。かといつて、又、己は俗物の間に伍することも潔しとしなかつた。共に、我が臆病な自尊心と、尊大な羞恥心との所為である。己の珠に非ざることを惧れるが故に、敢て刻苦して磨かうともせず、又、己の珠なるべきを半ば信ずるが故に、碌々として瓦に伍することも出来なかつた。己は次第に世と離れ、人と遠ざかり、憤悶と慙恚とによつて益々己の内なる臆病な自尊心を飼ひふとらせる結果になつた。人間は誰でも猛獣使であり、その猛獣に当るのが、各人の性情だといふ。己の場合、この尊大な羞恥心が猛獣だつた。虎だつたのだ。之が己を損ひ、妻子を苦しめ、友人を傷つけ、果ては、己の外形を斯くの如く、内心にふさはしいものに変へて了つたのだ。今思へば、全く、己は、己の有つてゐた僅かばかりの才能を空費して了つた訳だ。人生は何事をも為さぬには余りに長いが、何事かを為すには余りに短いなどと口先ばかりの警句を弄しながら、事実は、才能の不足を暴露するかも知れないとの卑怯な危惧と、刻苦を厭ふ怠惰とが己の凡てだつたのだ。己よりも遥かに乏しい才能でありながら、それを専一に磨いたがために、堂々たる詩家となつた者が幾らでもゐるのだ。虎と成り果てた今、己は漸くそれに気が付いた。それを思ふと、己は今も胸を灼かれるやうな悔を感じる。己には最早人間としての生活は出来ない。たとへ、今、己が頭の中で、どんな優れた詩を作つたにした所で、どういふ手段で発表できよう。まして、己の頭は日毎に虎に近づいて行く。どうすればいいのだ。己の空費された過去は？　己は堪らなくなる。さういふ時、己は、向うの山の頂の巌に上り、空谷に向つて吼える。この胸を灼く悲しみを誰かに訴へたいのだ。己は昨夕も、彼処で月に向つて咆えた。誰かに此の苦しみが分つて貰へないかと。しかし、獣どもは己の声を聞いて、唯、懼れ、ひれ伏すばかり。山も樹も月も露も、一匹の虎が怒り狂つて、哮つてゐるとしか考へない。天に躍り地に伏して嘆いても、誰一人己の気持を分つて呉れる者はない。丁度、人間だつた頃、己の傷つき易い内心を誰も理解して呉れなかつたやうに。己の毛皮の濡れたのは、夜露のためばかりではない。

漸く四辺の暗さが薄らいで来た。木の間を伝つて、何処からか、暁角[7]が哀しげに響き始めた。

最早、別れを告げねばならぬ。酔はねばならぬ時が、（虎に還らねばならぬ時が）近づいたから、と李徴の声が言つた。だが、お別れする前にもう一つ頼みがある。それは我が妻子のことだ。彼等は未だ虢略にゐる。固より、己の運命に就いては知る筈がない。君が南から帰つたら、己は既に死んだと彼等に告げて貰へないだらうか。決して今日のことだけは明かさないで欲しい。厚かましいお願だが、彼等の孤弱を憐れんで、今後とも道塗に飢凍することのないやうに計らつて戴けるならば、自分にとつて、恩倖、之に過ぎたるは莫い。

言終つて、叢中から慟哭の声が聞えた。袁も亦涙を泛べ、欣んで李徴の意に副ひ度い旨を答へた。李徴の声は併し忽ち又先刻の自嘲的な調子に戻つて、言つた。

本当は、先づ、此の事の方を先にお願ひすべきだつたのだ、己が人間だつたなら。飢ゑ凍えようとする妻子のことよりも、己の乏しい詩業の方を気にかけてゐる様な男だから、こんな獣に身を堕(おと)すのだ。

さうして、附加へて言ふことに、袁傪が嶺南からの帰途に決して此の途(みち)を通らないで欲しい。其の時には自分が酔つてゐて故人を認めずに襲ひかかるかも知れないから。又、今別れてから、前方百歩の所にある、あの丘に上つたら、此方を振りかへつて見て貰ひ度い。自分は今の姿をもう一度お目に掛けよう。勇に誇らうとしてではない。我が醜悪な姿を示して、以て、再び此処を過ぎて自分に会はうとの気持を君に起させない為であると。

袁傪は叢に向つて、懇(ねんご)ろに別れの言葉を述べ、馬に上つた。叢の中からは、又、堪へ得ざるが如き悲泣の声が洩れた。袁傪も幾度か叢を振返りながら、涙の中に出発した。一行が丘の上についた時、彼等は、言はれた通りに振返つて、先程の林間の草地を眺めた。忽ち、一匹の虎が草の茂みから道の上に躍り出たのを彼等は見た。虎は、既に白く光を失つた月を仰いで、二声三声咆哮(ほうこう)したかと思ふと、又、元の叢に躍り入つて、再び其の姿を見なかつた。

(1) 甘粛省西部にある地名。(2) 進士に及第した人の姓名を掲示する木版。(3) 揚子江の南にあるいにしえの楊州の刑獄、兵事を司る職。(4) 河南省にある地名。(5) 河南省にある淮水の支流。(6) 五嶺の南の地。(7) 夜明けに鳴る角笛の音。

狐憑

中島　敦

■中島　敦　一五六頁参照

「狐憑」は昭和一七年筑摩書房より刊行の「光と風と夢」の中に収録された。

ネウリ部落のシャクに憑きものがしたといふ評判である。色々なものが此の男にのり移るのださうだ。鷹だの狼だの獺だのの霊が哀れなシャクにのり移つて、不思議な言葉を吐かせるといふことである。

後に希臘人がスキュティア人と呼んだ未開の人種の中でも、この種族は特に一風変つてゐる。彼等は湖上に家を建てて住む。野獣の襲撃を避ける為である。数千本の丸太を湖の浅い部分に打込んで、其の上に板を渡し、其処に彼等の家々は立つてゐる。床の所々に作られた落し戸を開け、籠を吊して彼等は湖の魚を捕る。独木舟を操り、水狸や獺を捕へる。麻布の製法を知つてゐて、獣皮と共に之を身にまとふ。馬肉、羊肉、木苺、菱の実等を喰ひ、馬乳や馬乳酒を嗜む。牝馬の腹に獣骨の管を挿入れ、奴隷に之を吹かせて乳を垂下らせる古来の奇法が伝へられてゐる。

ネウリ部落のシャクは、斯うした湖上民の最も平凡な一人であつた。

シャクが変になり始めたのは、去年の春、弟のデックが死んで以来のことである。その時は、北方から剽悍な遊牧民ウグリ族の一隊が、馬上に偃月刀を振りかざして疾風の如くに此の部落を襲うて来た。湖上の民は必死になつて禦いだ。初めは湖畔に出て侵略者を迎へ撃つた彼等も名だたる北方草原の騎馬兵に当りかねて、湖上の栖処に退いた。湖岸との間の橋桁を撤して、家々の窓を銃眼に、投石器や弓矢で応戦した。独木舟を操るに巧みでない遊牧民は、湖上の村の殲滅を断念し、湖畔に残された家畜を奪つただけで、又、疾風の様に北方に帰つて行つた。後には、血に染んだ湖畔の土の上に、頭と右手との無い屍体ばかりが幾つか残されてゐた。頭と右手だけは、侵略者が斬取つて持つて帰つて了つた。頭蓋骨は、その外側を鍍金して髑髏杯を作るため、右手は、爪をつけたまま皮を剥いで手袋とするためである。シャクの弟のデックの屍体もさうした辱しめを受けて打捨てられてゐた。頭が無いので、服装と持物とによつて見分ける外はないのだが、革帯の目印と鉞の飾とによつて紛れもない弟の屍体をたづね出した時、シャクは暫く茫つとしたまま其の惨めな姿を眺めてゐた。其の様子が、どうも、弟の死を悼んでゐるのとは何処か違ふやうに見えた、と、後でさう言つてゐた者がある。

その後間もなくシャクは妙な譫言をいふやうになつた。何が此の男にのり移つて奇怪な言葉を吐かせるのか、初め近処の人々には判らなかつた。言葉つきから判断すれば、それは生きながら皮を剥がれた野獣の霊ででもあるやうに思はれる。一同が考へた末、それは、蛮人に斬取られた彼の弟のデックの右手がしやべつてゐるのに違ひないといふ結論に達した。四五日すると、シャクは又別の霊の言葉を語り出した。今度は、それが何の霊であるか、直ぐに判つた。武運拙く戦場に斃れた顛末から、死後、虚空の大霊に頸筋を摑まれ無限の闇黒の彼方へ投げやられる次第を哀しげに語るのは、明らかに弟デックの人と、誰もが合点した。シャクが弟の屍体の傍に茫然と立つてゐた時、秘かにデックの魂が兄の中に忍び入つたのだと人々は考へた。

さて、それ迄は、彼の最も親しい肉親、及び其の右手のこととて、彼にのり移るのも不思議はなかつたが、其の後一時平静に復つたシャクが再び譫言を吐き始めた時、人々は驚いた。今度は凡そシャクと関係のない動物や人間共の言葉だつたからである。

今迄にも憑きもののした男や女はあつたが、斯んなに種々雑多なものが一人の人間にのり移つた例はない。或時は、此の部落の下の湖を泳ぎ廻る鯉がシャクの口を仮りて、鱗族達の生活の哀しさと楽しさとを語つた。或時は、トオラス山の隼が、湖と草原と山脈と、又その向ふの鏡の如き湖との雄大な眺望について語つた。草原の牝狼が、白けた冬の月の下で飢に悩みながら一晩中凍てた土の上を歩き廻る辛さを語ることもある。

人々は珍しがつてシャクの譫言を聞きに来た。をかしいのは、シャクの方でも（或ひは、シャクに宿る霊共の方でも）多くの聞き手を期待するやうになつたことである。シャクの聴衆は次第にふえて行つたが、或時彼等の一人が斯んなことを言つた。シャクの言葉は、憑きものがしやべってゐるのではないぞ、あれはシャクが考へてしやべつてゐるのではないかと。

成程、さう言へば、普通憑きもののした人間は、もつと恍惚とした忘我の状態でしやべるものである。シャクの態度には余り狂気じみた所がないし、其の話は条理が立ち過ぎてゐる。少し変だぞ、といふ者がふえて来た。

シャク自身にしても、自分の近頃してゐる事柄の意味を知つてはゐない。勿論、普通の所謂憑きものと違ふらしいことは、シャクも気がついてゐる。しかし、何故自分は斯んな奇妙な仕草を幾月にも亙つて続けて、猶、倦まないのか、自分でも解らぬ故、やはり之は一種の憑きものの所為と考へていいのではないかと思つてゐる。初めは確かに、弟の死を悲しみ、其の首や手の行方を憤ろしく思ひ画いてゐる中に、つい、妙なことを口走つて了つたのだ。之は彼の作為でないと言へる。しかし、之が元来空想的な傾向を有つシャクに、自己の想像を以て自分以外のものに乗り移ることの面白さを教へた。次第に聴衆が増し、彼等の表情が、自分の物語の一弛一張につれて、或ひは安堵の・或ひは恐怖の・偽ならぬ色を浮べるのを見るにつけ、此の面白さは抑へ切れぬものとなつた。空想物語の構成は日を逐うて巧みになる。想像による情景描写は益〻生彩を加へて来る。自分でも意外な位、色々な場面が鮮かに且つ微細に、想像の中に浮び上つて来るのである。彼は驚きながら、やはり之は何か或る憑きものが自分に憑いてゐるのだと思はない訳に行かない。但し、斯うして次から次へと故知らず生み出されて来る言葉共を後々迄も伝へるべき文字といふ道具があつてもいい筈だといふことに、彼は未だ思ひ到らない。

今、自分の演じてゐる役割が、後世どんな名前で呼ばれるかといふことも、勿論知る筈がない。

シャクの物語がどうやら彼の作為らしいと思はれ出してからも、聴衆は決して減らなかつた。却つて彼に向つて次々に新しい話を作ることを求めた。それがシャクの作り話だとしても、生来凡庸なあのシャクに、あんな素晴らしい話を作らせるものは確かに憑きものに違ひないと、彼等も亦作者自身と同様の考へ方をした。憑きもののしてゐない彼等には、実際に見もしない事柄に就いて、あんなに詳しく述べることなど、思ひも寄らぬからである。湖畔の岩陰や、近くの森の樅の木の下や、或ひは、山羊の皮をぶら下げたシャクの家の戸口の所などで、彼等はシャクを半円にとり囲んで坐りながら、彼の話を楽しんだ。北方の山地に住む三十人の剽盗の話や、森の夜の怪物の話や、草原の若い牡牛の話などを。

若い者達がシャクの話に聞き惚れて仕事を怠るのを見て、部落の長老連が苦い顔をした。彼等の一人が言つた。シャクのやうな男が出たのは不吉の兆である。もし憑きものだとすれば、斯んな奇妙な憑きものは前代未聞だし、もし憑きものでないとすれば、斯んな途方もない出鱈目を次から次へと思ひつく気違ひは未だ曾て見たことがない。いづれにしても、こんな奴が飛出したことは、何か自然に悖る不吉なことだと。此の長老が偶々、家の印として豹の爪を有つ・最も有力な家柄の者だつたので、この老人の説は全長老の支持する所となつた。彼等は秘かにシャクの排斥を企んだ。

シャクの物語は、周囲の人間社会に材料を採ることが次第に多くなつた。何時迄も鷹や牡牛の話では聴衆が満足しなくなつて来たからである。シャクは、美しく若い男女の物語や、吝嗇で嫉妬深い老婆の話や、他人には威張つてゐても老妻にだけは頭の上がらぬ酋長の話をするやうになつた。脱毛期の禿鷹の様な頭をしてゐるくせに若い者と美しい娘を張合つて惨めに敗れた老人の話をした時、聴衆がドツと笑つた。余り笑ふので其の訳を訊ねると、シャクの排斥を発議した例の長老が最近それと同じ様な惨めな経験をしたといふ評判だからだ、と言つた。

長老は愈々腹を立てた。白蛇のやうな奸智を絞つて、彼は計をめぐらした。最近に妻を寝取られた一人の男が此の企に加はつた。シャクが自分にあてこする様な話をしたと信じたからである。二人は百方手を尽くして、シャクが常に部落民としての義務を怠つてゐることに、みんなの注意を向けようとした。シャクは釣をしない。シャクは馬の世話をしない。シャクは森の木を伐らない。獺の皮を剝がない。ずつと以前、北の山々から鋭い風が鵝毛の様な雪片を運んで来て以来、誰か、シャクが村の仕事をするのを見た者があるか？

人々は、成程さうだと思つた。実際、シャクは何もしなかつたから。冬籠りに必要な品々を頒け合ふ時になつて、人々は特に、はつきりと、それを感じた。最も熱心なシャクの聞き手までが。それでも、人々はシャクの話の面白さに惹かれてゐたので、働かないシャクにも不承無承冬の食物を頒り与えた。

厚い毛皮の陰に北風を避け、獣糞や枯木を燃した石の炉の傍で馬乳酒を啜りながら、彼等は冬を越す。岸の蘆が芽ぐみ始めると、彼等は再び外へ出て働き出した。シャクも野に出たが、何か眼の光も鈍く、呆けたやうに見える。人々は、彼が最早物語をしなくなつたのに気が付いた。強ひて話を求めても、以前したことのある話の蒸し返ししか出来ない。いや、それさへ満足には話せない。言葉つきもすつかり生彩を失つて了つた。人々は言つた。シャクの憑きものが落ちたと。多くの物語をシャクに語らせた憑きものが、最早、明らかに落ちたのである。

憑きものは落ちたが、以前の勤勉の習慣は戻つて来なかつた。働きもせず、さりとて、物語をするでもなく、シャクは毎日ぼんやり湖を眺めて暮らした。其の様子を見る度に、以前の物語の聴手達は、この莫迦面の怠け者に、貴い自分達の冬籠りの食物を頒けてやつたことを腹立たしく思出した。シャクに含む所のある長老達は北叟笑んだ。部落にとつて有害無用と一同から認められた者は、協議の上で之を処分することが出来るのである。

硬玉の頸飾を著けた鬚深い有力者達が、より〳〵相談をした。身内の無いシャクの為に弁じようとする者は一人も無い。

丁度雷雨季がやつて来た。彼等は雷鳴を最も忌み恐れる。それは、天なる一眼の巨人の怒れる呪ひの声である。一度此の声が轟くと、彼等は一切の仕事を止めて謹慎し、悪しき気を祓はねばならぬ。奸譎な老人は、占卜者を牛角杯二箇で以て買収し、不吉なシャクの存在と、最近の頻繁な雷鳴とを結び付けることに成功した。人々は次の様に決めた。某日、太陽が湖心の真上を過ぎてから西岸の山毛欅の大樹の梢にかかる迄の間に、三度以上雷鳴が轟いたなら、シャクは、翌日、祖先伝来のしきたりに従つて処分されるであらう。

其の日の午後、或者は四度雷鳴を聞いた。或者は五度聞いたと言つた。

次の日の夕方、湖畔の焚火を囲んで盛んな饗宴が開かれた。大鍋の中では、羊や馬の肉に交つて、哀れなシャクの肉もふつ〳〵煮えてゐた。食物の余り豊かでない此の地方の住民にとつて、病気で斃れた者の外、凡ての新しい屍体は当然食用に供せられるのである。シャクの最も熱心な聴手だつた縮れつ毛の青年が、焚火に顔を火照らせながらシャクの肩の肉を頰張つた。例の長老が、憎い仇の大腿骨を右手に、骨に付いた肉を旨さうにしやぶつた。しやぶり終つてから骨を遠くへ抛ると、水音がし、骨は湖に沈んで行つた。

ホメロスと呼ばれた盲人のマエオニデェスが、あの美しい歌どもを唱ひ出すよりずつと以前に、斯うして一人の詩人が喰はれて了つたことを、誰も知らない。

ひとごろし

山本周五郎

■山本周五郎　やまもとしゅうごろう

明治三六年（一九〇三）～昭和四二年（一九六七）

山梨生れ。横浜の小学校を卒業後、東京木挽町の山本周五郎商店に徒弟として住み込んだ。「日本婦道記」（昭一八）が直木賞に推されたが、受賞を固辞。「須磨寺附近」（大一五）、「樅の木は残った」（昭三三）、「赤ひげ診療譚」（昭三三）、「青べか物語」（昭三五）、「さぶ」（昭三八）などの代表作がある。「ひとごろし」は昭和三九年に「別冊文藝春秋」に発表された。

一

双子六兵衛は臆病者といわれていた。これこれだからという事実はない。誰一人として、彼が臆病者だったという事実を知っている者はないが、いつとはなしに、それが家中一般の定評となり、彼自身までが自分は臆病者だと信じこむようになった。——少年のころから喧嘩や口論をしたためしがないし、危険な遊びもしたことがない。犬が嫌いで、少し大きな犬がいると道をよけて通る。乗馬はできるのに馬がこわく、二十六歳になる今でも夜の暗がりが恐ろしい。鼠を見るととびあがり、蛇を見ると蒼くなって足がすくむ。——これらの一つ一つを挙げていっても、臆病者という概念の証明にはならない。それは感受性の問題であり、多かれ少なかれ、たいていの者が身に覚えのあることだからだ。

この話の出典は「偏耳録」という古記録の欠本で、越前家という文字がしばしばみえるし、「隆昌院さま御百年忌」とか、「探玄公、昌安公、御涼の地なり」などという記事もあるから、しらべようと思えば、藩の名を捜すのは困難ではないだろう。当時の越前には福井の松平、鯖江に間部、勝山に小笠原、敦賀に酒井、大野に土井の五藩があった。けれども「越前家」とひとくちに呼べるのは、まず福井の松平氏だと思うし、たとえそうでないにしても、話の内容にはさして関係がないから、ここでは福井藩ということにしておきたい。「偏耳録」によると、双子家は永代御堀支配という役で、家禄は百八十石三十五人扶持だとある。城の内濠外濠の水量を監視したり、泥を浚ったり、石垣の崩れを修理したりするものらしい。のちにこれらは普請奉行の管轄に移されたが、双子家の永代御堀支配という役はそのまま据え置きになった。

要するに何十年かまえ、双子家は名目だけの堀支配で、実際には無役になってしまったのだ。そして、誰も気がつかなかったのか、それとも「永代」という文字に意味があったのか、六兵衛の代になっても、役目だけで実務なしという状態が続いていた。――この出来事が起こったとき彼は二十六歳、妹のかねは二十一歳であった。父母はすでに亡くなり、僅かな男女の雇人がいるだけで、兄妹はひっそりとくらしていた。六兵衛も独身、妹のかねも未婚。親族や知友もあったのだろうが、兄にも妹にも、縁談をもちこむような人はいなかった。筆者であるわたくしには、このままの兄妹を眺めているほうが好ましい。当時としては婚期を逸したきょうだいが、世間から忘れられたまま、安らかにつつましく生活している、という姿には、云いようもない人間的な深いあじわいが感じられるからである。——だが、話は進めなければならない。

「お兄さま、どうにかならないのでしょうか」とかねは云った、「わたくしもう、つくづくいやになりましたわ」

妹がなにを云おうとしているのか、六兵衛はよく知っていた。それは周期的にやってくる女の不平であり女のぐちであった。

「今日はね」と彼は話をそらそうとした、「別部（わけべ）さんの門の前で喧嘩があって」

「お兄さま」かねは兄のことばを容赦もなく遮（さえぎ）った、「あなたはわたくしの申上げたことが聞えなかったんですか」

「いや、聞いてはいたんだがね、喧嘩のことが頭にあったものだから」

「わたくしもう二十一ですのよ」

「ほう」彼は眼をみはってみせた、「二十一だって、——それは本当かね」

「わたくしもう二十一です」

「ついこのあいだまで人形と遊んでいたようだがね」

「お友達はみなさんお嫁にいって、中には三人もお子たちのいる方さえあります、それをわたくしだけがまだこうして、白歯のままでいるなんて、恥ずかしくって生きてはいられませんわ」

「喰べないかね」と彼は云った、「この菓子はうまいよ」

「この菓子はうまいよ」かねはいじ悪く兄の口まねをした、「お兄さまにはそんなことしか仰しゃれないんですか」

この辺で泣きだすんだ、これがなによりもにがてだ、と六兵衛は思った。けれどもかねは泣かなかった。顔をこわばらせ、凄いような眼で兄の顔をにらみながら、ふるふると唇をふるわせた。

「お兄さまにも嫁にきてがなく、わたくしにも一度として縁談がございません」とかねは云った、「なぜだか御存じですか」

「そう云うがね、世間にはそういうことが」

「なぜだか御存じですか」

六兵衛は黙り、もしも女というものがみんな妹のようだとしたらおれは一生独身でいるほうがいいな、と心の中で呟いた。

「みんなお兄さまのためです」とかねはきっぱりと云った、「あなたが臆病者といわれているためなんです、侍でいて臆病者といわれるような者のところへは、嫁も呉れはしないでしょうし、嫁に貰いてもないのは当然です、そうお思いになりませんか」

先月も同じ、先々月もそのまえも、定期的に何年もまえから、同じことを云われているように感じ、けれども六兵衛はそんなけぶりもみせず、よく反省してみるように、仔細らしくなにかをみつめ、首をかしげた。

「そうだね」と彼は用心ぶかく云った、「そう云われてみれば」

「云われなければわからなかったと仰しゃるんですか」

「いやそんなことはない、そんなことはないさ、自分だってうすうすは感づいていたんだ」

「うすうす感づいていたんですって」とかねは膝の上の拳をふるわせながら云った、「――それならなにかなすったらいかがですか、なにかを、そうよ、臆病者などという汚名をすすぐために、もうなにかなすってもいいころではありませんか、そうお思いになったことはないんですか」

「自分でもときどきそう思うんだが」六兵衛は溜息をつきながら云った、「なにしろその、道に落ちている財布を拾う、というようなわけにはいかない問題だからね」

「お拾いなさいな」とかねは云った、「道にはよく財布が落ちているものですわ」

慥かに、彼は道に落ちていた財布を拾った。しかもたいへんな財布を。ここで「偏耳録」の記事を二三引用しなければならない。

――延享二年十月五日、江戸御立、同十八日御帰城。三年丑八月、将軍家重公御上

洛。同年芳江比巴国山兎狩御出。——兎狩のとき争論あり、御抱え武芸者仁藤昂軒（名は五郎太夫、生国常陸）儀、御側小姓加納平兵衛を斬って退散。加納は即死、御帰城とともに討手のこと仰せ出さる。

仁藤昂軒は剣術と半槍の名人で、新規に三百石で召し出され、家中の者に稽古をつけていた。六尺一寸という逞しい体軀に、眼も口も鼻も大きかったらしい。特に鼻が目立っていたのだろうか、若侍たちはかげで「鼻」という渾名で呼んでいた。——狩場でどんな争論があったのかはわからない、昂軒はちょっと酒癖が悪く、暇さえあれば酒を飲むし、酔えばきまって乱暴をする。剣術と半槍の腕は紛れもなく第一級であり、稽古のつけかたもきびしくはあるが本筋だった。彼は三年まえ、江戸で藩公にみいだされ、二百石十人扶持で国許へ来たが、三十一歳でまだ独身だったし、女に手を出すようなことはなかった。

——おれの女房は酒だ。

昂軒はつねにそう云っていたし、よそ者には心をゆるさない土地のならわしで、縁談をもちだす者もいなかった。お抱え武芸者として尊敬はされるが、人間どうしの愛情や劬りには触れることができない。それが「藩公にみいだされた」という誇りとかちあって、しだいに酒癖が悪くなったようであった。

狩場で斬られた加納平兵衛は、お側去らずといわれた小姓で、親きょうだいは江戸屋敷にいた。藩公は激怒され、すぐに追手をかけろと命じた。これは加納の家族とは関係がない、昂軒はおれに刃を向けたのだ、上意討だ、と名目をはっきりきめられた。――昂軒は狩場からいちど帰宅したが、すぐに旅支度をして出ていった。そして出てゆくとき、彼は門弟の一人に向かって、これから北国街道をとって江戸へゆく、逃げも隠れもしないから追手をかけるならかけるがよい、と云い残した。

そこで誰を討手にやるか、という詮議になったが、相手が相手なのでみんな迷った。彼なら慥かだ、という者もみあたらないし、私がと名のって出る者もない。だからといって一人の相手に、人数を組んで向かうのは越前家の面目にかかわる、どうすればいいかと、はてしのない評議をしているところへ、双子六兵衛が名のって出た。人びとは嘲弄されでもしたように、そっぽを向いて相手にしなかった。六兵衛は怯えたような顔で、唇にも血のけがなく、躯は見えるほどふるえていた。よほどの決心で名のり出たのだろうが、名のり出たという事実だけで、もう恐怖にとりつかれているようすだった。

――よしたほうがいい、と一人が云った。返り討にでもなったら恥の上塗りだ。

だがほかの者は同意を示さなかった。六兵衛が臆病者だという評は、家中に隠れもないことだし、仁藤昂軒の耳にもはいっているかもしれない。その臆病者が討手に来たと知ったら、はたして昂軒はどう思い、どういう行動に出るか。そう考えた一人が、急に膝を打ち、そこにいる人びとを眼で招いた。

二

「かね、いるか」六兵衛は帰宅するなり叫んだ、「来てくれ、旅支度だ」

兄の居間へはいって来た妹のかねは、大きななりをして帰るそうそう、めしの支度だなんてなにごとですか、と云った。

「めしではない旅支度だ」

いよいよそうか、とでも云いたげに、かねは冷たい眼で兄を見た。世間の嘲笑に耐えかねて、いよいよ退国する気になったのか、と思ったようである。

「そういそがなくともいいでしょう」とかねは云った。「片づけなければならない荷物だってあるし、それに」

「荷物なんぞいらない」六兵衛は妹の言葉を遮って云った、「肌着と下帯が二三あればいいんだ、いそいでくれ」

おちつかない手つきで袴(はかま)をぬぎ、帯を解いている兄を見ながら、かねは心配そうに「なにかあったのか」ときいた。

「あったとも」と六兵衛が云った、「ながいあいだの汚名をすすぐときがきた、御上意の討手を仰せつけられたんだ」

これを見ろと云って、脇に置いてあった奉書の包みを取って渡した。その表には「上意討之趣意」とあり、中には仁藤昂軒の罪状と、討手役双子六兵衛に便宜を与えてくれるように、ということが藩公の名でしたためてあった。藩公の名には墨印と花押がしるされているし、宛名のところには「道次諸藩御老職中」と書いてあった。かねは顔色を変えた。

「仁藤とは」とかねは兄に問いかけた、「あのお抱え武芸者の仁藤五郎太夫という人のことですか」

「そうだ、それに書いてあるとおり」と六兵衛は裸になりながら答えた、「あの仁藤昂軒だ、着物を出してくれ」

「とんでもない」かねはふるえだした、「やめて下さいそんなばかなこと、あの人は剣術と槍の名人だというではありませんか」

六兵衛はそう聞くなり両手で耳を塞ぎ、悲鳴をあげるような声で「着物を出してくれ、旅支度をいそいでくれ」と叫び、風呂舎のほうへ走り去った。かねはそのあとを追ってゆき、やめて下さいと哀願した。相手は名人といわれる武芸者、あなたは剣術の稽古もろくにしたことがない。返り討になるのは知れきっているし、そうなれば双子の家名も絶えてしまうだろう。わたくしがいつも不平や泣き言を云うので、あなたはついそんな気持になったのだろうが、あなたに死なれるより、まだ臆病者と云われるほうがいい。

すぐにお城へ戻って辞退して下さい、これからはわたくしも、決して泣き言やぐちはこぼさない、どうかぜひとも辞退しにいって下さい。かねは涙をこぼしながらそうくどいた。

風呂舎で水を浴びながら、六兵衛は「だめだ」と云った。

「これは私のためだ」と彼は云った、「おまえの泣き言でやけになったのではない、私も一生に一度ぐらいは、役に立つ人間だということを証明してみせたいんだ」

「お兄さまは殺されてしまいます」

「そうかもしれない、だがうまくゆくかもしれない」六兵衛は軀を拭きながら云った、「道場での試合ならべつだが、こういう勝負には運不運がある、仁藤昂軒は名人といわれ、自分の腕前を信じているが、私は臆病者だと自分で認めている、この違いは大きいんだぞ、かね、私はこの違いに賭けて、討手の役を願い出たんだ」

「お兄さまは殺されます」と云ってかねは泣きだした、「お兄さまはきっと、返り討になってしまいますわ」

「たとえそうなったとしても」六兵衛はふるえ声で云った、「この役は御上意という名目だから、断絶するようなことはない、私はないと思う、おまえに婿を取っても家名は立ててもらえるだろう、必ず家名は立つと私は信じている」

「わたくしが悪いんです」かねは咽び泣きながら云った、「みんなわたくしが悪かったからです、お兄さま、堪忍して下さい」

「さあ早く」と六兵衛が云った、「旅支度を揃えてくれ、泣くのはあとのことだ」

「偏耳録」によると、双子六兵衛は昂軒のあとを追って、三日めに追いついたという。ところは松任、町の手前の畷道にかかったとき、六兵衛は昂軒の姿をみつけた。背丈が高く、肩の張った骨太の、逞しい軀つきは、うしろからひとめ見ただけで、それとわかった。六兵衛はわれ知らず逃げ腰になり、口をあいて喘いだ。口をあかなければ喉が詰まって、呼吸ができなくなりそうだったからである。心臓は太鼓の乱打のように高鳴り、膝から下の力が抜けて、立っているのが精いっぱい、という感じだった。

「待て、おちつくんだ」と六兵衛は自分に囁きかけた、「まずおちつくのが肝心だ、向うはまだ気づかない、いまのところはそれだけが、こっちの勝ちみだからな」

彼は全身のふるえを抑えようとし、幾たびも唾をのみこもうとした。ふるえはおさまらないし、口はからからで、一滴の唾も出てこなかった。昂軒はゆっくりと遠ざかってゆく、大きな編笠をかぶっているが、その笠が少しも揺れないし、歩調は静かで、その一歩々々が尺で計ったように等間隔を保ってい、乾ききっている道だのに、足もとから埃の立つようすもなかった。

「武芸者でもあのくらいになると」と六兵衛は呟いた、「あるきかたまで違うんだな」

彼は感じいったように首を振り、そろそろあるきだした。

昂軒は松任で宿をとった。六兵衛はそれを見さだめてから同じ宿に泊り、明くる朝、昂軒がでかけるのを待って、あとからその宿を立った。昂軒と同宿しているということで、六兵衛はおちおち眠ることができなかった。どうすれば討てるかと、いろいろと思案したけれども、これというううまい手段が思いうかばず、ともすると「荒神さま」という言葉にひっかかった。

「なにが荒神さまだ」と彼は昂軒のあとを跟けてゆきながら首をひねった、「こんなところへなんのために荒神さまが出てくるんだ」

仁藤昂軒は金沢へは寄らず、北国街道をまっすぐにあるいていった。金沢城下は騒がしく、なにやらものものしい警戒気分が感じられた。往来の者の話を聞くと、将軍家重が上洛するとのことで、怪しい人間の出入りを監視している、ということであった。将軍家の上洛なら東海道であろう、こんなに遠い加賀のくにで、往来の者を警戒するなどとはばかげたことだ。そう云ってあざ笑う者もいた。——昂軒が金沢城下を避けたのは、そんな騒ぎに巻き込まれたくなかったからであろう。将軍上洛のことは、「偏耳録」に延享三年丑八月と記してあるから、このときは七月から八月へかけての出来事とみることができる。すなわち新暦にすると盛夏の候で、北国路でも暑さのきびしい時期だったに違いない。——乾いた埃立つ道をあるき続けながら、双子六兵衛はしだいにうんざりしてきた。自分のしていることがばからしくなり、上意討という名目のそらぞらしさ、そんなことで日頃の汚名をすすごうと思った自分の愚かさ、などについて反省し、昂軒が狩場で加納を斬ったのは、昂軒の個人的な理由があったのだろうし、このおれには関係のないことだ。そんなことを考えながら、汗を拭き拭きあるいていると、突然うしろから呼びかけられた。

「おい、ちょっと待て」とその声は云った、「きさま福井から来た討手じゃないのか」

六兵衛はぞっと総毛立ちながらとびあがった。とびあがって振り返ると、仁藤昂軒がうしろに立っていた。

「その顔には見覚えがある」と昂軒は編笠の一端をあげ、ひややかな、刺すような眼で、じっと六兵衛を睨(にら)んだ、「——うん、慥かに覚えのある顔だ、きさま討手だろう、おれのこの首が欲しいのだろう」

六兵衛は逆上した。全身の血が頭へのぼって、殆んど失神しそうになった。

「ひとごろし」六兵衛はわれ知らず、かなきり声で悲鳴をあげた、「誰か来て下さい、ひとごろしです、ひとごろし」

そして夢中で走りだし、走りながら同じことを叫び続けた。どのくらい走ったろうか、息が苦しくなり、足もふらふらと力が抜けてきたので、もう大丈夫だろうと振り返ってみた。白く乾いた道がまっすぐに延びてい、右手に青く海か湖の水面が見えた。道の左右は稲田で、あまり広くない街道の両側には松並木が続き、よく見ると、道の上には往来する旅人や、馬を曳いた百姓などが、みんな立停って、吃驚したようにこっちを見ていた。——十町ほど先で道が曲っているので、おそらくまだそっちにいるのだろう、仁藤昂軒の姿は見あたらなかった。

「逃げるんだ」と彼は自分に云いきかせた、「いまのうちに逃げるんだ、早く」

六兵衛は激しく喘ぎながら、いそぎ足にあるいてゆき、やがて右手に、松林のある丘をみつけると、慌ててその丘へ登り、松林の中へはいっていった。六兵衛は笠をぬぎ、旅嚢を取って投げると、林の下草の上へぶっ倒れた。

「危なかった」と彼は荒い息をつきながら呟いた、「もう少しで斬られるところだった、あいつがうしろにいようとは思わなかったからな、いつ追い越してしまったんだろう」

六兵衛は眼を細めた。仰向けになった彼の眼に、さし交わした松林の梢と、梢の高いかなたに、白い雲の浮いた青空が見えた。おれはとんまなやつだな、と六兵衛は思った。臆病なうえにまがぬけている。追いかけている人間を追い越したのも知らず、逆にうしろから相手に呼びとめられた。へ、いいざまだ。そんなふうに自分を罵倒していると、ふいに「荒神さま」のことを思いだした。

「そうか」と彼は眉をしかめた、「子供のときの話だったか」

幼いころ母から戒められたことがある。窓から外へ湯茶を捨てるものではない、家の周囲にはいつも荒神さまが見廻っているから、捨てた湯茶が荒神さまにかかるかもしれないし、そんなことになると罰が当る、というのであった。

三

荒神さまといえば、とにかく神であろう。神ならなにごともみとおしな筈であるのに、窓から捨てられる湯や茶がよけられず、ひっかけられてから怒って罰を当てる、というのはだらしのないはなしである。荒神さまが本当に、だらしのない神であるかどうかはわからないが、神でさえ、不意に投げ捨てられた湯茶を避けられないとすれば、人間である昂軒はなおさら避けることができないだろう。六兵衛のあたまの中で、無意識にそのことがちらちらしていたのであった。

「そうか、そんなことだったのか、ばかばかしい」と彼は高い空を見あげたままで呟き、大きな溜息をついた、「――そうだとすれば、追いかけている相手にうしろから呼びとめられるなんて、おれこそ荒神さまみたようなもんじゃないか、ふざけたはなしだ」

ふざけたようなはなしだ、と呟きながら、六兵衛は自分のみじめさに涙ぐんだ。これからどうしよう、福井へは帰れないし、重職から与えられた路銀には限りがある。どこか知らない土地へいって、人足にでもなってやろうか、――そんなふうに思いあぐねていると、くに訛りのつよい言葉で、人の話しあう声が聞えてきた。

「人殺しだって、ほんとか」と一人の声が云った、「それで、誰か殺されたのか」

「うまく逃げた」と他の声が云った、「お待だったがうまく逃げた、逃げたほうが勝ちよ、相手はおめえ鬼のような凄い浪人者で、十人や二十人は殺したような面構えをしていた、嘘じゃねえ、往来の衆もみんなふるえあがって、てんでんばらばら逃げだしたもんだ」

「ふーん」と初めの声が云った、「おら、これから御城下までゆくつもりだが、その浪人者はまだいるだかえ」

「いまごろは笠松の土橋あたりかな」と片方の声が云った、「御城下へゆくのは一本道だ、危ねえからよしたほうがいいぞ」

そういうことならいそぐ用でもないから、今日はここから帰ることにしよう、と初めの男の声が云い、その二人の話し声は遠のいていった。街道でゆき会った百姓たちであろう、あたりが静かだから、ここまで聞えてきたのだろうが、十人や二十人は殺したような面構え、という言葉は、六兵衛の耳に突き刺さり、改めてぞっと身ぶるいにおそわれた。

「だが、待てよ」暫くして彼はそう呟き、高い空の一点に眼を凝らした、「だが待て、ちょっと待て、なにかありそうだぞ、よく考えてみよう」

彼の顔は仮面のように強ばり、呼吸が静かに深くなった。彼は荒神さまを押しのけた。

隙を覘う策はだめだ、現にそれは失敗し、なさけないほどみじめなざまをさらしてしまった。とすれば、この失敗を逆に利用したらどうか、「人殺し」という叫びを聞いて、土地の者が恐れ惑った。いま街道で話していた百姓も、城下まで用があって来たのに、そういう浪人者がいると聞き、用事を捨てて引返した。話を聞いただけで引返した。聞いただけで、ただ話を聞いただけで。

「そうか」と呟いて彼は上半身を起こした、「おれは臆病者だ、世間には肝の坐った名人上手よりも、おれやあの百姓たちのような、肝の小さい臆病な人間のほうが多いだろう、とすれば」

そうだとすれば、と呟いて彼は微笑し、「とすれば」という言葉をこれでもう三度も口にした、と自分を非難し、口をあいて、声を出さずに笑った。

「その手だ」と彼は笑いやんで呟いた、「おれの臆病者はかくれもない事実だからな、いまさら人の評判を気にする必要はない、よし、この手でゆこう」

双子六兵衛は立ちあがり、旅嚢を肩に、笠をかぶって松林から出ていった。仁藤昂軒はもうそこを通り過ぎていたが、大きな編笠と、際立って逞しいうしろ姿は、六兵衛の眼にすぐそれと判別することができた。六兵衛はいそぎ足に追ってゆき、二十間ばかり手前で足をゆるめた。

「よしよし、そんなふうに威張っていろ」と六兵衛は昂軒のうしろ姿に向かって呟いた、

「威張っているのもいまのうちだからな、——いまにみていろよ」

稲田にはさまれた道の右側に、小高くまるい塚のようなものがあり、そこだけひと固まりに松林が陽蔭(ひかげ)をつくってい、その陽蔭に小さな掛け茶屋があった。その茶店へはいるなと、六兵衛は思った。昂軒はその茶店へはいり、笠をぬぎ旅嚢を置いて腰掛けに掛けて汗をぬぐった。六兵衛はそれを見さだめてから、十間ほどこっちで立停り、大きな声で叫びたてた。

「ひとごろし」と彼は叫んだ、「その男はひとごろしだぞ、越前福井で人を斬り殺して逃げて来たんだ、いつまた人を殺すかわからない、危ないぞ」

六兵衛は三度も続けて同じことを叫んだ。小説としてはここが厄介なことになる。その叫びを聞いて昂軒が立ちあがるのと同時に、茶店の裏から腰の曲った老婆と、四十がらみの女房がとびだし、小高くまるい塚のような、円丘のほうへ逃げてゆくのが見えた。

「黙れ」と昂軒が喚き返した、「おれにはおれの意趣があって加納を斬った、おれは逃げも隠れもしない、北国街道をとって江戸へゆくと云い残した、討手のかかるのは承知のうえだ、きさまが討手ならかかって来い、勝負だ」

六兵衛はあとじさりながらどなった、「そううまくはいかない、勝負だなんて、斬りあいをすればそっちが勝つにきまっているさ、私は私のやりかたでやる、この、ひとごろし」

「卑怯者（ひきょうもの）」と昂軒は喚き返した、「それでもきさまは討手か、勝負をしろ」

昂軒は大股（おおまた）にこっちへあるいて来、六兵衛はすばやくうしろへ逃げた。逃げながら「ひとごろし」と叫んだ。その男は人殺しである、側へ寄るな、いつまた人を殺すかもしれない、危ないぞと、繰返し叫びたてた。道には往来の旅人や、ところの者らしい男女がちらほら見えたが、六兵衛の叫びを聞き、昂軒のぬきんでた逞しい容姿を見ると、北から来た者は北へ、南から来た者は南へと、みな恐ろしそうに逃げ戻っていった。昂軒は「勝負をしろ」といって近づいて来、六兵衛は「ひとごろし」と叫びながらあとじさりをした。

「卑怯者」と昂軒は顔を赤くしながら喚きかけた、「きさまそれでも侍か、きさまそれでも福井藩の討手か」

「私はこれでも侍だ」と逃げ腰のまま六兵衛が云った、「上意討の証書を持って、おまえを追って来た討手だ、だが卑怯者ではない、家中では臆病者といわれている、私は自分でもそうだと思っているんだ、卑怯と臆病とはまるで違う、おれは討手を買って出たし、その役目は必ずはたす覚悟でいるんだ」

「ではどうして勝負をしない、おれが勝負をしようというのになぜ逃げるんだ」

「勝負はするさ」と六兵衛は答えた、「――但し私のやりかたでだ」

昂軒はじっと六兵衛の顔を見まもった。なにが彼のやりかたか、ということをみきわめようとしているらしい。六兵衛は歯をみせて笑った。それは、人がいきなり恐怖におそわれた場合、叫びだすまえに笑うような、笑いではない笑いかたであった。現に、彼は笑うどころではなく、全身でふるえ、額や腋の下にひや汗をかいていた。

「必ず役目をはたすって、おかしなやつだ」と昂軒は云った、「いいだろう、おれは断じて逃げも隠れもしない、ゆだんをみすまして寝首をかくつもりかもしれないが、そんなことでこのおれを討てると思ったら、大間違いだぞ」

「さあ、どうかな」と云って六兵衛はまた歯をみせた、「それはわからないぞ、仁藤昂軒、それだけはわからないぞ」

昂軒は眉をしかめ、片手を振って茶店のほうへ戻った。双子六兵衛はあとからついてゆき、十間ほど手前で立停り、昂軒のようすを見まもった。昂軒はどなっていた、茶を持ってこいというのである。けれども、さっきの腰の曲った老婆と、その娘らしい四十がらみの女房とは、茶店の裏から逃げだしていった。昂軒がいくらどなっても、彼女たちが戻ってくる公算はない、つづめていえば、仁藤昂軒は一杯の渋茶も啜れないのである。

「それみろ」とこっちで六兵衛が呟いた、「いくら喚き叫んでも人は来やあしない、おまえは人殺しだからな、これからずっとそれがついてまわるんだ、くたびれるぞ」

茶店の女たちはついに戻らず、昂軒はやむなく、一杯の渋茶も啜らずにその店を出ていった。その夕方、仁藤昂軒は高岡というところで宿をとった。ここも天領で、松平淡路守十万石の所領に属する。六兵衛はあとをつけてゆき、昂軒が宿へはいるなり、表の道から「ひとごろし」と叫んだ。

「その侍は人殺しだぞ」と彼は昂軒を指さしながら声いっぱいに叫びたてた、「気にいらないことがあるとすぐに人を殺す、剣術と槍の名人だから誰にも止めることはできない、そいつは人殺しだ、危ないぞ」

洗足の盥を持って来た小女が、盥をひっくり返して逃げ、店にいた番頭ひとりを残して、他の男や女の雇人たちはみな、おそるおそる奥のほうへ姿を消した。

「人殺しだ」と六兵衛はこっちから、昂軒を指さしながら叫んだ、「その侍は人殺しだ、危ないから近よるな、危ないぞ」

高岡はさして大きくはないが繁華な町であり、夕刻のことで往来する男女も多かった。それらが六兵衛の声を聞くなり、みんな自分たちの来たほうへあと戻りをするか、いそぎ足で恐ろしそうに通り過ぎていった。

「卑怯者」と云って昂軒が表へとびだして来た、「そんなきたない手でおれを困らせようというのか、女の腐ったような卑怯みれんな手を使って、きさまそれで恥ずかしくはないのか」

「ちっとも」と云って六兵衛はゆらりと片手を振った、「あなたには剣術と槍という武器がある、私には武芸の才能はない、だから私は私なりにやるよりしようがないでしょう、あなたの武芸の強さだけが、この世の中で幅をきかす、どこでも威張ってとおれる、と思ったら、それこそ、あなたの云ったように大間違いですよ、わかるでしょう」

「ちょっと待て」と昂軒が云った、「するときさま、これからもずっとこんなことをするつもりか」

六兵衛は頷いた。いかにもさよう、というふうに双子六兵衛は大きく頷いた。

「そんなことは続かないぞ」と昂軒は同情するように云った、「町人や百姓どもなら、きさまの言葉に怯えあがるかもしれない、だが侍は違う、侍には侍の道徳がある、きさまの卑怯なやりかたに、加勢する者ばかりはいないぞ」

「ためしてみよう」と六兵衛は逃げ腰になったままで答えた、「いざとなれば上意討の証書を出してみせるからね、それに、侍にだってそう武芸の達人ばかりはいないでしょう、たいていは私のように臆病な、殺傷沙汰の嫌いな者が多いと思う、私はそういう人たちを味方にするつもりなんだ」

昂軒は顔を赤黒く怒張させ、拳をあげて、「卑怯者、臆病者、侍の風上にもおけないみれん者」などと罵った。あんまり語彙は多くないとみえ、同じ言葉を繰返しどなり続けた。六兵衛は用心ぶかくあとじさりしながら、人殺し、おまえは人殺しだ、みなさん、この男は人殺しですよ、と喚きたてた。道には往来の者が多く、六兵衛の声を聞くなり、それぞれが元来たほうへ駆け戻っていった。かれらの足許から舞いあがる土埃で、道の上下は暫く灰色の靄に掩われたようであった。

「卑怯者」と昂軒が刀の柄に手をかけてどなった、「きさまが討手なら勝負をしろ」

「勝負といっても、こっちに勝ちみのないことはわかっている」六兵衛はまたあとじさった、「私は私の流儀でやるつもりだ」

「きさまそれでも武士か」

「どう思おうとそっちの勝手だ、私は私のやりかたで役目をはたすよ」

「みさげはてたやつだ」昂軒は道の上へ唾を吐いた、「福井にはきさまのような卑怯者しかいないとみえるな」

「人殺しよりは増しだろう、とにかく、ゆだんは禁物だということを覚えておくんだね」

昂軒は追いかけようとしたが、それより先に六兵衛が逃げだした。その動作の敏速なことと、逃げ足の速いことはおどろくばかりであり、昂軒はすぐに追いかけるのを諦めた。

「そうだ、思いだした」と昂軒は呟いた、「あいつはたしか双子なんとかいう、福井家中に隠れもない臆病者だ、あんな男を討手によこすなんて、福井の人間どもはどういうつもりだろう」

どういうつもりもない、討手を願い出たのは彼だけだったということを、読者はすでに御存じの筈である。そしてこれは、深いたくらみや計画されたことではなく、あの丘の松林の中で聞いた二人の百姓の話から思いついた方法であり、双子六兵衛にとってそのほかに手段はないのであった。——昂軒が掛け茶屋へはいれば、六兵衛は道の上から「人ごろし」と叫ぶ。その男は福井で人を殺して来た、いつまた人を殺すかもしれない、その男の側へは近よらないほうがいい、「その男はひとごろしだ」用心をしろと喚きたてる。まず茶店にいた客たちが銭を置いて逃げだし、次に茶店の者たちが逃げだし、昂軒は一杯の渋茶にもありつけず、六兵衛に悪口雑言をあびせながら、茶店を出てゆくという結果になるのであった。

宿屋でも同様で、昂軒が店へはいろうとすると同じことを叫ぶ。たいてい店の者に断わられるが、強引に泊り込むときもある、そうすると彼もその宿に泊って、明くる朝のことを頼む、あの侍が出立するときは起こしてくれと頼み一と晩じゅうこちらからどなりたてる。

「十番に泊っている侍は人殺しですよ」と或る夜は叫び続ける、「あの侍は人殺しです、いつなにをしでかすかわかりません、みなさん気をつけて下さい、あの侍に近よると危ないですよ」

昂軒がとびだして来ると、六兵衛はすばやく逃げ、逃げながらも叫び続ける。そらあのとおり、あいつは人殺しです、見境もなく人を殺す男です、みなさん用心をして下さい。すると道をゆく人たちは逃げ、店屋は慌てて大戸を閉めるのであった。昂軒も手を束ねていたわけではなく、物蔭や藪や雑木林に隠れて、六兵衛の不意を襲おうと幾たびかこころみた。けれど一度も成功しなかった。臆病者の六兵衛はあくまで慎重であり用心ぶかく、殆んど摑まえたと思ったときでも、昂軒の手を巧みにすりぬけて逃げた。まるでしろうとが鰻を摑みでもするように、するすると昂軒の手をすりぬけ、風のようにすばやく、逃げてしまうのである。ある宿屋では、逃げだした老人がびっこをひきながら、自分の右足の膝には軟骨が出ていて、医者にかかってもよく治らない、だからよく走れないのだが、どうか斬らないでもらいたいと、泣き泣き哀訴しながら、よたよたとよろめいていた、という悲しいけしきもあった。そして高岡というところへ来たとき、意外なことが起こった。高岡は富山松平家十万石の所領であり、城下町の富山よりもおちついた、静かな風格のある町だった。昂軒は本通りの松葉屋市兵衛という宿に泊り、六兵衛もよく見定めてから同じ宿で草鞋をぬぎ、特に帳場の脇の行燈部屋に入れてもらった。それから例によって、夕食を運んで来た女中に昂軒のことをきくと、二階の「梅」にいること、いま風呂からあがって酒を飲んでいること、向うでも六兵衛を気にしていること、などを詳しく話した。そこで彼は女中に心付をはずみ、その侍は大悪人であり、自分は討手として追っている者だ。もしかすると隙をみて逃げだすかもしれないから、よく見張っていてくれと頼んだ。女中は承知をし、どんなことがあってもみのがしはしない、とりきんで頷いた。

夕食のあと六兵衛はざっと湯を浴び、汗臭い着物に埃だらけの袴や脚絆をつけて、半刻ばかり横になって眠った。ながくは寝ていられない、あいつを休ませるばかりだからな、おれの勝ちみはあいつをへとへとにさせることだけなんだぞ。眠りながらそんなことを思っていると、誰かに呼び起こされた。六兵衛は吃驚してとび起き、どうした、なにかあったのかときいた。さっきの女中がなにか知らせに来たもの、と直感したのであるが、そうではなくて、十七八とみえる美しい娘が、彼を見おろして立っているのであった。——娘はほっそりした小柄な軀で、おもながな顔に眼鼻だちのはっきりした、六兵衛にとって生れて初めて見るような美しい姿をしていた。けれども娘の表情は、怒ったときの妹のかねのそれとよく似てい、彼には美人だなという感想よりも、この娘は怒っているなという感じのほうが先にきた。

「まあ呆れた」娘は行燈の火を明るくし、六兵衛のようすを吟味するように見て云った、「——あなたはいつもそんな恰好で寝るんですか」

「そんなことはない」六兵衛は首を振った、「にんげん誰だって、いつもこんな恰好で寝るわけにはいかないでしょう、それとも、あなたはできますか」

「あたしは女中のさくらから事情を聞きました」娘は彼の言葉など聞きながして云った、

「あなたはうちの二階にいるお客を、闇討ちにしようとしているそうですね」

六兵衛はちょっと考えてから反問した、「それはどういうことですか」

「きいているのはあたしのほうです」

「私は闇討ちをしようなんて、考えたこともありませんよ」

「その恰好で」と娘は六兵衛の着ているものを指さした、「女中に金を握らせて二階にいる客を見張らせるなんて、それが正しいお侍のなさることでしょうか」

「これには仔細があるんです」

娘は坐って、膝へきちんと両手を置いた、「うかがいましょう」と娘は云った、「あたしはおようといって十七歳ですが、両親に亡くなられたあと三年も、この宿の女あるじとしてやってきました、そのあいだにいろいろなことも経験し、男女のお客も見てきています、話すことがしんじつか、でたらめな拵えごとかどうかぐらい、見分け聞き分けるちからはもっているんですから」

妹のかねと同じだな、六兵衛はそう思い、額の汗を手の甲でぬぐった。すると妹の「兄さんが臆病者だから、自分はこのとしまで縁談ひとつなかったのだ」という思い詰めた言葉と、しんけんな顔つきが思いうかび、その回想に唆しかけられるかのように、六兵衛は大きく、あぐらをかいて坐り直した。

「よろしい」と彼は云った、「これから私の話すことが、あなたにとってどう判断されるかわからない、だが私はそんなことをぬきにして、正直に自分の立場を話す」

そして彼は語った。たぶんこんな十七歳の小娘などには理解してもらえないだろう、と思いながら、これまでのゆくたてを詳しく語った。彼にとっては思いがけないことだが、娘は話をよく理解してくれた。彼女は涙ぐみ、呼びに来た女中や番頭を追い返して熱心に聞き、六兵衛が討手を願い出たところでは、眼がしらを押えて涙をこぼしさえした。

「さあ云って下さい」話し終ってから六兵衛が娘を見た、「これで話は全部です、あなたはこの話を信じますか信じませんか」

「あたしが悪うございました」と云って娘は咽(むせ)びあげた、「堪忍して下さい、疑ぐったりして申訳ありませんけれど、その代り、あたしもお手伝いをさせていただきますわ」

六兵衛は不審そうに娘の顔を見、娘のおようは彼のほうへ、膝ですり寄った。

四

おようは番頭に、あとのことを一切任せ、旅支度で六兵衛といっしょに高岡を立った。土地では古い宿とみえ、旅切手もすぐ手にはいったし、旅費の金もたっぷり用意したらしい。

そんなことよりも「お手伝い」というのがさらに現実的であり、大きな効果をあげた。

これまでは六兵衛ひとりで追い詰めて来たのだが、高岡からはおようという交代者ができたのだ。

すなわち、六兵衛が休んだり眠ったりしているとき、おようが代って「ひとごろし」と叫びたてるのである。

「その侍は人殺しです」と彼女は昂軒を指さして叫ぶ、「越前の福井で人を殺して逃げたんです、いつまた暴れだして人を殺すかもしれません、みなさん用心して下さい」

そうして充分に休息し、眠りたいだけ眠った六兵衛が、おように代るという仕組であった。これは昂軒にとって大打撃であった。

彼は掛け茶屋にも寄れず、宿屋でゆっくり眠ることもできなかった。

「ひとごろし」という叫びを聞くと、茶店の者は逃げてしまうし、宿屋でも相手にしない。客が満員だからとか、食事の給仕をする者もろくにない。

泊り客たちが逃げだすのはいうまでもないし、宿の者や雇人たちも近よろうとしないのであった。こちらの二人はゆうゆうとしていた。

「あたし本当のことを云うわ」おようは娘らしいしなをつくりながら云った、「あたしの本当の名はおとらっていうんです、兄が一人、姉が一人、小さいときに死んだものですから、この子は丈夫に育つようにって付けたんですって」

「よくあるはなしですよ」

「だっていやだわ、おとらだなんて」およは鼻柱に皺をよせた、「ですからあたし、自分で名を選びましたの、初めに付けたのがおゆみ、それも気にいらなくって次ははな、それからせき、去年まではさよっていってましたの」

「そしておようさんですか」

「昔のお友達に同じ名の、しとやかで温和しい人がいたんです」

「しとやかで温和しいとね」

「いやだわ」およは赤くなった、「そういうお友達がいたって云っただけですのよ」

その他もろもろのことで、二人の話はしだいにやわらかく、親密になっていったが、六兵衛がそんなことで役目を忘れた、などとは思わないでいただきたい。現に富山城下へ着いたときのことだが、昂軒が宿屋へはいろうとするのを見て、当番だった六兵衛が、例のとおり喚きだし、宿の前はこわいもの見たさの群集が、遠巻きに集まって来た。すると、町方与力とみえる中年の侍が、同心らしい二人の男をつれてあらわれ、六兵衛の前に立ちはだかった。

「ここは松平淡路守さま十万石の御城下である」とその中年の侍が云った、「かようなる時刻に町なかで、ひとごろしなどと叫びたて、往来の者を威し騒ぎを起こすとは不届きなやつだ、役所まで同行しろ」

越前の言葉も訛りがひどい。

だが富山の言葉はもっと訛りがひどいので、正確なところは解釈しにくかったけれども、大体な意味だけは推察することができた。

そこで六兵衛は事情のあらましを語り、上意討趣意書を出して、その中年の侍に読ませた。

「これはこれは」とその中年の侍は読み終って封へ入れてから、三拝して趣意書を彼に返し、これはまことに御無礼と、急に態度を改めた、「かような仔細があるとは少しも知らず、失礼をつかまつった」

その中年の侍は古風な育ちとみえ、道にころがっている石ころのように古くさい、きまり文句でながながと詫び言を並べ、自分の思い違いを悔やんだ。六兵衛にはその半分もわからず、この男は正真正銘の田舎侍だな、などと思いながら聞いていた。

「かように仔細がわかった以上」と中年の侍は続けた、「わが藩としても拱手傍観はできません、すぐさま奉行所の人数を繰出して、この宿の見張りをさせましょう、あなたはゆっくり休息して下さい、その武芸者になにかあったら即刻お知らせをします、宿はこの向うの田川がいいでしょう」

宿賃の心配は無用、ほかになにか希望があったら、それも聞いておきましょうと、念のいった親切ぶりをみせた。

「あなたにうかがいたいことがあるんだけれど」と、田川屋へ泊ってからおようが云った、「こんなことうかがうのは失礼かしら」

宿帳にはこれまでどおり兄妹と書いたので、二人は八帖の座敷に夜具を並べて寝ていた。

「聞いてみなければわからないな」と六兵衛は答えた、「――尤も、なにをきかれるかはおよそ見当がつくけれどね」

「あらほんと」およう は枕の上で頭をこっちに向け、つぶらな眼をみはった、「そんならなにをきくと思って」

「うう」と彼はあいまいな声をだし、それから溜息をついて云った、「たぶん私には、上意討ができないだろう、ということじゃないかな」

「そのことなら心配はしていません」

こんどは六兵衛が振り向いた。

「ええそうよ」とおようは彼に微笑してみせた、女が心から信頼する男にだけしか見せないような、匂やかな微笑であった、「昂軒っていうんですか、あの人はもう疲れきって、身も心もくたくたになっています、いまならあたしにだってやっつけられますわ」

「そうはいかない、武芸の名人ともなれば、いざという場合になると吃驚するように変るものだ、吃驚するようにね」と云って六兵衛は深い太息をついた、「――あいつを仕止めるには、まだ相当に日数がかかるよ」

「あたしがうかがいたいのはそんなことではないんです」とおようが云った、「思いきって云いますけれど、はしたない女だと思わないで下さい」

彼は「そんなことは思わない」と答えた。肝心の話にはいるまでの男女の問答は、およそ紋切り型であるし、退屈至極なものときまっているようだ。そこでその部分をはしょって、本題にはいることにしよう。

「あなたにはもう奥様がいらっしゃるんですか」とおようがきいた。

「私にですか」と六兵衛けおどろいたように問い返した、「私が隠れもない臆病者だということは、初めての晩に話した筈です、そのため妹は二十一にもなるのに縁談もない、そんな人間のところへ来るような嫁がありますか」

「では結婚なすったことは一度もないんですのね」

六兵衛は黙って頷いた。

「でも」とおようは疑わしげにきいた、「お好きな方の二人や三人はいらっしゃるんでしょう」

「さてね」彼は恥ずかしそうに天床（てんじょう）を見た、「家中随一の臆病者と、小さいじぶんから云われどおしでしたから、美しい娘を見ても、いそいで眼をそらしたり逃げだしたり、――私にはこれまで好きな娘なんか一人もいませんでしたよ」

「ずいぶんばかな御家中ね、なにも武芸に強いばかりがお侍の資格ではないじゃありませんか」

「世間ではからかう人間が必要なんですよ」と六兵衛はまた溜息をついた、「誰にもしんからのわるぎはないんだと思う、よそのことは知らないが、どこでも一人ぐらいは臆病者と呼び、そう呼ばれても怒らないような人間が必要なんだと思います」

「それであんた」思わずはしたない呼びかけをして、およう
は赤くなった、「どうしてもあの人を討つ気なんですか」

「さもなければ、妹は一生嫁にゆけないんですからね」

「あなたのことはどうなんですか」

「私のなにがです」

「お嫁さんのことよ」とおようがさぐるようにきいた、

「上意討が首尾よくいけば、あなたにもお嫁さんに来る人がたくさんあるんでしょ」

六兵衛はちょっとのま考え、それから枕の上でそっと首を振った、「そうは思いませんね」と彼は陰気な口ぶりで云った、「——臆病者というのはこの私です、妹は嫁にゆけるかもしれないが、臆病者と呼ばれてきたのはこの私です、一度ぐらい手柄を立てたところで、生来の臆病者の名が消えるわけじゃありませんよ」

およう
は考えこんだ。この宿のどこかで、賑(にぎ)やかに囃(はや)したりうたったりするのが聞え、床下で鳴く虫の声が聞えた。

「ねえ」と暫くしておようが囁いた、「もうお眠りになって」

「いや眼はさめてます」六兵衛はぐあい悪そうに答えた、「じつは女の人と同じ部屋で寝るのは初めてのことだし、私は寝相が悪いので、それが心配で眼が冴えてしまったらしい、けれどももう少し辛抱すれば眠れるでしょう」

「ねええ」と掛け夜具で口を隠しながら、おようが囁き声で云った、「あたしをお国へつれていって下さらないかしら」

「だって」と彼は吃った、「だってあなたは、松葉屋の娘あるじという、大切な責任を背負っているんでしょう」

「あれは番頭と喜七と、女中がしらのおこうに任せて来ました、あの二人にはもう子供もあるんです」

「私にはよくわからないが」

「詳しいことはあとで話しますわ」と云っておようは媚びた微笑をうかべた、「いまはあたしをお国へつれていって下さるかどうかがうかがいたいんです」

六兵衛は唾をのんだ、「いいですとも、あなたがそう望むなら、もちろんいいですよ」

「証拠をみせて下さる」

「どうすればいいんですか」

あなたはじっとしていればいいの、と云っておようは起きあがり、行燈の火を吹き消した。

五

昂軒、仁藤五郎太夫は精根が尽きはてた。宿へ着けば「ひとごろし」という叫び声で、客は出ていってしまうし、宿の者も逃げだしてしまう。

富山松平藩から通報でもあったらしく、到るところに番士が見張っているし、街道の掛け茶屋さえ例外ではなく、空腹に耐えかねて店の品を摘み食いすれば、代価を置いてゆくのに「泥棒」とか「食い逃げ」などと喚きたてられた。しかも、初めは討手が一人だったのに、いまは娘が加わって二人になった。

片方がのびのび寝ているとき、片方が起きていて、「ひとごろし」と叫び続ける。その声を聞くと、そこまで食膳を運んで来た宿の女中が、その食膳を持ったまま逃げてしまうのであった。

越中富山から雄山峠を越えて、道は信濃へはいる。中には天竜川をくだって、東海道の見付へゆく者もあるが、たいていは中仙道を選ぶのが常識だったらしい。仁藤昂軒は後者の道を選んだのであるが、諏訪湖へかかるまえに骨の髄からうんざりし、飽きはててしまった。——名の知れない高山が遠く左にも右にも見え、まわりはいちめんの稲田であった。

その道傍（みちばた）のひとところに、松林で囲まれた三尺ばかり高い台地がある、昂軒はそこへあがってゆき、大きな編笠をぬぎ旅嚢を投げやって、大きな太息をついた。

——街道のかなたには、旅装の男女が二人、いうまでもないだろうが、双子六兵衛とおようのあるいて来る姿が見えた。

「もうたくさんだ」と昂軒は呟いた、「もうこの辺が決着をつけるときだ」

彼は頬がこけ、不眠と神経緊張のために眼は充血し、唇は乾いて白くなっていた。それに反し、街道をあるいて来る二人はみずみずしいほど精気にあふれていた。どういうことがあったのか、筆者のわたくしにはわからない。六兵衛もそうだが、おようのほうは特にうきうきしたようすで、絶えず六兵衛にすばやいながしめをくれたり、なにか云っては、やさしく肱（ひじ）に触ったり、そっとやわらかく突いたりした。——かれらはまるで、本来の使命を忘れたかのようにその台地の前を通りすぎようとした。

そこで昂軒は立ちあがり、おれはここにいるぞ、と呼びかけた。二人は仰天したようすで、娘のほうはすぐさま「ひとごろし」と叫びだした。

「やめろ、それはもうたくさんだ」と云いながら、昂軒は台地の端へ出て来た、「そこの双子なにがしとかいう男、きさまおれを上意討に来た男だと云ったな」

六兵衛は黙って頷いた。

「おれは初めから逃げも隠れもしないといってある」と昂軒は続けた、「きさまも侍なら、どうして勝負をしないんだ、いまここでもいいんだぞ、こんな茶番芝居みたようなことにはうんざりした、勝負をしろ」

「それはだめだ」六兵衛は唇を舐めてから答えた、「私とおまえさんでは勝負にならない、私のほうでも初めから云ってある筈だ、私は私のやりかたで上意討をするほかはないんだ」

「きさまそれでも武士か」

「それはまえにも聞いたよ」

「しかも恥ずかしくはないんだな」

六兵衛は頭を左右に振り、「ちっとも」と云った、「私はもともと臆病者と定評のある人間なんだ、いまさらなんと云われようと恥ずかしがることはこれっぽっちもないさ」

「どこまで跟けて来る気だ」

「それはおまえさんしだいさ」と云って六兵衛は歯を見せた、「――おまえさんがへたばるまではどこへでもついてゆくよ、路銀は余るほど貰ってあるからね」

「きさまはだにのようなやつだ、人間じゃあないぞ」

「福井へ帰ったらそう云いましょう」と六兵衛は逃げ腰で答えた、「きっとみんなよろこぶにちがいない」

「勝負はしないのか」

「そちらしだいです、念には及ばないでしょうがね」

「おれはいやだ、飽きはてうんざりして、生きているのさえいやになった」と云って昂軒はそこへ坐った、「腹はへりっ放しだし眠れないし、寝てもさめても人殺し人殺し、しかも尋常に勝負をしようとはしない、こんな茶番狂言には飽き飽きした、おれはここで腹を切る」

昂軒は着物の衿(えり)を左右にひろげ、脇差を抜いた。

「ちょっと」六兵衛は片手を差し出した、「それはちょっと待って下さい」

「なんだと」

「そうそっちのお手盛りで片づけられては困ります」

「お手盛りとはなんだ」

「おまえさんの勝手に事を片づけられては困るということです」と六兵衛が云った、「ここに私という討手がいるんですからな」

「だが、刀を抜いて勝負する気はない、そうだろう」

それが私の罪ですか、とでも云うふうに六兵衛は肩をすくめた。

「おれは誤った」昂軒は頭を垂れ、しんそこ後悔した人間のような調子で、しみじみと云った、「おれも誤ったし、世間の考えかたも誤っている、おれの故郷は常陸の在で、何代もまえから和昌寺という寺の住職をしてきた、だがおれはそんな田舎寺で一生を終る気にはなれなかった」

都へ出て人にも知られ、あっぱれ古今に稀なる人物と、世間からもてはやされるような人間になりたかった。常陸はもともと武芸のさかんな国だし、名人上手といわれる武芸者を多く出している。

名を挙げるには武芸に限ると考え、自分もそのみちで天下に名を売ろうと思い、数えきれないほど、達人名人といわれる人の教授を受けた。

「だがそれらはみんな間違っていた」と昂軒は云い続けた、「武芸というものは負けない修業だ、強い相手に勝ちぬくことだ、強く、強く、どんな相手をも打ち負かすための修業であり、おれはそれをまなび殆んどその技を身につけた、越前侯にみいだされたのも、そのおれの武芸の非凡さを買われたからだ、けれどもこんどの事でおれは知った、強い者に勝つのが武芸者ではない、ということを」

「まあまあ」と六兵衛が云った、「そんなふうにいきなり思い詰めないで下さい」

「いきなりだと」昂軒は忿然といきり立ったが、すぐにまた頭を垂れた、そして垂れたままでその頭を左右にゆっくり振った、「――いや、これはいきなりとか、この場の思いつきとかいうもんじゃない、そんな軽薄なものではない、おれはこんど初めて知ったのだが、強いということには限度があるし、強さというものにはそれを打ち砕く法が必ずある、おれには限らない、古来から兵法者、武芸者はみな強くなること、強い相手に打ち勝つことを目標にまなび、それが最高の修業だと信じている、しかしそれは間違いだ」そこでまた昂軒はゆらりと頭を左右にゆすった、「諄いようだが、それが誤りであり間違いだということを、こんど初めて知った」

「あなたはそれを、もう幾たびも云い続けていますよ」

「何百遍でも云い続けたいくらいだ」昂軒は抜いた脇差のぎらぎらする刀身をみつめながら、あたかも自分を叱るように云った、「――強い者には勝つ法がある、名人上手といわれる武芸者はみなそうだった、みやもとむさしなどという人物もそんなふうだったらしい、だが違う、強い者に勝つ法は必ずある、そういうくふうは幾らでもあるが、それは武芸の一面だけであって全部ではない、――それだけでは弱い者、臆病者に勝つことはできないんだ」

六兵衛は恥ずかしそうに、横眼でちらっとおようを見た。

「どんなに剣道の名人でも」と昂軒は続けて云った、「おまえのようなやりかたにかなう法、それを打ち砕くすべはないだろう、おれは諦めた、もうたくさんだ、おれはここで腹を切る、だからきさまはおれの首を持って越前へ帰れ」

「それは」と六兵衛がきいた、「それは、本気ですか」

昂軒は抜いた脇差へ、ふところ紙を出して巻きつけた。六兵衛は慌ててそっちへゆき、台地の下のところで立停った。

「ちょっと待って下さい、ちょっと」と六兵衛は云った、「あなたは本当に、そこで自害なさるつもりですか」

「そうだ」と昂軒が云った、「――それとも、おまえがおれと勝負をするかだ」

六兵衛は首を振り、手を振った。

「そうだろう」昂軒は頷いた、「そうだとすれば、おれはもう割腹するほかに手はない、おまえたちが交代でどこまでもついて来て、隙もなく人殺し人殺しと叫ばれ、めしもろくさま食えないような旅を続けるより、思いきって自害するほうがよっぽど安楽だからな」

ちょっと待って下さい、と云って六兵衛はおようを振り返り、それからまた、「ちょっと待って下さい」と昂軒に云い、顎へ手をやって首を捻り、また頸のうしろを掻いたりした。

「では、こうしましょう」と六兵衛は商談をもちかけでもするような口ぶりで云った、「――この気候では、越前まで首を持っていっても腐ってしまう、とすれば、首を持っていってもしようがないし、だからといってなんにも持って帰らないわけにもいかない、そこで相談なんだが」

「生きたまま連れ帰ろうというのか」

六兵衛は首を振った、「そうじゃない、怒られると困るんだが、おまえさんの髻を切ってもらいたいんだ」

「もとどりとは」と云って、昂軒は自分の頭を押えた、「――これのことか」

「そのとおり」と六兵衛は頷いた、「髻を切られるということは、侍にとってもっとも大きな屈辱だとされている、少なくとも、わが藩では古い昔からそう云われてきたし、私もそう云い聞かされてきたものだ」

「だからどうしろというんだ」

「済まないが」と六兵衛が云った、「その髻を切ってくれ、それを首の代りに持って帰る」

「髻が首の代りになるのか」

「なま首は腐るからな」と六兵衛が云った、「それに私は、人を殺したり自害するのを見たりするのは、好かないんだ」

「偏耳録」をまたここで引用するが、双子六兵衛は上意討を首尾よくはたし、おまけに嫁まで伴れて来たし、その高い評判によって、彼の妹のかね女も、中野中老の息子大八郎と、めでたく婚姻のはこびになった。――とある。筆者であるわたくしとしては、これ以上もはやなにも付け加えることはないと思う。

青梅雨

永井龍男

■永井龍男　ながいたつお　明治三七年（一九〇四）〜平成二年（一九九〇）

東京生れ。十六歳の時、懸賞に応募した小説が菊池寛に認められる。後、文藝春秋社に入社。編集者のかたわら小説を書き続ける。戦後、執筆一筋となり、「朝霧」（昭二四）、「風ふたたび」（昭二六）など多くの作品を書いた。特に「一個」（昭三四）など、短篇の名手として高く評価されている。

「青梅雨」は昭和四〇年「新潮」に発表された。

十九日午後二時ごろ、神奈川県F市F八三八無職太田千三さん（七七）方で、太田と妻のひでさん（六七）養女の春枝さん（五一）ひでさんの実姉林ゆきさん（七二）の四人が、自宅六畳間のふとんの中で死んでいるのを、親類の同所一八四九雑貨商梅本貞吉さん（四七）がみつけ、F署に届けた。

同署で調べたところ、「東京都杉並区高円寺中通り六ノ一八堀江商店に五十万円の借金がある。事業をやろうとして失敗し、世の中がいやになった」と記した四人の十四日附の遺書が、太田さんのマクラの下からみつかった。

（死体の発見されたのは、十九日午後二時である。）

マクラもとに、葬式料四万九千円と、四人の戸籍書類、遺体の後始末を頼む依頼状があったことなどから、同署は服毒して一家心中したものと断定した。

発見者の梅本さんの話では、ガスの集金人が玄関口に新聞がごっそりたまっているので不審に思い、梅本さんに知らせたという。

調べでは、太田さんは以前会社員だったが、きちょうめんな性格で、昨年四月堀江商店から借りた五十万円の利息を、毎月二万二千五百円ずつきちんと支払っていた。その上自宅と宅地、家財道具などが借金の抵当に入っていて、生活はかなり苦しかったという。

（なお、別の新聞は、十四日付の遺書に「最後の仕事に失敗して」とあったほか、誠なきいまの浮世を暮すより四人ともども死出の旅路に、という辞世があり事業の失敗を苦にして、十四日夜一家で服毒心中したらしい。同家のポストには、五十万円の借金返済を迫る手紙が入っていた、とも報じている。）

A

九時少し前に東京駅を出た湘南電車が、F駅へ着いた。ほぼ一時間かかる。降りた客は、一昨日からの雨に、みんな雨支度を身につけていた。

国鉄に接続した江ノ島電車のF駅には、鎌倉行きの電車が待っていた。単線電車に相応した、屋根の低い古臭い小さな駅である。

この時刻に、この線を利用する客はごく少数だった。その中に、東京から帰った太田千三もまじっていた。

千三は、発車を待つ電車の傍（そば）まで行って、窓から乗客を物色した。客はまばらに席を取って、どれも手持ち無沙汰（ぶさた）な様子をしていた。

時刻から推して、ゆきと春枝が乗っているかも知れぬと思ってのことだったが、姿はなかった。

千三は一度引返して、ベンチに腰を下ろした。ベンチは湿っていて、レインコートの尻を吸いつけた。

もう一電車待ってみようかと思って、そうしたらしいが、電気時計を見上げて、また立ち上がった。十時に間もないし、次の電車は三十分後になる。千三は、傘とカバンを抱えて、売店へ寄って行った。

売店が店仕舞いをしているので、そこに店があるのに気づいたという恰好だった。

「それを下さい。その」

と、棚を指さして、言葉が出て来ない。

「二合瓶かな、その日本酒は」

値段を聞いて、ガマロを明るみへ持って行ったが、別に内ポケットから封筒を取り出すと、手間をかけて五千円札を出した。

「すまないが、これでお釣りを」

売店の若い女の売子は、たいそう無愛想だった。今日の会計を、すっかり済ませた後だのにという顔で、釣りを数えた。

「この五百円札だが、銀貨と換えてくれないか。すまないが」

発車のベルが鳴り出した。

五、六枚の銀貨を、板の上からつまみ取るのに、千三の指先きは苦労した。

運転手と車掌が乗り込むと、ヘッドライトが点き、電車の廻りのぬか雨がにわかに宙に照らし出された。

ベルの鳴り渡る中で、千三はあわてずに、日本酒の瓶を大事にカバンにしまって、しっかり錠もしめた。

「お早く」

そう車掌に云われても、歩調を乱すことはなかった。この電車を利用して、もう十年になる。今夜は座席に腰を下ろすにしても、いつもとは全く違った感慨があった。

「お爺さん、あなたの傘じゃないかね」

昇降口から顔をのぞかせた駅長の眼が、千三を追っていた。

千三は二つ目の停留場で降りた。

改札口の掛り員は帰った後で、車掌に定期を見せて降りるのだった。

青葉若葉の茂みに、処々外燈が点っている。そういう細い道を幾曲がりかして、千三は一番奥の家へ戻った。

闇と雨気を存分に吸い込んだ植込みの重さで、門の脇のくぐり戸まできしんでいるような住居だった。それに、もうずいぶん長く、植木屋も入っていない。

くぐり戸のねじ鍵を締めながら、千三は外燈を見上げて、しばらくぬか雨に顔を濡らした。今年伸びた竹の細枝が、千三の行く手を半分さえぎって垂れていた。

B

「お帰りなさい」

玄関の三畳の電燈(あかり)を点けて、春枝が機嫌よく迎えに出た。

「一電車、早かったか」

「いいえ、二電車。ね？」

と、春枝が振り向く。

太り肉(じし)な春枝のかげに、千三の妻の姉、腰の曲がった林ゆきも出迎えていて、

「うまい具合に、すぐ江ノ電に乗れてね」

と、若い声で云い添えた。

「おもしろかったかい？」

「大おばあちゃん、珍しがっちゃって、たいへんでしたわ」

「いい、見納めをしましたよ」

春枝が、千三のレインコートを脱がせて、

「大おばあちゃん、ダンサーの腿(もも)が太いといって、びっくり仰天(ぎょうてん)」

「あれだけの人数を、よく揃えたものさ。みんな、若い子でね」

春枝は看護婦をしたことがあるし、このごろ心臓の持病があったりして、あれこれ新しい売薬を買うのが趣味のようになっていた。暮し向きが逼迫してきてからも、薬屋だけは出入りしていて、たまたまF市の小屋にかかったなんとかショーの入場券を二枚、御用聞きが景品に持ってきた。

ゆきを案内して、今夜はそれを見物に行った。

「お帰りなさい」

「ああ、ただいま」

奥の間から声をかけてくる、妻のひでに応えながら、千三は上着もそこで春枝に渡した。

「カバンは、そっちへ持って行っておくれ」

そう云って、千三は洋服ダンスへ納めた上着の内ポケットへ手を入れた。

「消しますよ」

千三が封筒を取り出すのを待って、春枝が電燈のスイッチをひねった。茶の間からの燈に向かって、三人は歩を移した。

春枝は、どちらかの脚が不自由らしかった。

六畳の茶の間と、八畳の奥座敷が、庭向きに続いていた。奥の八畳に、千三の妻のひでが、病床の上に坐って髪を結んでいた。

「ちいおばあちゃん、いまあたしがやって上げるというのに。せっかくの敷布が、毛だらけになるわ」

それを見ざま、春枝が云った。

ひでは、姉のゆきよりさらに小柄だったが、その前に置かれた鏡台は、おもちゃのように小さく、古めかしいものであった。

「どうでした、うまく処分ができましたか」

千三を遠くから見上げて、ひでが云った。

「まあ、なんとかね」

千三は茶の間の卓に封筒を置き、そこへ座を占めた。

「ピンを、お出しなさい」

ひでの後ろにまわって、春枝が櫛(くし)を取った。そして、

「きょうは、お風呂を立てたんです。どんどん洩(も)れちゃうから、早く入ってもらわないと」

と、千三へ云った。

「そうかい。あの風呂が、よくたけたなあ。みんなは、まだ入らないのか」

「洩れてしまうから、先に使わせてもらいましたよ、ひでさんもあたしも。お茶は、お

風呂の後にしますか？」

林ゆきは、茶ダンスを背にして、千三に対した。白い古足袋(ふるたび)を履(は)いていた。

「お茶よりも、ふっと思いついて、いいものを買ってきた」

千三はカバンを明け、二合瓶を卓に立て、

「そら、これだ」

と、口もとに微笑を浮かべた。

「おやまあ、これは珍しいものを。ひでさん、お酒だよ」

封筒の中身を取り出した千三は、そのひでの方にも聞えるように、

「三万六千円ばかりに、なったよ」

と、数枚の札をかぞえた。

ひでの耳もとで、春枝が金額をくり返した。

「それでも、よくまあ、それだけに」

ひでは呟きながら、洗いたてのピンと張った敷布の上で、膝のまわりを手さぐりした。抜け毛を拾っているらしい。

「大おばあちゃんの翡翠(ひすい)と、春枝のルビーは、やっぱりいけなかった」

「そりゃあ、そうでしょうとも。それでなくって、いままで残っているはずはないもの」

「しかし、地金代にはなった。うちには、いくらぐらい残っているかな」

「一万円と、千円札が……」

「それだけあれば、まあいいだろう。札というのは、頼りないもんだね。この酒を買って、釣り銭に五百円札をよこしたから、銀貨に換えてもらった。この方が、よっぽどしっかりしている」

千三はズボンのポケットからガマ口を出し、銀貨や銅貨を卓に積んだ。

「さて、風呂に入ってしまうか」

「そうして下さい。もう、大分減っているかもしれませんよ」

千三に続いて、春枝が立つ。

古い畳が、春枝の一足ごとに沈み、湿ったにおいを立てた。

「そうかねえ。あの翡翠が、いけないかねえ、あれを買った時は」

と、姉のゆきがひとりごとを云いはじめた。

「姉さん、そこの上を片付けて下さいな。それから、カバンをここへ」

床の上から、ひでが指図(さしず)した。

風呂場の方で、千三のバンドの金具が鳴り、ガラス戸を引く重い音が続いた。

C

「なにをしているの。大おばあちゃんたら、子供みたいに」

台所から出てきた春枝が、茶の間のゆきを、上からのぞき込んで笑った。

「だってね、お金というものは、こんなものだったかと思って。こんなによく見たのは、はじめてだよ」

ゆきは、銀貨と銅貨を三列にきちんと卓の上に並べて、余念なくながめていたところだった。

「それが積もり積もって、百万円になったり、千万円になったりね」

「そうなんだねえ、これも百万円や千万円のお仲間なんだね」

「なにを、感心しているの」

春枝もそこに膝を突き、

「ちいおばあちゃんも、今夜はあとで、ここへいらっしゃいね」

と、八畳へ声をかけた。

ひでは千三のカバンを脇に、眼鏡をかけて書類に見入っていた。

「はいよ」

春枝の言葉が聞こえて、ひではうなずいた。

「なにを一所懸命、見ていらっしゃるの？」

「ええ？」

「この書類は、なんなの？」

「これは、東京の区役所で、取ってきなすった、みんなの戸籍抄本」

「……へえ」

春枝はそのまま、前のゆきへ視線を移して、

「うちには、お猪口（ちょこ）らしいお猪口はないから、こんなんでいいわね」

と、小さな器を四つ、そこへ並べた。

「お猪口？」

「そのお酒を、飲むんでしょ」

「ああ、それでいいとも」

「大おばあちゃん、いつまで銀貨を見詰めているつもり？」

「いいえさ、あの翡翠を買ってもらった時分が、あたしの運の頂上だったんだと思ってね」

ゆきはそう云って、顔を上げた。

「何年前の話？」

「大昔さ。五十年も前のこと」

「若かったのね」

「あれだけは、手放さずにいたら、ニセ物だったとさ」

「ニセ物とは、おじいちゃん云いませんでしたわ」

「どっちでもいいけどね。お前さんのルビーはニセ物でも、あたしのはほんものだと思っていたよ。ばかだね」

「あたしのは、人造石よって云われてもらったんですもの」

「誰に？」

「病院時代に、仲よくしていたお友達の遺品にね」

「お前さんは、人の世話ばかりして、暮してきたんだね」

「まあ、そういうことになるわね」

「ひでなんぞ、お前さんがいなければ……」

「でもね、あたしも随分(ずいぶん)わがままをしましたもの。おじいちゃんと、どうのこうのと噂を立てられて、三月も帰ってこないことがありましたっけ。あの時は、腹が立ったわ」

「そうそう、あれは麻布に住んでいるころだった」

「若かったんだな、あたしも」

「みんな、夢のようだとよく云うけどね、あたしぐらいにならないと、ほんとの夢の短かさはわからないだろうよ」

「大おばあちゃんは、丈夫だったわね」

「あたしは、とうとう病院ってものを、知らずじまいだもの」

「耳はいいし、薬をちょっと服むと、それがまた、よく効くしね」

「……お前さん、浴衣は持って行って上げてあるのかい？」

「そうだわ」

と、春枝は立って、茶の間のタンスの上から、一包みになった洗濯物を下におろした。ショーを見に行った時寄り道をして、洗濯屋から持って帰ったものだった。

「ああ、気持がいい」

そう呟きながら、春枝は千三の浴衣をひろげた。浴衣はパリパリ云ってひろがった。

ゆきは銀貨と銅貨を、丹念に積み直して、

「ほんとうにあたしは、薬という薬がよく効く質なんだから」

と、ひとりごとを口に出した。

D

「あっちこっち、今日はよく動いた」

兵児帯を締め締め、湯上がりの千三が茶の間へ戻ってきた。

「疲れたでしょうね」

と、床の上のひでが、夫を見上げた。

「それがね、それほどでないから不思議だ。ほう、もう十一時をまわったね」

「ゆうべ臥たのは、一時過ぎでしたよ。臥てから、青葉梟が耳について」

「姉さんは、耳がいいからね」

千三は、それを聞き流しに縁側へ行き、

「少し、明けさせてもらおう」

と、庭へ向いたガラス戸を一枚引いた。

「ひでさんが、虫が入ってきて、いやだというもんだから。……降っていますか？」

「ぬかのようなやつがね。一日中、こうだった。こっちも、そうだろう」

「大おばあちゃん」

台所から春枝の声で、

「あたし、大急ぎでお風呂に入りますから、ちょっと手を貸して」

と、ゆきを呼んだ。

「なにもかも、みなすんだ」

二人きりになると、千三はひでの床の脇にあぐらをかいた。

「なにか、仕忘れていることはないかと、明るいうちは、一日中そわそわした気分だったが、帰りの電車に乗ると、すっかり落着いてね。今夜ほど人の顔や、外の景色を、落着いて眺めたことはないよ」

なかば自分に云い聞かせているような、言葉遣いであった。

「仕忘れたこともあるだろう。あるだろうが、かんべんしてもらおうよ」

「山田さんの、病院へは？」

「それさ。それは承知していて、とうとう足が向かなかった。二度目の手術がすんだというのに、一合の牛乳を呑むのに、三十分がかりだという話だ。咽喉にもきているんだろうよ。辛くて、顔を見る気になれない。ゆるしてもらうことにしたよ」

「山田さんは、いくつでしょう」

「五十七か八のはずだ。六十にはなっていない。寿命というものは、分からないものさ」

山田というのは、千三が工場を経営していたころから使っていた男で、今年の初めから癌に犯されている。

「二人が出かけた後、一人だったんだね」

気をかえて、千三はひでの耳近くささやいた。

「ゆっくり、お仏壇の掃除をさせてもらいましたよ」

「なるほど、きれいになった。しかし、そんなことをして、くたびれたろう」

「人間は、気のもんですね。こうしていても、体はしゃんとしていますもの」

「ゆうべの約束通り、私はもうなにも云わないが、お前の方から、云っておきたいことはないかね？」

「永い間、ありがとうございました」

「それは、私の云うことだ。意気地(いくじ)のない男だったよ、ゆるしてくれ」

「もう、そんなことは、一切(いっさい)云わないというのが、ゆうべの約束でした。ごめんなさい」

「永い永いような、三月か半年のような、まあそんなものなんだろう、人の一生というものは」

「すみませんがね、そのタンスの一番下に、新しい足袋が二足、姉さんとあたしのが入っています。出しておいて下さいな」

千三は膝(ひざ)をすさらせて、タンスの引き出しを引いた。

風呂場の方で、春枝の声にまじって、ゆきの若い笑い声が起こった。

「大おばあちゃん、こっちだって云うのに」

「お前さんはそこで、そんなことを云うけどね」

そんなやりとりとともに、ゆきの笑い声は、妙に若々しく深夜の家(や)ぬちに続いた。

「ああ、この箱は久しぶりだ」

引き出しを引いた千三は、足袋の包みの他に、箱根細工の木箱を取り出して、

「うん、うん。いろんなボタンがある、金具がある。これは、なんのメタルだろう」

と、箱の中を指でかきまわしていた。

「そんなものでも、拾い集めておくと、なにかの時に、ひょいっと役に立ったもんですよ」

「そうだったね、そうだったとも」

引き出しを元に納めて、千三は膝を抱き、電燈を見上げた。

そこへ、ゆきが戻って、

「あたしも、洗濯屋さんに頼んだ、浴衣を着させてもらいましたよ、いい気持だこと」

と、茶の間の卓に寄った。

「たいそう面白そうに、笑っていたが」

「いいえね、春枝さんが、今夜のダンサーの真似をするもんだから」

「ひで、お前も向うへお出で」

「ええ、いま行きます。姉さんにも、足袋を」

座蒲団を手に、千三は病床の妻をうながした。

「おや、どうもありがとう」

ゆきは、千三の手から足袋の包みを受取って、

「さあ、ひでさん、早くここへお出で。肩を貸して上げようか？」

と、やさしく云った。

千三は、二合瓶の封を切って、自分の猪口に注ぎ、そおっと口にふくんでから、

「相変らず、長湯だな」

と、呟いた。

ひでは、ゆきと向い合いに座を取った。

さすがに、どこかよく似たところがあった。

「これで、降っているんですか？」

「降っている、ぬかのようなのが」

「ああ、あの貨物列車が通るよ。毎晩いまごろ一度眼がさめて、きっとこの音を聞いたもんだった」

「そうなのよ、姉さん。耳が遠いというのに、この音だけは、あたしも毎晩聞きましたよ」

「この家も、このままでは住めまい。こわして、新しい家を建ててもらうんだな」

三人は、それぞれに家の中を見まわした。

「あたしや姉さんのように、身寄りの少ない者も、珍しいでしょうね」

「とうとう、お前さんと二人きりだものね」

「迷惑をかける処が、少なくてすんだと思うのさ。洗いたての浴衣で、気持はいいが、

これを見てくれ。下ン前の膝が脱けている」

「おやまあ、それは知りませんでした。そんなものを着せて」

「クリーニング屋の洗い方が激しいからだ。なに、気持はいい、お前さんたちにこそ、恥かしい気はするが、世間の人たちには、私はこれでちょっとも恥とは思わない。できるだけみなさんに、迷惑をかけまいとして、八方手を尽くしました。浴衣までが、こんな具合です……」

千三はそこで、苦笑を浮かべた。

「ま、そんなことを云って、力んでみるまでもないか」

「春枝という子も、考えてみると、つくづく一人ぽっちな子なんですね」

ひでが、卓を見詰めるようにして云った。

弱い夜風が、かすかにガラス戸をゆすって去った。

「一口呑んでおくれ」

と、千三が二合瓶を取った。

足の不自由な春枝にしては、珍しいことだった。三人が気づかぬ間に、そこにいた。湯上がりのせいか、やや蒼白んだ顔色だった。少しむくみもあるかも知れない。これも、洗いたての浴衣を着ていた。

四人とも、口をきかずに卓を囲んだ形になった。

「春枝、一口呑んでくれ」

千三が、手を伸べた。春枝は両手で猪口をうけた。猪口が震えていた。

「おじいちゃん」

息を詰めて、春枝が云った。「ちいおばあちゃんも、大きいおばあちゃんも……」

「うん、どうした」

「二人とも、けさから、死ぬなんてこと、一口も口に出さないんです、あたし、あたし、えらいと思って」

それきりで、泣き声を抑えに抑え、卓に泣き伏した。

この姿と気勢は、今夜のこの家にとって、一番ふさわしくないものであった。

検屍に立合った梅本貞吉は、

「親類といっても、直接血のつながりはありません。私の父親が、十年ばかり前にこの家を世話しました。春枝という養女は、ここの小母が肺を患って、東京の病院へ入院した時の看護婦で、それが縁で養女にしたそうです。睡眠薬は春枝が集めたものでしょうが、ここの主人と肉体的な関係があったかどうか、その辺のことは私は知りません」

と、語っている。

肉体的関係云々(うんぬん)の個所は、新聞記者側の質問に応じて云ったものであろう。質問と応答を一連にして記事にするのは、このごろの新聞の悪い習慣である。

補陀落渡海記

井上 靖

■井上　靖　いのうえやすし　明治四〇年（一九〇七）〜平成三年（一九九一）

北海道生れ。京大在学中に、「流転」が「サンデー毎日」の懸賞小説賞に入賞。大学卒業後、毎日新聞に入社し、美術・宗教を担当する。戦後「闘牛」（昭二四）で芥川賞を受賞。新聞社を辞め創作に専心する。「天平の甍」（昭三二）、「敦煌」（昭三四）、「青き狼」（昭三五）、「本覚坊遺聞」（昭五六）など歴史小説、「比良のシャクナゲ」（昭二五）、「わが母の記」（昭五〇）など私小説的作品、エッセイなど数多くの作品がある。「補陀落渡海記」は、昭和三六年「群像」に発表された。

熊野の浜ノ宮海岸にある補陀落寺の住職金光坊が、補陀落渡海した上人たちのことを真剣に考えるようになったのは、彼自身が渡海しなければならぬ年である永禄八年の春を迎えてからである。それまでも自分の先輩であり、自分が実際にその渡海を眼に収めた何人かの渡海上人たちのことを考えたことがないわけではなかったが、同じ考えるにしても、その考え方はまるで違ったものであったのである。

と言うのも、金光坊自身、自分が渡海するかしないかといった問題は、実際のところそれまではそれほど切実に自分の身に結びつけて考えてはいなかったのである。なるほど補陀落寺の彼の前の住職である清信上人は六十一歳で永禄三年に渡海しており、その前の日誉上人も天文十四年十一月、六十一歳で渡海している。それからその前の正慶上人は天文十年の十一月の渡海で、やはり六十一歳の時である。こうして補陀落寺の住職の前任者を並べてみると、三代続いて、六十一歳の年の十一月に、補陀落の浄土を目指して、浜ノ宮の海岸から船出していることになる。併し、だからと言って、補陀落寺の住職がすべて六十一歳の十一月に渡海しなければならぬというような掟はどこにもないのである。

補陀落寺は確かにその寺名が示す通り補陀落信仰の根本道場である。往古からこの寺は観音浄土である南方の無垢世界補陀落山（ふだらくせん）に相対すと謂われ、そのために補陀落山に生身の観音菩薩を拝し、その浄土に往生せんと願う者が、この熊野の南端の海岸を選んで生きながら舟に乗って海に出るようになったのである。浜ノ宮はその解纜（かいらん）場所、補陀落寺はいつかその儀式を司る寺となったが、併し、補陀落寺の住職が自ら渡海しなければならぬといった掟はそもそも初めからどこにもないのであった。ただそうした補陀落信仰と関係深い寺であるので、創建以来長い歴史を通じて、渡海者の多くは補陀落寺に一時期身を寄せ、そしてこの寺から出て船出しているし、住職の中からも何人かの渡海者を出しているのである。寺記に残っている渡海上人たちの名は十人近くあろうか。いずれも渡海した年齢はまちまちであり、十八歳の上人も居れば、八十歳の高齢の渡海者も居る。

それが、たまたま近年になって、三代続いて補陀落寺の住職が六十一歳で渡海することがあって、そのために何となく補陀落寺の住職は六十一歳になると、その年の十一月に渡海するものだといった見方が世間に於て行なわれるようになり、またそうした見方が、この寺の歴史からするとさして不自然でなく成立するようなところもあって、六十一歳になった金光坊もそうした世間の見方から逃れられぬ羽目に立ち到ったわけであった。

世間のこうした見方というものに、これまで彼自身さして深い関心を示さなかったというのは、あるいはまた、そうした見方に気付いていてもそれほどそれが決定的な強い力を持つものであるということに思い到らなかったというのは、何と言っても若年から僧籍にはいった金光坊の世間知らずの迂闊さと言うほかはなかった。

金光坊とて補陀落寺の住職である以上、いつか自分もそうした心境に立ち到れば渡海上人としてここから船出しないものでもないぐらいのことは考えていたし、また僧侶としてそうしたいつか自分のところへやって来るかも知れない日を、必ずしも期待しないわけのものでもなかった。金光坊にしても僧侶として多少の自負もあったし、渡海ということへの仏へ仕える身としての一種の憧憬に似た陶酔もあった。自分の師である三代前の正慶上人の渡海の立派さは、今もありありと眼に残っていて、自分もできるならそうなりたいとかねがね思っていたのである。ただそうした高い信仰の境地へ、正慶上人は六十一歳で到達できたが、鈍根の自分は更に何年かの修行の年月を必要とすると思っていたのである。渡海する心境に到達することが、補陀落寺で一生を過した僧としての金光坊のやはりそれは一つの悲願でなかろう筈はなかった。

そうした金光坊に対して、永禄八年という年は、思いがけずひどく意地悪い年としてやって来たのであった。金光坊は年の初め早々から、寺を訪ねて来る人々から、渡海は十一月の何日であるかとか、いよいよ渡海の年になったが、せめてものお役に立ちたいので、自分にやれることなら何なり申し付けてくれないかとか、そんな言葉をかけられた。渡海するその年になるまでは、さすがに口から出さないでいたが、もうその年が来てしまったのだから、これ以上黙っていてそのことに触れぬのは却ってお上人さまに対して失礼であろうからといったそんなものが、いささかの悪意もなしにどの人の顔にも、その言葉にも感ぜられた。

意地悪い考えからそのようなことを言う者はなかった。金光坊は若い時から身を処するには一応厳しい方だったし、ずっと目立たない存在ではあったが、どこかに素朴な人柄のよさもあって、そうしたところが中年を過ぎてから地方の檀徒の間では想像以上の信望をかち得ていた。もうここ何年も金光坊は自分に対する人々の眼に、自分に対する崇敬と親愛の念が籠められているのを見ないことはなかった。こうしたことは里人の間でも、寺関係の人々の間でも、熊野三社関係の、いわゆる那智の滝衆の間でも同様だった。金光坊は誰からも充分尊敬され親しまれていたのである。

金光坊は正月から春まで、そうした自分が渡海するという世間の見方に迷惑を感じ、近い機会にそれを訂正して、自分の渡海の時期は、自分がその心境になるまで何年か先に延さねばならぬし、またそうしなければ折角渡海の船出をしても、補陀落山へ行き着くことはできないであろうということを諒解して貰うつもりだった。併し、春になると、金光坊はそうすることに絶望を感じた。一人や二人なら理解して貰えたし、理解させることもできたが、彼の渡海を信じている者は十人や二十人や百人や二百人ではなく、それは広い世間全部と言ってよかった。

金光坊が巷へ一歩足を踏み出すと、渡海上人であるということで、彼の足許には賽銭が降り注いだ。子供までが追いかけて来て賽銭を投げた。そのために街を歩く金光坊のあとには、いつも賽銭を拾う乞食が何人も付き纏う程だった。それからまた観音の浄土まで携行してくれと故人の位牌が届けられて来たり、生きている者までわざわざ己が位牌を作って、それを金光坊の許に持参して来たりした。

こうなると、金光坊は好むと好まざるに拘らず、渡海しなければならぬもののようであった。若し自分に目下渡海する考えのないことなどを口走ったり、それが何年か先のことであるなどと言おうものなら、世間というものは承知しないに違いなかった。どのような騒ぎが起り、どのような危害が身に及ぶか見当が付かなかった。

金光坊はそのために自分がいかに世の中から葬り去られようと、それはそれで耐えられぬこともなかったが、そのために観音信仰というものに汚点のつくことを考えると、それには耐えられなかった。若し小さい自分というものの言動一つで観音に対する信仰に瑕(きず)でもつこうものなら、それこそ僧として仏に対して詫びのしようはなかった。死んでもその罪は消えないものと思われた。

金光坊が正式に自分がこの十一月に渡海するということを発表したのは、三月の彼岸の中日だった。発表の折は熊野本社で古儀に則って儀式が行なわれた。金光坊はこれまでこの儀式に侍僧として七回出席していたので、そのことについては誰よりも詳しかった。金光坊はその日に先立って多くの関係者に対して、その儀式の順序次第や、供花や楽器のことなどを教えた。金光坊が諳んじているものを口から出すと、清源という十七歳の弟子の僧侶がそれを傍で記録した。

この清源の姿を見た時、金光坊には多少の感慨があった。金光坊は二十七歳の時、いまの清源と同じように、やはり渡海して行く祐信上人の前に坐って、彼の口から出る儀式の次第を聞いて書き写したものであった。清源も亦、この補陀落寺に居る限りは何十年か先には渡海するような運命に見舞われぬものでもなく、何となくわが身に引き較べた痛ましい気持で、金光坊は稚い僧侶の剃られた青い頭を見守っていた。

補陀落渡海がいつ頃から行なわれるようになったか詳しいことは勿論判らないが、金光坊が緬いた寺の古い記録によれば、貞観十一年十一月三日に熊野の海岸から渡海した慶竜上人が最初ということになっている。貞観と言うと、金光坊の生きている永禄から七百年程昔のことになる。その次が五十年程の間隔をおいて、延喜十九年二月の祐真上人。この人は奥州の人だと但書がついているから渡海の希望を持って奥州からやって来て、補陀落寺に渡海前の何年か何カ月かを過した僧侶なのであろう。三番目は天承元年十一月の高厳上人。祐真上人との間には二百年以上の歳月が置かれている。それから更に三百年を経た嘉吉三年十一月に四番目の祐尊上人が渡海している。それから更に五十余年を経て、明応七年十一月の盛祐上人の渡海となるわけだが、その盛祐上人の渡海は金光坊の生れる七年前のことであり、この僧侶の学徳の誉高かったことについては、金光坊は補陀落寺にはいった当座からいろいろと聞かされていた。それから金光坊もよく知っている足駄許り履いていて足駄上人と謂われ、奇行の多かった祐信上人の渡海までには三十三年の隔りがある。

いまこそ補陀落寺は補陀落渡海あっての寺のように言われ、昔から少し気の利いた僧侶は尽くこの寺へやって来て渡海の儀式を終え、さっさと渡海して行ったように思われているが、金光坊の知る限りでは決してそのようなものではなかった。この寺の古い記録にある上述の慶竜、祐真、高厳、祐尊の四上人以外に、この寺の住職以外でこの寺から渡海した者は、信ずるに足るものだけを拾えばほんの二、三の例しかない。下河辺行秀という武人が貞永二年に、入道儀同三司房冬が文明七年に、それぞれ渡海したというのは、他の寺の記載にもあるので事実として見ていいであろうが、その他は殆ど信ずるに足らぬもの許りであった。

従って、補陀落渡海、補陀落渡海と言うが、七百年程の間に渡海者は十人あるかなしである。また考えてみればそれが当然なことに思われた。普通の人間が寺詣りでもするようにやたらに渡海できる筈のものではなかった。渡海者は僧侶の中でも何千人か何万人かに一人という特殊な人であるに違いなかった。渡海するに相応しいだけの修行を積み、海上に於ての特殊な生命の棄て方を信仰の中に生かすことのできる僧侶は、何十年、何百年に一人しか出るものではない。

それがどういうものか近年やたらに渡海者が多くなり、金光坊の六十年の生涯の中に足駄上人を初めとして五年前に渡海した清信上人まで七人の渡海者を算えるに到ったのである。しかもこの中の二人は、二十一歳と十八歳の若者である。信仰のために渡海しようという希望を持った者に対して、それを阻止できる権利を持つ者は寺には勿論のこと、この世には居ないのである。現世の生を棄て、観音浄土に生れ変ろうという熱烈な信仰は、万巻の経典が信仰の窮極の境地として説いているものに他ならなかった。

金光坊は永禄八年になって渡海騒ぎが始まるまで、渡海そのものに対して、そこに一抹の疑念もさし挟んだことはなかった。船底に固く釘で打ちつけられた一扉すら持たぬ四角な箱にはいり、何日間かの僅かな食糧と僅かな灯油を用意して、熊野の浦から海上に浮ぶことは、勿論海上に於ての死を約束するものであった。併し、それと同時に息絶えたものの屍は、その者が息絶えると同時に、丁度川瀬を奔る笹船のように、それを載せた船と共に南方はるか補陀落山を目指して流されて行く。流れ着くところは観音の浄土であり、死者はそこで新しい生命を得てよみがえり、永遠に観音に奉仕することができるのである。

熊野の浦からの船出は現世の生命の終焉を約束されていると同時に、宗教的な生をも亦約束されているものであった。従って、金光坊は未だ曾て一度も、渡海者たちの顔に絶対に帰依する者だけの持つ、心の内側から輝き出して来るような一種独特の静けさと落着き以外の何ものも見たことはなかった。死への悲しみや怖れなど微塵もなく、寧ろそこには新しい生への悦びが窺われた。渡海者は一様にもの静かで晴れ晴れとした顔をしており、そして彼等を見送る者たちも亦、多少の好奇心を除いては、鑚仰の念以外のものは、彼等に対して懐かなかった。

併し、金光坊がそうした過去の渡海者たちに対して今までとは違った向い方で向うようになったのは、己が渡海を世間に発表してからであった。金光坊の眼には、寝ても覚めても自分の知っている何人かの渡海者たちの顔が、今までとは少しく異なった表情で入れ代り立ち代り現われるようになったのであった。

金光坊は春から夏へかけて補陀落寺の自室から出なかった。外出すると賽銭を投げられたり、生仏のように拝まれたり、あるいは浄土への携行物を託されたり、死にかかっている病人の額に触らせられたり、そうしたいろいろのことも煩わしかったが、それより金光坊はあと三、四カ月先に迫っている渡海に対して、曲りなりにもそれに応じられるだけの自分を作らなければならなかったのである。突然渡海ということに立ちはだかられてみると、金光坊は自分がまだ何の心準備もできていないことを知らなければならなかった。金光坊は明けても暮れても読経三昧にふけった。いつ侍僧が居室へ顔を出しても、金光坊はいつも痩せぎすの背を見せ、経を誦す声だけがそこからは立ちのぼっていた。

たまに経を誦していない時もあったが、そうした時は金光坊は気抜けしたように呆然と室内の一点へ眼を当てていた。侍僧が声をかけても容易なことではその視線を侍僧の方へは向けなかった。侍僧はそうした金光坊の様子をいつも同じ言葉で周囲の者に伝えた。渡海上人たちは海へはいってヨロリになられるそうだが、この頃のお上人の顔ときたら、渡海せんさきからヨロリそっくりじゃ。

実際に渡海上人の霊はヨロリという魚になると言われていた。ヨロリはミキノ岬と潮ノ岬の間にしか棲んでいず、土地の人はこの魚は捉えても直ぐ海に返してやり、決してそれを食用にすることはなかった。

金光坊は生れつき長身で痩せており、それでなくてさえ外見は長細いヨロリに似ていたが、侍僧にヨロリに似ていると言わせたものはそうした体恰好から来るものではなく、その眼であった。金光坊の放心したように焦点を持たぬ、それでいて冷たい小さい眼は、確かにヨロリという魚のそれに似ていた。

金光坊は瞑目して読経しているか、でない時はヨロリの眼をどこを見るというでもなく見開いていた。ヨロリの眼をしている時は、金光坊はいつも自分の先輩である渡海上人たちの誰かのことを考えていたのである。

金光坊は一日に何回か、ほんの僅かの時間だが、ヨロリの眼から人間の眼に返ることがあった。それは自分がもう長いこと渡海上人の誰かのことを考えていたことに気付き、ああ、こんなことをしていてはいけない、こんなことを考えていてはいけない、そんな暇があったら経を誦すことだ。経さえ誦していればいいのだ、と自分を叱りつける時であった。この時だけ金光坊は本来の自分の眼に立ち返り、それから再び憑かれたように経を誦し始めるのであった。

併し、経を誦し終ると、いつか、金光坊はまたヨロリの眼になってしまった。渡海した上人たちの誰かのことが彼の心を捉えてしまうのである。謂ってみれば、この時期の金光坊の毎日は、ともすればヨロリになり勝ちな自分の眼を、読経に依ってそうした状態から救うことであった。つまり、執拗に彼の眼の前へ入れ代り立ち代り立ち現われて来る渡海した上人たちの顔を自分の眼から追い払うことであった。それに精根を費していたと言っていいのである。

金光坊が補陀落渡海に立ち合った最初は享禄四年の祐信上人の場合で、祐信はその時四十三歳であった。金光坊は郷里の田辺の寺から補陀落寺へ移って来てから半歳経った許りの時で二十七歳であった。祐信はいつも足駄許り履いていて奇行が多く、寺でも何となく変り者として特別扱いにされていたが、突然物にでも憑かれたような恰好で補陀落渡海を宣言して周囲のものを驚かせ、宣言してから三カ月目に実際に渡海を実行したのであった。この祐信の渡海はその前の渡海者盛祐上人の時から三十三年の開きがあったので世間の視聴を集めるに充分だった。渡海の日は近郷近在は勿論、遠くは伊勢、津あたりからも渡海を拝もうという人たちが集まって、浜ノ宮の海岸は大変な人出だった。

祐信も亦田辺出身の僧で、金光坊は郷里が同じだということで、短い期間ではあったが、祐信とは他の者より多少親しく話す機会を持った。祐信は金光坊によく自分には補陀落が見えるというようなことを言った。どこに見えるかと訊くと、海の果てに天気のいい日ははっきりと浮んで見えると言った。そして、自分の心を空しくして仏の心に帰依した者には誰にも補陀落は見える筈だ。お前もその気になって信仰生活に徹すれば必ず自分と同じように補陀落が見えて来るだろうと言った。補陀落という所はどのようなところか、貴方の眼にはどのようなところとして映っているかと訊くと、そこは大きな巌(いわお)ででき上っている台地で、烈しい波濤に取り巻かれている。その波の砕け散る音まで自分のところには聞えてくる。併し、その波濤に取り巻かれた巌の台地は、どこまで行っても尽きない程の広さを持ち、限りなく静かで美しいところで、永遠に枯れぬ植物が茂り、尽きることのない泉が到るところから湧き出していて、朱い色をした長い尾の鳥が群がり棲み、永久に年齢を取らぬ人間たちが仏に仕えて喜々として遊びたわむれている。祐信はそんなことを言った。

祐信は渡海の日、滞りなく渡海の儀式をすませると、浜ノ宮の一の鳥居のところから舟に乗ったが、その附近一帯を埋めている見送りの群衆には全く無関心であった。そして舟へ乗り移るまで付き添って世話をしていた金光坊に、今日は取り分けよく補陀落山が見える。お前もいつかやって来るがいいと言って、それから低く声を出して笑った。その笑い顔を見た時金光坊は何となくはっとした。それでなくてさえ、平生でも、坐って見えている祐信の眼が、この時は青い光でも発しているかのように鋭く見えた。

祐信の舟は海上三里の綱切島まで同行者の乗り込んだ数隻の舟に付き従われて行き、そこでこんどは同行者と別れて沖合へと一隻だけ押し出されて行った。

綱切島まで送った人々の話では、祐信の舟は一隻だけになると、まっすぐに南へ向けて黒い波濤の中を揺れ動いて行ったが、それは一本の綱にでも引っ張られて行くような速い進み方だったということだった。絶えず彼の眼に映っていた補陀落浄土へと仏の力に導かれて進んで行ったのかも知れなかった。

祐信は渡海後祐信上人と称ばれたり、足駄上人と称ばれたりした。渡海前後、彼を変人扱いにしていた寺の人たちも、誰ももう足駄上人の悪口を言うものはなかった。足駄を履いた僧侶の奇行は、いろいろな意味をもって考えられるようになり、そのどれもが鑽仰の念を以て語り継がれるようになった。

金光坊は祐信からお前もやって来いと言われたが、それから三十四年後本当に金光坊は祐信の行った補陀落へ行くことになったのである。現在の金光坊には祐信が舟に乗り移る時見せた青い光を放った憑かれたような眼が、祐信のことを思うと思い出された。祐信が海の果てに補陀落浄土を見ていたことは疑うことは出来ないが、それを見ていた祐信の眼は常人の眼とは違っていたのではなかったか。彼の渡海には死の約束はなかったのだ。彼は死など一度も考えてはいなかったに違いない。死も考えなかったし、同時に、また生も考えなかったのだ。彼の青い光の眼は、実際補陀落を見、そしてそこへ憑かれて歩いて行っただけのことなのであろう。

それから十年経って、正慶上人の渡海があった。正慶上人が渡海を発表した時、世間の人は誰もそのことに少しも異様な感じは持たなかった。渡海などのことは口に出さないで一生寺で過しても、正慶上人は世間の人々から充分尊ばれたに違いなかったが、渡海を発表すればしたで、それはそれでまた、正慶上人らしいことに思われた。そうしたところは何と言っても正慶上人の豪さであった。ひと摑みにできそうな小柄な体、年齢より十歳以上も多く見える皺だらけの顔、その中の慈愛深い二つの眼。

金光坊は正慶上人が渡海すると決った時、心は悲しみで閉されたが、これは全く上人と別れなければならぬということから来る悲しみであった。もう上人の優しい労りの籠った言葉にも、心の底に滲み通る噛んで含めるような訓戒にも、もう接することができなくなると思うと、堪らなく悲しかったのである。自分を産んでくれた親と別れても、これほど深い悲しみはないだろうと思われた。

渡海する年の夏、上人の部屋へはいって行った金光坊に、正慶上人は何かの話のはずみで、広い青海原で死ぬのはいいものじゃろうよと言った。死ぬんでございますかと金光坊は訊いた。この時まで金光坊は補陀落渡海が海上での死を意味すると考えたことはなかった。死ぬには違いなかったが、補陀落へ渡り、永遠の生を得ることが目的である筈であった。そりゃ、死ぬ。死んで海の広さと同じだけある広々とした海の底へ沈んで行く。いろんなうろくずの友達になる。そう言って上人はいかにもそのことが楽しそうに屈託なく笑った。

正慶上人はこの時許りでなく、渡海の舟へ乗り込む時も、また綱切島から船出して行く時も、いつもにこにこしており、平生と少しも違わなかった。大抵の渡海者は四角な箱にはいり、その箱を船底に打ちつけて貰ったが、上人だけはそんなことはしなかった。箱は置かれてあったが、箱から出て艫端にきちんと坐り、手を挙げて一同と別れを惜んだ。上人は泣かなかったが、送る側は老若男女を問わずみな泣いた。

上人は屍が補陀落へと流れて行くことを考えず、海底へ沈むことを考えていたが、それではなぜ補陀落渡海したのであろうか。

それに対して、いまの金光坊に考えられることは一つしかなかった。正慶上人はそうすることが、観音信仰への自分の為すべき最上のことだと思っていたのに違いなかったのだ。天文の初めから上人の渡海した十年へかけて、熊野地方には天災地異がたて続けに起っていた。七年正月の大地震、同じく八月の山崩れ、この時は本宮の垂木柱が悉く割れ砕けるという鎮座以来の不思議があった。また九年八月の大風雨には七人衆の川舟はみな流れ、在々浦々で多くの死者を出した。それからまた正慶上人の渡海の年の八月にも大洪水があった。こうしたことに加えて、京方面は争乱続きで、その余波を受けてこの地方にも殺伐な事許りが起っていた。夜盗の群れが横行し、やたらに殺人や傷害沙汰が多く、信仰心といったようなものは全く地を払っていた。正慶上人はそれが悲しかったのだ。そして信仰というものへ世間の心を惹くために、補陀落渡海を思い立ったのである。

併し、それにしても、いまの金光坊に気になることは、あれだけの上人が、海上に於ける往生以外、補陀落への渡海ということになると、それを少しも信じていなかったのではないかということであった。上人の場合はそれはそれでいいが、金光坊の場合は、それでは心に納得できぬものがあった。上人のような高い信仰の境地に到達すれば、補陀落へ着こうと着くまいと、それはそれでいいわけであったが、金光坊としては自分の死体がただ海の底へ沈んで行くだけでは、それだけのための渡海であるとしたら、死んでも死にきれぬ気持であった。

正慶上人の渡海から四年目に日誉上人が渡海した。この上人は正慶上人のあとを継いで補陀落寺を預かった人であるが、正慶上人とは異なって病弱で気難かしい僧侶であった。金光坊はこの人物に仕えた四年間は、気持の休まる時はない思いだった。寺の人からもみな怖れられていた。だから日誉上人の渡海が発表された時、そのことの意外さは兎も角として、吻とした思いを持ったのは金光坊一人ではなかった筈である。日誉上人は生に執着の強い人で、平生でも風邪一つひいたら大変な騒ぎであった。それが渡海の年の正月から持病の喘息がひどくなり医者にかかっても少しも効果はなく、自分でも自分の生命がこのままで行ったら幾らもないことを悟ったのである。そして突然どうせ六十一歳で病歿するくらいならいっそ補陀落渡海をと思いたったものらしかった。

併し、この日誉上人の場合は、補陀落渡海に依って、現身のまま補陀落浄土へ行き着けぬものでもあるまいという考えが強く働いていたことは疑えない。渡海前年の秋あたりから、日誉上人は康治元年の一月どこかの国の僧侶が土佐の国から渡海して現身のまま補陀落浄土へ行って、そこを見物して帰って来たという話や、どこのたれそれが文明年間に渡海して、これまた補陀落浄土へ詣で無事に帰国した話などを何かの書物で読んだらしく、そうしたことを誰彼の見境なく話すことが多くなった。

日誉上人の渡海にはこうした伝説か物語か判らぬものが、大きい力をもって働いていたことは否めないようであった。併し、渡海を決意してから渡海の日までの日誉上人は兎も角立派であった。渡海上人の称号を貰ってから急に気持がしゃんと立ち直った感じで、渡海の年の夏から秋へかけては別人のように穏やかになった。他処目から見ている限りでは、上人の心の内部にはもはや生とか死とかそうした観念はいささかもないようであった。

日誉上人は渡海の前日、自分の乗る舟を浜辺まで見に行った。その時金光坊は供をして一緒に行ったが、上人は舟を見た時だけ、少し不機嫌な顔をして、正慶上人の時もこのように小さな舟だったかと言った。金光坊は前の上人の場合はもっと小さかったと答えた。

渡海の日、日誉上人は舟へ乗り移る際、水際から舟縁りへ渡してある板の橋を踏み外して、片脚を海水に浸した。この時日誉上人は誰にもそれと判る顔色の変え方をして、何とも言えず厭な顔をした。金光坊はこの時の上人の顔ほど絶望的な顔を見たことはなかった。日誉上人は片脚を船縁りにかけ、濡れた片脚を橋代りの板に乗せて、暫くの間そのままそこに立っていた。そしてやがて思い諦めたかのように船にはいった。五人の同行者の話では、日誉上人はそれから綱切島を出るまでたれともひと言も口をきかなかったそうである。

金光坊は日誉上人の顔を、その時から二十年経った現在もはっきりと眼に浮べることができた。そして厭なことには、そうした顔をした上人の気持は、そっくりそのまま自分の気持ででもあるかのようにこちらに伝わって来た。

梵鶏（ぼんけい）上人は、祐信上人の場合と同じように、自分には補陀落が見えるというようなことを時折口走っている人物だった。渡海の時の年齢は四十二歳で、体は大兵肥満で、裸になると土方人足のように頑健で、素行は概して粗暴であった。金光坊は自分より十年少のこの僧侶が何となく虫が好かなかったが、梵鶏上人が渡海を発表した時は、妙に痛ましいものを感じた。渡海上人たちは概して繊弱な体格を持った人物が多かったが、梵鶏上人は余りに大きく、渡海の舟にも似つかわしくなく、補陀落の浄土にも亦無縁の人のように見えた。

梵鶏上人ははっきりと現身のまま自分が補陀落へ行き着くものと信じていた。自分は死ぬのは厭だが、併し、補陀落山から招きを受けているから、自分がそこへ無事に行き着けることは必定である。補陀落山が自分の眼に見えるということは、そこから招かれていることである。そんなことをくどくどと喋った。

みんなそうした梵鶏上人の言葉に対して、彼の満足するような返事は与えなかったが、日誉上人のあとを受けて住職になっている清信上人だけは、いつもその通りだろうと優しく穏やかに答えていた。

その清信上人も亦、五年前の六十一歳の時渡海したが、金光坊は清信上人の渡海には、それまでのなにびとの場合とも違った見方をしていた。清信上人はもともと身寄りのない孤独な身の上であったが、彼が住職になっている間、人から裏切られるような厭な事件がたて続けに彼を襲っていた。それでなくてさえ、その貧弱な体格同様、小さい風波にでもすぐ痛み易い上人の心は、すっかり厭人癖に取り憑かれ、世を厭い、人を厭い、生きていく気持を失ってしまったのであった。

金光坊は年齢も近かったので清信とはよく気持が合ったが、清信上人の晩年の厭世的な気持は何ものも救うことができない程強いものであった。彼は心の底から死にたかったのである。幼年から僧籍にはいり、一生僧侶で過してはいたが、晩年の彼はたいして仏というものを信じてはいなかった。

勿論そうした自分の心の内側は誰にも覗かせず、渡海上人として衆生の尊敬を一身に集めて、万事そつなくやってのけたが、金光坊だけには彼の気持がよく解っていた。渡海の日が迫ると、清信上人は舟は用いないで、鐘を叩きながら浜辺から海へはいり、次第次第に深処へ向って歩いて行く方法を取りたいと言った。併し、この事は弟子たちから苦情が出て、実行することはできなかった。正慶上人と並んで、清信上人の場合も亦、立派な渡海であった。補陀落浄土へ行けるようなら自分は一刻も早くそこへ行きたい。それ故、食糧も灯心も油も要らない。帆柱と南無阿弥陀仏と染めぬいた帆さえあればそれで充分であると言い、実際にその通りにしたのであった。舟の中の上人の顔は僧侶の顔ではなかった。念珠こそ持っていたが、舟に乗ってから他の渡海上人たちの総てがやるように念仏を誦すわけでも、念珠をまさぐるわけでもなかった。

綱切島を出る時、上人は大勢の見送り人から漸く解放される時が来たというように、「やれやれ、人間というものは、生きるにも死ぬにも人に厄介になるものですわ」ただひと言そんなことを言った。これで漸く一人になれる、そんな吻としたものがその表情にはあった。

以上の渡海者たちの間に、二十一歳の光林坊、十八歳の善光坊の渡海があった。前者は金光坊が三十五歳の時であり、後者は三十八歳の時である。二人共申し合せたように骨と皮ばかりに痩せ衰えて死の一歩手前といった状態で、両親に付き添われて寺へ渡海を申し込んで来た。光林坊の場合は、補陀落渡海には両親が熱心で、万が一にも現身のまま補陀落山へ行き着けるものなら、このままにしておいてどうせ長くは生きない我が子にとって、それはどんなに仕合せなことだろう、そういった気持から出た措置であった。本人の光林坊は渡海の真の意味が何であるかよくは理解できないらしかったが、どうせ自分でも助からぬことは判っているので、両親の言いつけなら何にでも従うといったところがあった。

善光坊の場合は、光林坊とは反対に全く本人の希望するところであった。両親はどうせ死ぬにしても一刻でも長く現世に置きたい気持であるらしかったが、本人の方は海上で成仏し、己が死体を補陀落浄土へ潮によって運んで貰いたいと両親を説き伏せ、両親はやむなく涙ながらに彼に付き従って寺までやって来たということであった。

この二人の若い渡海上人のためには同行者も多く、浜辺の見送り人も多かった。金光坊は十八歳の痩せ衰えた少年の渡海にその時も涙をそそられたが、現在でも亦、その少年の姿を思い浮べると、心の底から込み上げて来る切ないものを感じた。

夏から秋にかけては恐しい程早く日が経った。金光坊は毎日のように今日は何日かと傍に居る者に訊ね、返事を聞く度にそんなことがあろうかと思った。金光坊は相変らず読経三昧に日を送っていた。立秋からあとは一日の時間が信じられぬ早さで飛んで行った。朝も晩も一緒にやって来るように思われた。

金光坊は、はっきり言って、依然として補陀落渡海する心用意が何もできていない自分を感じていた。読経の合間合間に、相変らず自分の知っている渡海者たちの顔は次々に立ち現われて来たが、現在の金光坊には、それらの顔は、それぞれに親しみも懐しさも感じはしたが、併し、例外なく補陀落渡海とは何の関係もない人間の顔に見えた。自分の渡海など考えてもいない長い間、金光坊が彼等に対して懐いていた崇高なものはすっかりその顔からは消えていた。

口癖のように補陀落山が見えると言った足駄上人と梵鶏上人の二人の顔は、いま考えてみると、常人のそれではなかった。世を厭い人を厭う老人の厭世からの行為としか解されぬ清信上人の渡海に到っては、どう考えても信仰とも観音とも補陀落浄土とも無縁であった。清信上人の眼はそんなものは何も見ていなかった。彼の見ていたものは熊野の海の黒い潮のぶつかり合いだけなのである。その点は、一番立派な渡海の仕方を見せた師正慶上人の場合でも同じことであった。正慶上人は自分が死ぬということだけをはっきり知っていて、自分の死体を海底へ沈めて行く潮の動きだけを見ていたのである。自分の死体が補陀落山へ運ばれて行こうとも、観音の浄土へ生れ変ろうとも、そんなことは微塵も考えていなかったに違いない。それでなくて、あんな落ち着いた静かな眼を、人間は持てるものではない。

まだ何かを見詰めていたと言うなら、それは日誉上人だろう。日誉上人は舟へ乗り込む時も、乗り込んでからも、そして何日か何十日か経って舟が板子一枚になり、その上に乗っている時も、いつも生きることを見詰めていたに違いない。まだ自分は救われるかも知れない、観音の救いの手が自分に及ぶかも知れない。そういう奇蹟を求める心を失わなかったに違いない。併し、彼も亦、本当の意味では信仰とも観音とも補陀落浄土とも無縁であった。結局は、信じると言える信じ方で、そうしたことを一度も信じたことはなかったのである。

二十一歳の光林坊と、十八歳の善光坊の二人は、静かな何とも言えず心の惹かれる渡海の仕方をしたが、併し、これとて信仰とは無縁なのだ。骨と皮だけになった痩せ衰えた少年たちは、どんな大人たちよりも、自分の生命というものにいさぎよく諦めをつけていたのである。

金光坊は自分の眼の前に現われて来るそうした幾つかの顔を、それを見詰めている自分に気付くと、いつも大急ぎでそれを追い払った。みんな惨めであった。自分はそのどの一つの顔になるのも厭だと思った。それでいて、ともすればそのどの一つの顔にでもなりそうであった。祐信や梵鶏の顔にも、正慶上人の顔にも、日誉の、清信の、光林の、善光のそれぞれの顔にも、少し心をゆるめれば立ちどころにしてなってしまいそうであった。

金光坊としては、自分の知っている渡海上人たちの誰とも別の顔をして渡海したかった。どのような顔であるか、勿論、自分では見当が付かなかったが、もっと別の、一人の信心深い僧侶としての、補陀落渡海者としての持つべき顔がある筈であった。どうせ渡海するなら、自分だけはせめてそうした顔を持ちたいと思った。

併し、十月の声も聞いて、渡海する日が僅か一カ月あとに迫る頃になると、金光坊は、自分の眼に浮んで来る渡海上人たちの顔に対して、また別の考え方をするようになった。

これはかなり大きい変り方であった。金光坊は、そのどの一つの顔でもいいから、それに自分がなれるものならなりたいと思うようになったのである。秋の初めまでは、ともすればそうした顔のどれにでも容易になりそうな自分を感じ、それに嫌厭を感じていたが、いまは反対にそのどの一つにでも、なれるものならなりたかった。なりたいと思ってから、容易になれると思ったことがいかに甘い考えで、簡単なことではそれらのどの一つの顔にもなれるものではないということが判ったのであった。

金光坊は、自分の眼にも補陀落の浄土が見えて来たら、どんなにいいだろうと思った。清信上人のこれで漸く一人になれたという顔も羨ましかったし、日誉上人の何ものかと闘っているような不機嫌な、足一つ海水に浸したことでさっと変るような顔も羨ましかった。祐信や梵鶏の、常人のそれとは思われぬ青い光を発している眼も羨ましかった。清信上人の静かで立派な顔は望んでも及ばないことだったが、年若い二人の少年の顔さえも、自分などの到底求めて及ばぬ遠いものに思えた。それにしても年稚（わか）いのに、どうしてあのように静かな、併し、諦めきった顔が持てたのであろうか。

金光坊は今や急に増えて来た訪問者たちと会わなければならなかった。金光坊は誰がいかなる用件で来たか、そのことを考えることはできなかった。考えるゆとりもなければ考える力も持っていなかった。金光坊は侍僧に本堂の千手（せんじゅ）観音の前に連れて行かれ、午前中だけを毎日のようにそこに坐っていた。訪問者たちはあとからあとから入れ代り立ち代り現われた。金光坊は訪問者に対して一言も発しなかった。訪問者の方も、結局は別れにやって来たのであるから、金光坊から話しかけられぬ方が寧ろ好都合であったし、またこうした別れというようなものは、このようにして行なわれるものだという気がして、何も口から出さぬ金光坊の態度をいささかも異様には感じなかった。

金光坊は自分の眼の前の訪問者が何を話そうと、一切受け付けないで、口の中で低く読経しているか、さもない時はヨロリの眼をして暗い堂宇の一隅に視線を当てていた。

十一月へはいってからは、金光坊には全く日時の観念はなかった。朝眼覚めると、いつも若い僧の清源を招んで、渡海の日は今日ではないかと、そんな風に訊いた。そして今日が渡海の日でないことを知ると、吻としたように顔を上げて白い砂地で出来ている庭の雑木へ眼を当てた。雑木の青さが眼に滲み、庭続きと言っていい浜ノ宮の海岸の静かな波の音が耳にはいって来た。金光坊はこの頃になって初めて、雑木に眼を当てたり、波の音を聞いたりした。長い間金光坊の眼や耳は、そうしたものを受け付けていなかったのである。

秋晴れの気持よく空の澄んだ日、金光坊は例に依って、清源を招んで、渡海の日は今日ではなかったかと訊いた。すると若い僧は、今日申ノ刻に寺をお出ましになりますと答えた。金光坊は一度立ち上ったが、すぐまた坐った。そしてあとは急に体軀から力という力がすべて抜けてしまった感じで、身動きしないでいた。身動きしないと言うよりできなかったのである。

侍僧の一人が顔を出して、見送りの那智の滝衆がやって来たことを告げた。それから続いてもう一人の侍僧が顔を出して、禅家の導師が到着したことを告げた。

この頃から金光坊にも寺内の騒然として来るのが感じられた。金光坊は何人かに手伝われて、着衣を改め、それから何人かの人に導かれて、自分がこの寺へはいって以来一日も欠かさず毎朝のように勤行した本堂へはいって行った。本堂の千手観音も、右脇侍の帝釈天、左脇侍の梵天像、それから神将像、天部形像、そうした仏たちに、金光坊はその時だけは静かな視線を当て、そしてやがて、それをねめ廻すようにしていつまでも見守っていた。

金光坊はすべて侍僧の指図に依って動いていた。本尊の前へ行って読経したり、また自分の席に戻って、仏像たちを見守ったりした。香煙は狭い堂内に立ち込め、僧侶たちはそこに這入り切れないで、廻廊から庭先へと流れていた。本堂で読経が行なわれているというより、読経の声に依って本堂はすっかり包まれていた。

午刻過ぎに金光坊は本堂を出た。そして居間で何人かの僧侶たちと茶を喫んだ。百八個の小石に経文の文字を一つずつ書き込んだものが、袋に入れられて縁側に運ばれて来た。何巻かの経典類、小さい仏像、衣類、手廻り品、そうした金光坊と共に舟に乗せられる物も次々に運ばれて来、それらが僧侶たちの手に依って改められると、最後にそれらを海岸まで運ぶ板輿（いたごし）がいやにひらべったい感じで担ぎ込まれて来た。金光坊の眼には僧侶や人夫たちの物の取扱いがすべて粗暴に荒々しく見えて腹立たしかったが、それを口に出す気持にはならなかった。

定刻の申ノ刻少し前に寺を出た。晩秋とも思えぬ強い陽が眩しく金光坊の眼を射た。境内から海岸へかけては人で埋っていた。観衆のどよめきの中を、金光坊をまん中にした一団は一ノ鳥居をくぐって浜の白い砂の上へ出た。見物人は金光坊たちの一団と共に移動して行った。

金光坊は自分の乗る舟が嘗ての日誉上人のように今までのいかなる上人の渡海の場合より小さく感じられた。どうしてこんな小さい舟を作ったのかと思った。しかも乗船場も作られてなく、船は同行人の乗る三艘の舟と一緒に恰も波打ち際に打ち上げられでもしたように置かれてあった。同行人の乗る舟の方がずっと大きかった。

金光坊は直ぐ乗船させられた。金光坊が乗船してから、人夫たちに依って、大きな木の箱が運ばれて来て、それがすっぽりと頭の上からかぶせられた。金光坊はまたこのことにも怒りを覚えた。屋形舟というものは初めから屋形が舟に設けられてあって、そこへあとから人間がはいって行くものである。それなのに、これでは反対ではないかと思った。

舟に屋形を取りつける釘打ちの音が聞え出したが、それは暫くすると止んだ。屋形の内部は全くの四角の箱で薄暗かったが、やがて一方の扉が外部から開けられて、そこからいろいろの物が運び込まれて来た。そしてそうしたことが総て終ってから、金光坊は侍僧に依って屋形の外に立って見送り人に挨拶することを求められた。金光坊は言われるままに屋形を出て舟縁りの上に立った。群衆の間にどよめきが湧き起り、賽銭が雨のように舟縁りや波打ち際に投げつけられた。子供たちが争ってそれを拾った。金光坊は直ぐ屋形の中へ逃げ込んだ。それからまた金光坊は帆柱が立てられ、それに南無阿弥陀仏と書かれた帆がつけられるまで、長いこと暗い屋形の中に坐っていなければならなかった。すべては不手際に、のろのろと行なわれているようであった。

かれこれ乗船してから一刻近い時刻が経過した時、金光坊は舟が何の前触れもなく動き出すのを感じた。舟底が波打ち際の小石の上をぎしぎしした音をたてて滑って、やがて海へ押し出されたのを感じた。金光坊は外を見ようと思った。併し、どこを押しても屋形の板は動かなかった。先刻出入りした出入口も固く閉されていて、押しても突いてもことりとも言わなかった。

併し、やがて、船頭の漕ぐ艪の音が耳にはいって来た時金光坊は吻とした。まだ一人ではないと思った。綱切島まで船頭の手で船を操られて行き、そこへ行って初めて、一人きりになって潮の流れの中へ押し出されるのである。

波の音の間から鉦の音が聞えて来た。耳を澄ますと、鉦の音と一緒に何人かが和する読経の声も聞えている。併し、読経の声の方は絶えず波の音に妨げられていて、時々、ふいにそれは祭礼の日の囃子か何かのように賑やかに聞えて来たり、すぐまた消えたりした。

綱切島へ着いた時、金光坊は屋形の板の合せ目に小さい隙間があることを発見して、そこへ顔を押しつけて船外を覗いて見た。大きな波のうねりを見せている暮れかかった暗い海面だけがどこまでも果しなく拡がって見えている。

お上人さん、おさらばですじゃ。そんな船頭の声が屋形の天井板の方から突然降って来た。金光坊にはおさらばという意味が判らなかった。これまで渡海する場合は、舟は綱切島で一夜を明かし、そこで同行者とも別れを惜しんで、翌朝早くそこを出発することになっていた。

金光坊は、自分でも驚くような大声を出して、舟はここで一夜を明かす筈ではないかと訊ねた。すると、天候が荒れ模様で同行の衆が帰れなくなる怖れがあるので、ここで一夜を明かすことは取りやめて、すぐ艫綱を切るということであった。

金光坊はそれに対して何か喚鳴ったが、併し、もう船頭は岸へ飛び移ってしまったらしく、それに対する応答は得られなかった。

舟はやがて大きく揺れ始めた。金光坊は板の隙間へ顔をぴったりと当てて舟の外を覗いた。短い時間なのに、先刻より一層黒さを増した海面が、潮をぶさぶさとぶつけ合って拡がっているのが見えるだけであった。

金光坊は今や全く一人になって舟の屋形の中に倒れた。倒れると、一日の疲労がのしかかって来たのか、恐しい力で眠りが彼を捉えた。

どれだけの時間が経ったか、金光坊は眼を覚した。自分がいま真暗な闇の中に横たわっており、自分を横たえている板が大きく上に下に揺れ動いているのを知った。波濤の音が金光坊の体の下で聞えたり、頭上で聞えたりしている。

金光坊は起き上ると、いきなりありったけの力を籠めて屋形を形造っている板に己が体をぶつけた。金光坊は生れてからこれほど荒っぽく自分の体を取り扱ったことはなかった。

五、六回同じことを必死に繰り返しているうちに、やがて屋形の一方の板が音をたてて外部へ外れるのを感じた。と同時に、物凄い勢いで海風と潮の飛沫（しぶき）が屋形の中へ吹き込んで来た。屋形が風を孕んだので、舟は大きく一方へ傾いた。次の瞬間、金光坊は自分の体が海中へひどく軽々と放り出されるのを感じた。

金光坊は板子の一枚に摑まって、一夜海上に浮んでいた。夜が明けると、綱切島がすぐ近くに見えた。幼少時代紀州の海岸で泳いでいたので、それが役にたって溺れることから逸れることができたのであった。

金光坊はその日の午刻近く綱切島の荒磯(ありそ)へ板子ごと打ち上げられた。死んだようになっている金光坊の体が、昨日同行の者として金光坊をこの島まで送って来た僧侶の一人に依って発見されたのは夕刻であった。海上が荒れていたので、同行人たちは全部島に留まっていたのである。

金光坊は荒磯で食事を供せられた。その間僧侶たちは互いに顔を寄せ合い、長いこと相談していたが、やがて、漁師に一艘の舟を運ばせて来ると、それに再び金光坊を載せた。その頃は金光坊は多少元気を恢復していたが、舟に移される時、それでも聞き取れるか取れないかの声で、救けてくれ、と言った。何人かの僧はその金光坊の声を聞いた筈だったが、それは言葉として彼等の耳には届かなかった。

それからどれ程かの時間、舟はそこに打ち棄てて置かれた。人々は黙ってそれを見降していた。

そうしている時、若い僧の清源は師の唇から経文ではない何か他の言葉が洩れているらしいのを見てとり、自分の耳を師の口許に近付けた。併し、何も聞き出すことは出来なかった。清源は懐中から紙を取り出し、矢立の筆と共に師の前に差し出した。

蓬萊(ほうらい)身裡十二棲、唯身浄土己心弥陀

金光坊は震えている手でそんな文字を綴(つづ)った。やっと判読できるような字体であった。

それから彼はちょっと間を置くと、こんども危なっかしく筆を走らせた。

救観音者　不心補陀　求補陀者　不心海

金光坊は筆を擱くと、直ぐ眼を瞑った。清源は師の息が絶えたのではないかと思ったが、まだ脈もあり体温もあった。清源は師の筆跡からそれを書いた師の心境をはっきりと捉えることはできなかった。それは金光坊が漸くにして到達することのできた悟りの境地のようでもあり、また反対に烈しい怒りと抗議に貫かれたそれのようでもあった。

間もなく急拵えの箱が金光坊の上にかぶせられ、こんどはしっかりとそれは船底に打ちつけられた。その仕事が終ると、まだ生きている金光坊を載せて、舟は再び何人かの人の手で潮の中に押し出された。

金光坊の渡海後、補陀落寺の住職が六十一歳で渡海するということはなくなった。もともとそうした掟があったわけではなかったが、金光坊の渡海の始終が伝えられ、そうしたことが補陀落寺の住職の渡海に対する世間の見方を改めさせたものと思われた。そしてその代り、補陀落寺の住職が物故すると、その死体が同じく補陀落渡海と称せられて、浜ノ宮の海岸から流される習慣となった。そうした渡海者は享保の頃まで七名を算えている。それは渡海者の物故した月に行なわれるので、渡海の行なわれる季節は区々（まちまち）であった。春の時もあれば、秋の時もあった。

金光坊の渡海後、ただ一つの例外として生きながら渡海した例があった。それは金光坊の渡海後十三年を経た天正六年十一月の清源上人の渡海であった。清源は三十歳になっており、補陀落寺の記録に依ると、両親のための渡海となっているが、勿論、金光坊の渡海に同行したこの若い僧のその時の心境がいかなるものであったか、それを知る手懸りは何一ついまに残されていない。

西郷札

松本清張

■**松本清張**　まつもとせいちょう　明治四二年（一九〇九）〜平成四年（一九九二）

北九州生れ。昭和二八年、「或る『小倉日記』伝」で芥川賞を受賞。三一年に朝日新聞社広告部を退職し、作家生活に入る。日本ジャーナリスト会議賞、吉川英治文学賞、菊池寛賞、朝日賞受賞。「点と線」（昭三三）、「わるいやつら」（昭三六）、「砂の器」（昭三六）などの推理小説のほか、「日本の黒い霧」（昭三六）、「昭和史発掘」（昭四六）などドキュメンタリーな作品も多い。

「西郷札」は昭和二六年「週刊朝日　春季増刊号」に発表された。

去年の春、私のいる新聞社では『九州二千年文化史展』を企画した。秋には開催の予定で早くからその準備にかかっていた。私は一カ月間つづけて九州中をかけ廻り、大学の図書館や寺や古社、旧家をたずね出品資料の蒐集につとめた。成績はよい方で、長い出張が終る頃には大体の目鼻をつけて帰ってきた。

出品の中には国宝もあるし、いわゆる門外不出のかけ替えのない重要品もあるので、その取扱いや輸送に前もって万全の方法を講じねばならなかった。その計画のため概ね出品の決ったところで品目のあらましをリストに作ってみた。すると出来上ったその表を一瞥しただけで、予期以上の成果ということが分った。殊に切支丹物では今までにない逸品が見事にならんだ。

「おい、これは何だ、西郷札とは何だ？」

と突然若い部員がリストを見ていった。四、五人の目がそれを覗き込むと、そこには、

一、西郷札　二十点

一、覚　書　一点

としてあった。私にもそれは分らなかった。

「誰だい、これを扱ったのは？」

とたずねると、リストを作った男が書類綴を出して繰っていたが、

「あ、それは宮崎の支局から廻ったものです。先方から出品を申込んだことになっています」といった。

綴込みの手紙を見ると支局長のE君からで、「宮崎県佐土原町、田中謙三氏より申込み委託を受く。近日発送の予定」としてある。

それにしてもこの『西郷札』というのが分らなかった。名称から見て西郷隆盛に関係あるらしいことは分るがそれ以上の知識は誰にもなかった。なかには西郷を崇拝する地方の一種の信仰札だろうと云う者もいた。しかし出品を申込むくらいだから史的価値のあるものだろうと反対意見を出す者もいる。遂に誰かが給仕を走らせて調査部から百科事典を借りて来させた。冨山房版の同事典には次の通り出ている。

さいごうさつ『西郷札』——西南戦争ニ際シ薩軍ノ発行シタ紙幣。明治一〇、西郷隆盛挙兵、集ルモノ四万。（中略）同年四月熊本ニ敗レ日向ニ転戦スルニ及ビ鹿児島トノ連絡ガ絶エタ為、遂ニ六月ニ至ツテ不換紙幣ヲ発行シタ。コレガイハユル西郷札デ寒冷紗ヲ二枚合セ、ソノ芯ニ紙ヲ挿ンデ堅固ニシタ。十円、五円、一円、五十銭、二十銭、十銭ノ六種。発行総額八十万円ヲ下ラナカツタト云。額面ノ大ナルモノハ最初

ヨリ信用ガ乏シク小額ノモノノミ西郷ノ威望ニヨリ漸ク維持シタガ薩軍ガ延岡ニ敗レテ鹿児島ニ退却スルヤ信用ハ全ク地ニ墜チ、為ニ同地方ノ所持者ハ多大ノ損害ヲ蒙ツタ。乱後コノ損害塡補ヲ政府ニ申請シタガ賊軍発行ノ紙幣ノ故ヲ以テ用ヒラレナカツタ。（津田）

これで疑問は解決した。これは薩軍の軍票のことである。恐らくこの出品者の父祖もこの不換紙幣をかかえて『多大の損害を蒙った』一人なのであろう。その子か孫かが家に残っていたものを出そうというのである。西郷ふだと読んだ連中は笑い出した。

この西郷札のことはそれなりに忘れられて、われわれは開催準備に忙殺された。夏も終り秋風が立っていた。社告も出たし、もう時日がなかった。私は連日、鉄道や運送会社の交渉やら会場の陳列プランに没頭した。社会面では出品の解説めいた記事を連載しはじめた。

ある日、企画部員が笑いながら、

「来ましたよ、来ましたよ、西郷ふだが」

といって小包を置いて行った。宮崎支局から原稿便で着いたものらしい。丁度手の空いている時だったので、すぐにそれを開いた。小さい桐の木箱があり、そのなかにいわゆる西郷札が入れてあった。百科事典のいう通りのものである。長さは四寸ばかり、幅は二寸ぐらいだろう、仙花紙のような薄い質の紙を中に目の粗い寒冷紗が貼り合せてあった。種類にしたがって黄色や藍色も昨日刷り上ったばかりのように新しかった。よほど保存を丁寧にしたものと思える。表は地に鳳凰と桐花を図案し金額と『管内通宝』の文字の下に『軍務所』という印がある。裏を返すと、「此札ヲ贋造スル者ハ急度軍律ニ処スル者也、明治十年六月発行、通用三ケ年限、此札ヲ以テ諸上納ニ相用ヒ不苦者也」とあった。

この西郷札とは別に桐油紙に包んだ分厚い帳があった。これが目録にある『覚書』であろう。菊判くらいの大きさだが三百枚くらいの和紙を二つに折って綴じ、毛筆で細かい字がぎっしり書き込んであった。紙の色は茶色にすすけていた。

私は一緒に添えてある支局長のEが私に宛てた手紙を開いた。

「(略)西郷札は田中氏宅に所蔵の分より二十枚ばかり撰って送ります。別に覚書がありますが、これは田中氏の祖父の知人が書いたもので、この人が西郷札の製造にも関係したそうです。小生は内容をみていませんが、田中氏の話では種々経緯がかかれてあって面白いそうです。内容を要摘して目下掲載中の解説記事にでも廻したら如何ですか」

もう一度、古い分厚な帳を取り上げて、はじめの方をめくると別に題名らしいものはなく、

日向佐土原士族　樋村雄吾　誌す
明治十二年十二月

とあった。

私はこれを家に持って帰って読んだが、思わず夜を徹して読了した。その結果、社会部にも廻さず、従ってE君の希望する記事にもならなかった。この内容を宣伝記事の材料にするには忍びなかったのである。

私は近頃にない昂奮に駆られすぐ田中氏宛に手紙を出した。それは同氏も新聞記事にして欲しい意向があるように思われたのでその断りと、その『覚書』を自分の手で他の機会に発表したいというその許しを乞うたものであった。間もなく田中氏からは返事が来て私の身勝手な申出でを諒(りょう)として、いいようにしてくれとあった。

『九州二千年文化史展』の開催中、この『覚書』は西郷札とならんで陳列され、札の方は珍しがられたが『覚書』には特に注意を向ける者もなかった。

会も無事にすんで出品を田中氏に返す前に私は『覚書』を全部筆写した。こういう次第で、士族樋村雄吾の手記を発表する段となったが、そのまま現代の活字にするには勿論あまりに文章が古風であり、明治調の一種の風格はあっても今の世の人には馴染めない。

その上、その全文は前にも云う通り浩瀚(こうかん)だから思い切って縮める必要がある。結局この内容を私の文章に書き改めて、何だか私の『樋村雄吾伝』のような形式となった。といっても別に他の文献をせんさくして参照した訳ではなく、ただ『覚書』通りに書いていったに過ぎない。

『覚書』の主人公は無論樋村雄吾自身で『余』という第一人称で書き表わされている。これも私の書き方では不便なので、樋村雄吾という名前通り第三人称に改めることにした。

一

前置きが長くなったが、樋村雄吾は日向国佐土原に生れた。佐土原は宮崎市からほど近い。旧領は島津氏の支藩である。父は喜右衛門といい三百石の藩士であった。母は、同藩の内藤氏より来てつねといったが不幸雄吾が十一歳の時死去した。ほかに兄弟がなかったから彼は母の愛も同胞の情愛も知らずに育った。喜右衛門は彼が十六歳になるまで後添をめとらなかったので五年間、彼は父の手一つに育てられ、一切の教育も父の手によった。

雄吾が十二歳のとき御一新が行われ世は明治となり、それから四年たって突然断行された廃藩置県で父は世禄を失った。廃藩置県は西郷隆盛が中心となったもので、喜右衛門の本藩の当主島津久光を激怒せしめたという。とにかくこれによって収入の途が絶えたので城下を去る二里の土地に田野を求めて百姓となった。しかし雇人数人を入れて耕作に従わしめたが自らは畠に立つことはなかった。

この年すすめる人があって、父喜右衛門は後妻を入れたが、これが雄吾の第二の母である。この新しい母には連れ子があり、雄吾とは五つ違いの女の子で妹となる訳であった。喜右衛門が後妻をもらったのは恐らく新しい世が肌に合わず、百姓として余生を楽しむ気持になったからかも知れない。

この母が士族の出でないことは年少の雄吾の目にも何となくくだけたその物腰で分っていたくらいである。大体、島津領内は士族平民の区別のやかましいところで、近年までその風習が残っていた。ましてその頃は両族の平等結婚は殆どなかった。それが平民から而も連れ子まであるものをよんだのは、いよいよ喜右衛門が世を遁げたのか、それともこの後添が気に入ったからであろう。恰もこの年八月には華士族平民婚嫁許可令が出ていた。新政府を嫌った喜右衛門が真先に新法令を実行したのは皮肉である。

家の中は何となく艶めかしくなった。母は父の年齢に合わせてつとめてじみな身装をしたが三十五歳の容色は争えず、また、新しい雄吾の妹となった季乃も人が見て可愛いと讃める顔立ちであった。

ずっと女気のない家で育った雄吾はこの二人がきて家の空気が軟らいで楽しかった。しかし素直にこの感情を二人の前に出すには後めたいものを感じて何となく拗ねた態度に出ていた。季乃は雄吾を兄さまといって慕ったが兄から酬いられるものは邪険な冷たい仕打ちであった。しかし心から冷淡であったかは疑問で、後年のことを考え合せると、いろいろ想像出来るのである。

この間『覚書』の原文には大した記載はなく、ただ月日が水のように流れている。雄吾が二十一歳、季乃が十六歳となった正月は、明治十年であった。

早々雄吾は鹿児島の親戚の家に年賀のために赴いているが、これは恐らく表面の理由で実は既に物騒となった鹿児島の情勢を偵察に出かけたものと見える。

来てみると聞いた以上に形勢は緊迫していた。もうこの時は公然と戦争準備をしていたのである。雄吾は蒼惶（そうこう）として佐土原に引返した。この時分父の喜右衛門は病床にあったが雄吾は詳しい報告はせずに、近日西郷先生について上京するからとその許容を乞うた。喜右衛門は顔を天井に向けたまま、一口もその理由をきかずにうなずいたが、万事は分っていたのであろう。

雄吾は別間に母を呼んだが、季乃は折悪しくその二、三日前から母方の親戚に出向いていたので、別れを云うことが出来なかった。原文には何とも説明がないが恐らく心残りのするものを感じたであろう。

雄吾は家重代の銘刀をたばさみ鹿児島に駈けつけたが、東上軍の編成の所属は三番大隊で隊長は永山弥一郎であったと彼は誌している。

二

二月十五日、西郷隆盛は政府詰問の理由で寒風の吹く鹿児島を精兵を率いて出発したが、これから先のことは普通の歴史にある通りで詳しく書くことはない。『覚書』の筆者もその克明な筆で鹿児島城包囲から植木方面の戦闘を叙しているが、別段関係もないから略する。ただこの筆者のために彼が勇敢に闘ったことを記しておくことにする。

三月十九日、さしもの薩軍も田原坂の嶮を背面攻撃で官軍に奪われたことが大勢の決する岐れ目となった。これより人吉に退き遂に日向路に奔り、主力が宮崎一帯に集結したときは、も早鹿児島との連絡は絶えていたのであった。

薩軍が紙幣発行をやったのはその頃である。その製造所を宮崎郡広瀬に置き、造幣局総裁という格には桐野利秋がなったが、工事は昼夜兼行で行われ、監督には池上四郎が当り、実際の仕事は佐土原藩士の森半夢（通称喜助）が運んだ。職人は三十人ばかり使ったようである。兵站方に金が少しもないので、この造幣のことは大急ぎですすめられた。

樋村雄吾はこの新設造幣局の所属となったが、それがどんな役目か、彼自身が語る『覚書』にははっきりしない。しかし森が佐土原藩士だから同藩の雄吾をひき抜いて来たであろうことは想像に難くない。恐らく森の助手のようなことをしたのであろう。

この紙幣の体裁は前に記したから繰り返さないが、薩軍はこれを以て近在の商人や農家から必要な物資を得ようというのであった。十銭、二十銭札はともかく、五円、十円という高額札は発行のその日から頭から信用がなく、皆それを受取ることを渋った。だが薩軍が実際に使用を望んでいるのはこの高額札の方だから、半分は威嚇でこれがどんどん商人達に押しつけられて食糧や弾薬と変った。遂には兵士達は隊を組んで富裕な商家を訪れ、僅かな買物に十円札を出し、太政官札のつり銭を受取るという手段をとった。

この紙幣の性格を語るによい材料が明治十年十月の東京曙新聞に出ている。当時の賊軍に対する記事だから少し悪意のあるふざけた報道だが、薩軍紙幣の一端を説明している。

「桐野利秋が日向宮崎にて賊徒が濫製したる金札四百円を投出して歯を染めさせたる城ケ崎の芸妓は兼て去る方より四百円の負債ありしかば右の金札を受取るや（略）これでよろしく御勘定をと彼の金札を差出したるにイヤ此札ではと貸主が額にしわを寄せしが、あなたそんなことが桐野さんに知れましたら人切り庖丁の御馳走がまゐりませうぞと、おどし付けられ、不用の札と承知し乍ら、命惜しさに勘定をすましたりといふ（略）」

この紙幣はどのくらい刷られたか。一寸はっきりしたことは分らないが二十数万円くらいではなかろうか。確かな文献を知らないから分らないが『覚書』ではそのくらいの数字になっているし、明治十年八月二十四日の大阪日報は「賊は贋札紙幣を凡そ二十四万余円製造したる由なるが、その中、十四万円を流通し、残り十万円はも早使ふ能はず、そのまゝ積重ねてあるといふ」とのせているから、まず大差ないであろう。その「残り十万円はも早使ふ能はず」とあるのは恐らく事務所のある宮崎が危険となって立退かねばならなかったからであろう。七月十日日向小林が敵の手に落ち、次で二十日都城が陥落すると、宮崎は直接脅威を受けることになったので本営を延岡に移し、造幣所も閉鎖となった。

しかし官軍の追撃は急速で二十八日早くも大淀川南岸に到達し、翌日は之を渡河して宮崎に入り旧県庁を占領した。薩軍は戦闘しつつ佐土原、高鍋、美々津と退却をつづけ、遂に延岡の北郊長井村に本営をおいた。これが八月十四日のことで、官軍も各道より集った諸軍と合して延岡に悉く入ったのであった。

十五日は長尾山一帯の戦闘で、熊本以来最大の激戦といわれる。官軍は長井村を衝くため隣接の熊田を奪おうと兵を稲葉崎にすすめたが猛烈な薩軍の抵抗に会い、一時は危険であった。この日は西郷自ら陣頭に立って指揮し桐野、別府、村田、池上、貴島などの本営付の諸将がみな第一線に働いたから薩軍の士気大いに揚ったという。

樋村雄吾は西郷のいる和田峠附近で闘っていたが一弾が彼の右肩を貫いたため倒れ、後退して長井の病院に入った。病院は民家を三軒借りていたが、昨日以来の戦闘で傷兵が充満している。

官軍は後続部隊の到着で総攻撃を以て長尾山附近を占領し、十六日には完全に薩軍を長井村に包囲してしまった。そこで脱出を図り、背面の山をぬいて三田に出て、豊後か薩摩に行こうとする策を立てたのは、何度も軍議を開いた末であった。有名な可愛岳突破である。このとき傷兵は置いてゆくということになり、西郷隆盛は病院長中山盛高を呼んで病院の屋根の上に高く赤十字の旗を掲げさせた。病院の攻撃は万国公法の禁ずる所だから官軍もこれは守るだろうというのである。樋村雄吾は肩の負傷を忘れて志願し、西郷の一行に加わっている。

薄暮、西郷は本営となっている児玉家の庭前で陸軍大将の制服や重要書類をことごとく焼いた。一切の準備をおえて夜十二時、ひそかに可愛岳に出発した。前衛は辺見、河野が当り、西郷は桐野、池上に護られて山かごに乗って登山した。かごかきがあまりの道の険しさと西郷の重量に苦しんで号泣したということである。樋村雄吾は貴島清らの後衛に加わったが、鹿児島を出るときの四万が今は総勢五、六百人にすぎなかった。

暗中、この可愛岳を登ることは非常な危険で、断崖が至るところに口をあき、一歩道をあやまると深い谷底に落ちる。官軍もまさかこんな所に薩軍も来まいと油断していたくらいだからその険阻は思うべしである。前衛は土地の者の案内で途中、木の枝や笹などに白紙を結びつけて後続部隊の道しるべとした。

誰も一語も発せず、黙々として闇の中を木の根を手がかりとし、岩角を足場として登っていく。遥か眼下に官軍陣営の篝火が点々として星を連ねたように輝き、それが今まで見たことのないように美しい。

三

雄吾はだんだん息苦しくなってきた。肩の傷が非常な痛みとなって圧迫してくる。山を登る激動で傷口が再びあいたのであろう。次第に足が鈍くなり、遅れがちになって来た。

どのくらいたったであろうか。急に雄吾が自分の周囲に人影がなくなったことに気づいた。変だと思ったときはいつか部隊からはぐれて別な方角を進んでいたものらしく、どこを探しても結んだ白紙が見つからない。耳を澄ましても人の気配もなく、大声で呼ぼうにもこれは禁じられていることである。

彼は右にゆき、左を追った。といっても熊笹や自然林に近い密生した樹の中では道のような道はなく、気ばかりあせる。こうして雄吾は何時間か山中を彷徨した。

眼は利かず、足場は見えず、肩の傷は殆ど我慢以上に疼く。も早、味方を追うことも断念してその辺の笹の中に転がると、自然に気が遠くなっていった。

夜があけてきて運のよいことにはこれがいつか可愛岳をはずれて北側の山に出ていた

ことである。それでなければ追撃の官軍に捕るところであった。雄吾にとって更に幸運は、炭焼きに拾われたこと、この炭焼きが村の素封家伊東甚平の家に抱え込んだことである。

伊東家では雄吾を官軍側に届けなかったばかりか実に行届いた介抱をしてくれた。伊東家は昔でいう郷士の家で、その祖先は島津に仕えている。一体薩摩藩には『麓』と呼ぶ一種の外衛制度がある。これは他領に見ない特殊のもので記録に現われるのは文亀、天文の頃からだそうだが、『麓』即ち郷士の居住地で、鹿児島本城に対して外城のような意味をもっている。この制度は昔、豊臣秀吉のために一時は九州全土にわたっていた封土を減ぜられて薩隅二州と日向の一部に限られた島津では、多数の武士の処置に困った結果これを各地に配したのが起りだという。この伊東家もその『麓』の一つの岐れであってみれば、雄吾を庇護したことも祖先の血といえよう。

こういう家柄だし、また事実医者にも遠いので負傷や病気に対しては伝来の製薬法をもっている。この薬や介抱で雄吾は日々快方に向い、その年の暮には全快した。彼が『覚書』で繰り返して当主甚平を称讃しているのは当然である。

暮に伊東家を辞そうとしたが、甚平がまだ身体の様子を心配してもう二カ月のばし、明治十一年二月の末にやっと世話になった家を出て佐土原に帰った。まさに一年二カ月ぶりである。

ところが故郷では意外な悲惨事が彼を待っていた。それは彼の父喜右衛門が去年六月に死去したこと、家が戦火で焼かれたことである。あまりのことに暫らくは口もきけなかった。喜右衛門が病死した頃は雄吾はしきりと紙幣製造をやっていたわけである。継母と季乃はどうなったか、家が焼かれたのちどこへやら避難したことまでは分ったが、それから先がわからない。

雄吾は自分の幼少の友達の田中惣兵衛（これが『文化史展』に西郷札とこの『覚書』を出品した謙三氏の祖父）を訪れたが、ここでも事情は分らなかった。雄吾は季乃の消息なら母方の親戚でも探せば知れると思ったが、生憎その所も名前も訊いてみたことがなかった。彼はこれ以上、知りようもなく諦めねばならなかった。

もう、この地に居つく気持もなかったので雄吾は残った田畠を全部金に換えて、さすがに早い桜や桃など咲き揃っている南国の春をすて悄然と立ち去った。東京に向ったのである。

四

東京に出た雄吾はしばらく何をする気力もなく、毎日を怠慢に暮した。

明治十一年の東京はこの二十二歳の若者をもっとも刺戟するものがあった筈である。西南戦争以来政府のインフレ策で物価は高騰していたが、諸事業は勃興し人心は投機に熱中していた。事情は異うが昭和二十二年頃にどこかほうふつたるものがある。一方明治六年征韓論に敗れて以来、土佐に引込んでいた板垣退助が立志社を結成して、いわゆる南海の草廬より出て大阪に来り同志を糾合して愛国社と改称し、全国の壮士達に自由民権を謳わせたのもこの年である。

だが樋村雄吾には昭和のインフレ時代の狸青年のような覇気もなかったし、共産党員のような昂奮もなかったから、無為のうちに日を送っていた。

そういう彼がある日不測の奇禍をうけたのはやはり運命というより仕方がないであろう。

ある日、正確にいうと明治十一年七月三十日のひる頃、雄吾はぶらぶら歩いて赤坂の紀国坂下を通りかかった。正午をすぎて空腹でもあったし暑くもあったので傍の茶店に入って何かとって食べていると、隣の席にこの真昼間から一人で酒を飲んでいる若者がいる。彼はしきりと往来の方をむいて、何やら待っているような様子であった。

やがて、向うからかつかつたる蹄の音を鳴らして黒塗りの二頭立馬車が近づいて来た。何事かと雄吾も少し興味をもって馬車の方を見た。

若い男は急に席を立って、二、三歩馬車の方に歩み、その中を覗くように注視した。

車上には豊かな髯を蓄えた肥大な老人が背をうしろに悠然と凭せている――と思った瞬間馬車は車輪の音を地にひびかせて忽ち目の前を走り去った。

若い男はやや暫らくそれを見送ったが、また席に帰って来て再びゆっくりと盃をとり上げ、暑気払いに一杯いかがですか、というのである。

頭を下げて雄吾はその盃を謝したが、そのついでに、今の馬車の高官はどなたですか、とたずねた。すると、西郷参議です、という答えである。ああではあれが西郷従道だったか、この西郷先生の実弟は、雄吾はいつも噂にきいていたが見たのは初めてだったので、彼は思わず馬車の去った方へなつかしそうに眼をやった。すると横の若者は、昨日も西郷さん、今日も西郷さんか、と呟いた。この語が何か他に期待するように聞えたので、では誰かを待っているのかと雄吾がきいた。

その男はきっと彼の方を見据える目付をしたが、酒のためか目は血走っているようであった。そして、そうです僕は二、三日前から待っているのです、だがまだ会えません、運のよい男ですよ、と答えたが、それが誰だか説明しなかった。

それから二、三日して、雄吾が再び紀国坂下を通ったのは、また、あの若い男に会えるような気がしたからである。だがこの間の茶店の中には今日は姿がなく、彼は一寸当てがちがったような心持ちでそこに腰かけて冷たい麦茶をたのんだ。すぐ一人の男が茶を汲んできたが、雄吾がうけとろうとするといきなりその手を逆に摑まれた。愕いて立上ったときに背後から抱きつかれた。三、四人の壮漢に組まれて雄吾は忽ち地上に転がると、いつの間にか縄が身体をぐるぐる巻いていた。呆然としていると、その中の一人が、御用の筋だ、おとなしくしろ、とせせら笑った。一訳の分らぬ中に鍛冶橋門の東京警視本署（明治七年に創置された警視庁は明治十年から一旦廃止になっている時であった）に連行され留置された。

取調べの係官は彼の身分を問うたが、佐土原士族だと答えると、賊党だな、といった。これによっていよいよ彼を頭から罪人扱いにしたが、それからの取調べは少しも彼の理解のゆかぬことであった。

山本とどこで連絡して、どういう手筈になっていたか、とか伊藤内務卿をどこで狙っていたかとか、まるで思いも寄らぬことばかりである。

五

高知県士族山本寅吉が伊藤（博文）参議を付け狙ったのはこの六月頃からである。彼はつい先般、紀尾井坂で大久保（利通）内務卿を襲った島田一郎の遺志をつぐ者であると人に語ったが、日頃から少し奇怪な言動があった。山本は先ず伊藤の顔を覚えるため六月下旬、同邸に名刺を出して訪問したが、御用繁多という理由で警戒の巡査に遮られた。翌日出直したが同じ、その翌日は参朝の時刻だからと追い出された。それで面会を断念し、友人の懐中時計を売って短刀一本を購い、伊藤の霊南坂邸に忍び込んだが、警戒厳重で果さず、参内の帰りを狙って紀国坂下の茶店で待ち伏せることにした。

果して馬車が来たが、先頭は西郷参議で、つづく馬車は伊藤かと中をうかがったが、新聞を拡げて読んでいて顔が分らない。人違いしては不覚だと、その日は帰り、翌三十日またも昨日の茶店で待つことにした。この時樋村雄吾が来合せて話を交したのである。諦めまもなく馬車は来たが今日は西郷だけで、あといくら待っても別な馬車は来ない。諦めて家に帰った。その夜捕ったのは、友人の密告のためであった。雄吾が嫌疑を受けたのは偶然、茶店で山本と話していたことが、この茶店の亭主清水某に同志と誤解され、調べに来た巡査に報告したため、雄吾の通りかかるのを張っていたものである。

彼が警視本署で知らぬ分らぬの一点張りで突張ったのは、当人としてはこれより他に仕様がないが、警察ではその態度が太々しく見え拷問にもの云わせてかかって来た。取調べの度に半死半生の目にあわせられ、いつも気を失って留置場にかえされたが、遂に音を上げなかった。警察の方でも山本の方を調べて、どうやら見込違いと分りかけたけれど、雄吾が降参しないのが取調べの連中に気に入らず、十日ばかりで済むところを二十日も入っていた。

その時一緒の房に入っていた男があった。この男は卯之吉といい、神田の方の紙屋の伜である。まだ若い道楽者で博奕で挙げられて来た。彼は雄吾の毎日の勇壮な姿に感じて、房では親切に介抱してくれた。それも雄吾の罪が国事犯だというので敬意を払った上のことである。これは雄吾にとって少し見当違いだが、無実の罪だときかされて、それなら猶更気の毒だとその態度を改めなかった。

卯之吉の方がさきに釈放になったので、出る前に、もう自分もあんたをみて道楽を止める気になった、ここを出たら自分のうちに是非来てくれ、といって所書きも詳しく教えて行った。

雄吾もようやく許されて外へ出たときは、半病人のような身体だったから、厚意に甘えて卯之吉の家をたずねることにした。店舗は思ったより遥かに大きな構えで、この若旦那が何の間違いで小博奕打ちになったか分らないくらいであった。その若旦那の卯之吉が飛んで出て来て奥に引き上げ、親父はまた息子以上に歓待するのであった。これは息子の道楽が止んだという感謝である。その身体では何処へも行かれまいから、ここを親の家と思って、ゆっくり養生してくれと、親父の卯三郎は云うのであった。

雄吾が『覚書』で、この卯三郎を日向の伊東甚平につぐ恩人であるといっているのは、まことにその通りで、彼はこの家に一カ月余を置いてもらって、身体を養生している。

そのうち雄吾が働く気になったのは、身体も元通りになったし、遊んでいてはつまらないからというのだが、国許で売った田畠の金も長い徒食で少くなったのである。

卯三郎親子が親切に仕事を探してやろうといってくれたが、実はこの間から考えていた人力車を挽く車夫になりたいと云い出した。あれなら身体が資本(もとで)で、別に金なしでやれるし、煩しさがない、というのが理由であった。卯三郎は雄吾の肩を叩いて、偉いことを云う、士族さんでありながら一介の車夫から身を起そうとする心がけがさすがだ、よろしい、わたしの知り合いがあるからあそこにお世話しましょう、あれは色街が近いから俥(くるま)の用事は多い筈だと、よろこんで云ってくれた。

山辰という俥屋の親方は六十近い爺さんだが、雄吾の頼みに、それでは土地の地理や要領を覚えるまで、見習のつもりで俥の後押しをやれと云った。

こうして彼は仲間の俥の後押しをつづけているうちに、やがてぼつぼつ挽くようになった。初めは、

「何だ、お前、新米だな。新米の俥なんざ乗ってやらねえ」

と酔客に悪態をつかれて途中から降りられることが度々であったが、それもどうやら慣れて来て、そのうち彼の車夫姿も板についた。

ある時、偶然、俥に置き忘れた新聞を次に乗った客が車上でしきりと読みふけっているのを見て、なるほど新聞を俥に備えておけば乗客は退屈しまいと考えつき、その通りやってみるとなかなか旨くゆく。そこで山辰の親方に話すと、それは面白い思い付きだと早速山辰の俥だけ新聞を置いた。するとそれが大好評でだんだんと東京の方々に真似をするものが出来て、遂には新聞記事にまでなり、さすがに士族さんだ、眼のつけどころがよいと云われたこともあった。

こうして樋村雄吾の車夫生活がつづいていると、ある夜のせた客は、後に彼の運命を

つくった人物であった。

六

客は三十前後と見える洋服姿で一目で官員であることが知れた。みなりから見て可なりの上級官員らしいし、本所清住町まで、と命じて俥に上った。

街路に立つ瓦斯(ガス)燈の光は威厳をつくっている髯のある横顔をみせた。

雄吾は夜更けた街を走り、長い塀の多い屋敷町の一郭に客をおろした。黒々と寝静まった屋根の下から急に灯りが見えたのは俥の音をきいたためであろう。その頃の俥はまだゴム輪でなく金輪だったから廻ると金属性の音がしたものである。

手燭代りに洋燈(ランプ)を掲げた婦人の影が二つ、門の戸をきしませて出てきた。

「お帰り遊ばせ」

という女どもの声に、

「うむ。車賃を払ってやれ」

と主人は鷹揚(おうよう)に奥に消えた。

一人が洋燈を持ってその後を追い、あかりを取られた残った方が、

「俥屋さん、済みません、あかりをどうぞ」

といった。

雄吾が梶棒から提灯を抜いて相手の手許を照らすと、

「ご苦労さま、おいくら？」

と手を懐に入れた。

暗い中から丸髷（まるまげ）が浮き出たが、くっきりと白い顔をみた瞬間の雄吾の驚愕は何にたとえようもない。幽霊を見てもこうは驚かなかっただろう。錯覚かと疑ったくらいである。

——季乃であった。

金を受取ったのも夢中、彼は一散に俥を曳いて走った。提灯の灯影で相手にはこちらの顔は見えなかったが、激しく打つ動悸はいつまでも止まなかった。

季乃が東京にいる、人妻となっている。この動揺は大きかったし、それからの数日がまことに落ちつかなかった。どうして東京にきたか、どうして人妻となったか、疑問は尽きなかった上、現在の様子が知りたかったが、会う決心はつかなかった。

だが、雄吾はこの間の客を送った家をもう一度明るい陽の下で見たいものと思い、思い切って帰り俥を曳いて清住町に廻ってきた。

俥賃を払ってやれ、と悠揚と消えた男の門がそこにあった。扉は閉っているし、前後を見渡してもこの屋敷町一帯は明るい陽の下に沈んで人影がなかった。

雄吾は身体を寄せて門札をうかがった。『塚村』とかいた厚い柾目の木札の横には、当世風な名刺が貼ってあった。

太政官権少書記　士族　塚村圭太郎

これだけを見届けて帰ったが、この官名がどのくらいの身分か分らぬながら、相当な地位であることは想像がつくばかりか、何となく出世する人間のように見えた。これは季乃が幸福だということであるが、そう考えても雄吾の心に喰い入るような淋しさはどう紛らしようもなかった。国許ではあれほど邪険にしていた季乃にこの感情は不思議で、自分ながら扱い兼ねるのであった。それからの彼は何度も塚村の近所を廻ってくるようになった。

しかし『塚村』という名札が冷然と彼を関係のない赤の他人だと冷たく突き放しているようで、雄吾に出直して門を叩く勇気はとても起る筈がなかった。門はいつも閉じ、家の中はひっそりと静まっているのが余計に冷厳な感じを与えて、よそながら季乃の姿を垣間見たいという彼のはかない望みは、その度に消えた。

ある日、俥をひいて門の前を通りかかると、思い掛けなく急にくぐり戸があいて塚村家の下婢に呼び止められた。

「あら丁度よいところに俥が来たわ。俥屋さん頼むわ。奥さまがお乗りになるから一寸待って」

と云ったので、あまりの不意打にこちらは思わず叫ぶところであった。少からず狼狽して胸は早鐘のように鳴り、咄嗟に被っている日覆笠を伏せて顔を見せないようにして待った。花が目の前に現われたように若奥様らしく着こなした服装で季乃が出てきた。雄吾は用心深く笠で顔をまもったまま車上の人となった季乃の膝に膝掛けをまいたが、その手先は不覚にもふるえていた。

「回向院前までね」

という声を、俥を曳き出したときに背中できいたが、ともすると疾っている彼の足は平衡を失うのであった。

回向院の前に梶棒を下ろした時、威勢よい相撲のやぐら太鼓が鳴っていた。蹴込みにのせた白い爪先が、すらりと地上に立って、

「ご苦労さま」

といったが、思わず上げたこちらの視線と合った。これは白日の下だから、どうとりつくろいようもなかった。

「あ、義兄さま」

と季乃の口から低いが鋭い叫びが洩れて、驚倒の表情が顔いっぱいに出ていた。こちらも何か云おうとして云えず、咽喉が詰っているようであった。

すると突然、季乃は降りたばかりの俥にまたとび乗って、さ、兄さま、どこかへ行きましょう、早く、というから、彼はあわてて、

「す、相撲は?」

「相撲なんか、どうでもよござんす」

というのが返事であった。

『覚書』の原文が——まことに夢心地にて何処の道をいづれにとりしやもさだかならず、我に返れば一小社の境内に入り、人気なき処にて、互に言葉もなく相対し居たり。——とよくその情景を活写している。

どういう会話が行われたか、細いことは書いてないが、おそらく肉親の久闊以上の情愛が溢れた語が交わされたことであろう。もう昔のよそよそしい気持はなく、なつかしさで一杯であった。

何よりもききたいことは季乃のその後の様子であった。彼女の語るところによると、父は五月頃から高い熱がつづき意識不明となり、東京から西郷先生の手紙が来た、伜も近く帰ってくるそうな、とうわ言を云って息を引きとった。戦火で家が焼けてから、母子で親戚に身を寄せた直後、母は心労が昂じて病気になり二た月ばかり床について死んだ。あとに残った季乃はそのままその家に居ついている中、この親戚の主人がはしなくも東京で官を得たので、一家はあげて東京に移り彼女もついて行った。主人の官というのが大蔵省で、ある機会にそこの上役である塚村圭太郎に見そめられ、懇望されて妻となった。これは全く厄介になっている親戚の義理を立てたものであると、彼女は長い話を終えた。

それから彼女は雄吾の車夫姿を怪しんだので、今度はこちらが話す番となった。季乃は始終感動してきいていたが、

「それではあんまり義兄さまが可哀想です。塚村に頼んで何とかならないものでしょうか」

と云うので、

「いや、それは困る、自分はこれでよい」

と断った。季乃の主人の世話なぞ、いさぎよしとしない気持があった。

その日は季乃が回向院前の相撲に、それも塚村の役所関係の交際であったが、その方へ行くので別れることになった。季乃は眼のすみに泪を光らせて、

「義兄さま、この次にゆっくりお月にかからせて下さい」

といった。雄吾の心のどこかでは弾んだ気持を抑えるものがあって、曖昧(あいまい)な顔色になったが、

「季乃から伺います。きっと会って下さい。お所を教えて」

と云うので、それで山辰の所を教えたのであった。

七

伺います、という季乃の言葉は雄吾の心に喰い込んでいたが、四、五日過ぎたある日、

若い女が立場(たてば)に入って来て、雄吾を見て、一寸そこまで、というから、これはお客だと思い、すぐ支度をして俥に乗せ、指図通り走っていると、あ、そこを右に曲って、というから曲ると、小料理屋のような小店があった。客は降りて、そのまま、その家に入ったかと思うと、季乃が恥しそうな笑いを浮べて現われた。おどろいていると、

「すみません、お呼びして。わたくし、どうしても上りにくかったものですから」

といい、少し休んでゆきましょう、と云って内に入ると、さっきの客だった女中が席をとって食べ物の用意をしていた。

その時は、この間つくせなかった話のつづきのようなことを話したが、季乃は、義兄さまにお目にかかるときが一番仕合せだという意味をふと云った。この時の彼女の表情もことばの調子も、何か雄吾の気持を騒がすものがあった。

そのことがあって四、五日して、また、使いが来た。出てゆくと町角に季乃が立っていたが、雄吾の俥をみると、

「済みません、乗せて頂きます」

といって乗った。

お客をのせて車夫が曳くのだから、これは怪しむ眼がなかった。

「どこへ行く」

ときくと、

「どこも行かなくとも結構です、そこいらをぐるぐる廻って下さい」

という注文に雄吾は苦笑して、あてもなくゆっくりと曳いてまわった。こうして一時間も話を交わして歩いた。

「こんなに家をあけてよいのか」

と云えば、

「構いません、塚村は役所ですから」

と俥の上から返事があった。

「それは、いけない。用もないのに出歩く法はない。俺も困るよ」

「何故でしょう。義兄さまですもの、塚村に御遠慮なさることはないと思います」

「俺はまだ塚村さんに挨拶してない、兄とは云えない。あまり出て来ない方がよいな。用があれば、俺から出向く」

「嘘です。義兄さまがいらっしゃることはないに決っています、もうおっしゃらないで。お目にかからせて下さい。兄一人、妹一人とお思いになって」

雄吾にとって、これはどう扱ってよいか分らぬ感情であった。――

さて『覚書』の記述はここで一転している。

それは雄吾が紙屋の卯三郎に呼ばれたことから始まる。出向くと奥座敷に通され、そこには既に先客がきていて、ひき合されたが、客も紙問屋の主人で幡生粂太郎と名乗った。やせた五十年輩の如才のない男だが、卯三郎の方が下に廻っているような風が見えた。雄吾を呼んだのは粂太郎の依頼であったらしい。

粂太郎は雄吾に初対面の挨拶の後、愛想のよい雑談をはじめたが、いつかその雑談が本筋の話に変っていた。彼は云うのである。先日、自分の知人が九州の旅から帰っての土産に西郷札というのをもらった。かねがね新聞や噂で話だけは聞いていたが見るのは初めてで、貰った札は五円札と十円札であった。その人の話によると日向の方では、一時はこれがお上に買上げになるということで大切にしていた。また、実際、申請もしたのだが、賊軍の出した紙幣というので沙汰止みとなり、一文の値打ちもないことが分ると、反古(ほご)同然、今は子供のオモチャになっているということである。——

「これが、その実物です」

と粂太郎は懐から風呂敷に包んだものを出して、中をひろげた。この二、三枚にも戦塵の匂いの雄吾には忘れられないなつかしい薩軍紙幣であった。

濃い思い出が湧く。

しかし雄吾は黙って粂太郎の話を待っていると、彼は意外なことを云い出した。

「わたしは、ふと、この札の回収をもう一度政府に運動して実現させたらと、まあ夢のようなことを考えましてな。これは今のところ夢のような話ですが、必ずしも夢ではないのです。うまくゆくと成功する見込みがあります。それには是非あなたのお力をかりねばなりません」

雄吾が、おどろくと、

「いや、あなたは塚村さんの奥さんを御存知でしょう。実はこの間、お二人で話して通られたのをお見かけしました。わたしは奥さんのお顔はよく存じ上げているが、あなたを知らない。そのときわたしと一緒だった卯三郎さんが、あの男なら自分の知り合いだという訳で」

と笑って、

「それで卯三郎さんに頼んであなたにお目にかかった次第です」

というので、雄吾が、

「あれは私の妹です」

と云った。すると条太郎は膝を叩かんばかりで、

「おお、妹さんとは知らなかった。それならなおさら好都合です。ぜひ塚村さんに会って頼んで下さい。塚村さんは、御承知かも知れんが、大蔵省切ってのやりてでしてな。大隈（大蔵卿）さんや松方（大蔵大輔）さんにも篤い信用があるということを聞きました。塚村さんにこの西郷札の買上げを頼むのです。そして塚村さんから大隈を動かすのです。大体前年に賊軍紙幣だといって買上げしないのが無茶でしてな。損を蒙っているのは何も知らない人民だし、薩軍に強制されて押しつけられて物をもってゆかれたのだ

から、その損害の補償をせんという法はありません。政府もそれは分っていたにちがいないが、何分当時は戦争直後で、薩軍のことなら未だ眼の敵で、俗にいう坊主憎けりゃ袈裟までも、という地口の通り、西郷札も買上げしなかったのでしょう。もう一つの考え方は、おびただしい戦争の費用で、その余裕がなかったのでしょうが、近頃は十五銀行という華族さんの銀行をつくって、そこから金を借りたり、紙幣の増発をやったりしているから、西郷札の十万や十五万円の塡補が出来ぬ筈はないと思いますよ。これは押せば必ずモノになる話です」

と非常な雄弁であった。

粂太郎が帰ると、卯三郎は、

「迷惑な話だろうが、これは是非力添えをしてやって下さい」

と義理のありそうな話し振りは、考えようによっては商売上のことで頭を抑えられているのではないかと思われた。雄吾は心の中では重たくはあったが、表面は晴々と承諾の返事をしない訳にはゆかなかった。

粂太郎の狙いは勿論、只同様な西郷札を買占めして政府の補償回収で大儲けしようというのである。

これは当時、日の出の勢にあった岩崎弥太郎の亜流を学んだように思われる。その頃、岩崎は西南役で政府の輸送方を一手にひきうけて大儲けし一躍天下の三菱商会になっていた時であった。その三菱の基礎が藩札買占めである。明治四年の廃藩置県で政府は各藩が勝手にばらばらに発行していた藩札を買上げることになったが、その時期と価格は絶対に秘密にしてあった。そうでないとボロ屑同然の藩札が暴騰して収拾がつかないからである。岩崎はこのことを後藤象二郎からきき、すぐに藩札を買占めて、適当な価格で政府に交換買上げしてもらい、最初の資金をつくった。これは有名な話だが、これで粂太郎も西郷札買占めを思い立ったのであろう。

更に当時の岩崎は大臣参議しか乗らぬ黒塗の二頭立馬車に乗ったり、貧民どもに大盤振舞をしたり、前島密のいた四万余坪の邸宅を買って奇石巨岩を庭に運ばせ、「世に比類なきお楽しみならずや」（曙新聞）といわれたり、とかく世間の耳目をひいている折なので、粂太郎も殊更に刺戟されたと考えてよい。

八

雄吾と塚村の対面はこうして行われた。彼が話して季乃が予め通じておいたのである。もとより塚村はこれがいつぞやの夜、自分が乗った俥を曳いた男とは知らず、初めて会う妻の兄として充分の敬愛の情を現わしているようであった。いつぞや見た威厳のある髯の顔もにこにことして愛想のよいことで、

「もっと早く見えるとよかったのですが。わたしも季乃からきいて、そんな義兄さんが

わたしたちにあったかとおどろいた始末です」

と云ったりしたが、雄吾の、

「わたしの方こそ失礼していました。実はまだ志を得ないので、適当な時まで上るのを御遠慮したかったのです」

という言葉をきいて、

「そりゃ、いかん。兄弟の家にその遠慮はいけません」

と終いに笑い話になるのであった。とにかくこちらが恐縮するくらい親切である。

雄吾がいよいよ用件に入り、頼まれた話題を出すと、この如才のない義妹の婿は急に中堅官吏の態度に変り、当惑したような浮かぬ顔になった。お話はよく分ったが、どうもむつかしい、というのである。

「だが、とにかく一応当ってみることに致しましょう」

とつけ加えたのは単に初対面の義兄への儀礼的な言葉のようであった。

塚村圭太郎は雄吾が帰ると急に不機嫌な顔色になった。雄吾に会うまでは、季乃の話をきいて、ぜひお会いしたい、といった時の愉しい顔とはまるでちがったものである。

季乃が、

「義兄が何かお願いしたようですが、よろしくお願い致します」

というと、常のように役所から持って帰った書類を机の上にひろげて見入ったまま、返事がなかった。仕事となると、いつも難かしい顔になる人なので、季乃が退ろうとすると、文書の文字に眼を曝したまま呼び止められた。

「義兄さんとお前は幾歳違いか」

という質問である。

「五つでございます」

と答えても、黙って、書類の文字を追っているようである。しばらくして、

「義兄がこちらに来ていることを何故早く云わない？」

「わたくしも存じませんでしたが、先日途中で偶然に――」

「それは聞いた」

「はい」

「その時、なぜ、すぐ云わなかったのかというのだ」

「なにぶん、車夫をしておりますので、つい、申上げにくかったのです、申訳ございません」

夫は黙って不機嫌にむっつりしているばかりである。指の先で白い書類だけが動いている。そして暫らくして云い出した言葉は、思わず季乃を赧くさせたものであった。

「色白の好男子だな、初めて見たが。女でもいると聞かなかったか」

季乃が低い声で、

「別に」

と答えると、

「国許では仲よくしていたか。いや、お前達の間のことさ。義理の兄妹だったな」

といった。季乃が返事に迷っているのをみて、

「まあ、よい。お前にとって義兄なら、俺にとっても義兄だ。仲よくしよう」

と笑いもせず云った。

塚村はそれから翌日もどことなくいらいらした様子が見えた。日頃は落ちついた、世間では大器と見ている、悠揚たる彼には珍しいことであった。

その晩も、塚村はまた雄吾のことを云い出して、季乃を何となくはっとさせたが、

「義兄のいるのはどこの俥屋か」

ときいたが、今度は機嫌のよい声であった。季乃の返事を受取ると、

「うん、そうか。いつまでも車夫でもなかろう。よい口があればお世話したいものだな」

といって妻を安堵させた。

だが翌朝、塚村は役所へ出ると下僚にも内密に、かねて目をかけている気の利いた小使を呼びつけ、他人には聞えぬように何事か頼んだ。行先は山辰だというのである。

「その男に女が会いにくるかどうかそっと内密にたしかめてくれ。いや女の身許は探る

に及ばぬ。二人が会っていることが分ればよい」

夕方、役所が退ける頃に帰ってきた使の報告をきいた塚村の表情は、使の者の前では普通だったが、席にかえると難かしい仕事上の問題と取り組んでいるように考え込んでいた。しかし家に帰って妻に告げた言葉は、

「義兄さんを呼びにやれ。この間の話がうまくゆきそうだとな」

であった。

雄吾が使をうけて塚村を二度目に訪ねると、先日と少しも変らぬ歓待で、柔和に笑っていて、弟分として親しみをみせていた。

「どうもお呼び立てして恐縮ですな。この間の一件ですが、ありゃ全然絶望ではありませんよ。実はさる上の方にさぐりを入れたんです。すると満更でもなさそうです。義兄さんのお話のように、西郷札では地方の者が大変迷惑しているのだから、政府に補償の要があるのは僕も同感でね。そこで上の方に脈さえあれば、一つうんと踏ン張ってみようと思うんですよ。勿論、他言は困るのです、人に知れては僕の立場がまずいことになる。これは義兄さんだけが含んでいて下さい」

この語調は熱心で誠意が溢れているようにみえた。一旦見込みがないと云い切った話をここまで運んだのは塚村の才覚によるのであろう。気休めの言葉とは思えなかった。

雄吾が厚く礼を述べて今後を頼んで帰ると、卯三郎と粂太郎に塚村の話を報告した。

すると粂太郎のうれしがりようは関係のない者から見て可笑しいほどで、やせた顔の相好を崩して雄吾の肩を叩くのであった。

「よくやって下さった。塚村さんの云う上役とは、きっと松方さんか大隈さんにちがいありませんよ。松方さんあたりが請合えば、こりゃ間違いない。成功疑いなしじゃ。いや、他人には内密内密」

と一人有頂天になるのであった。

九

塚村の毎日は忙しい。役所で終らず家まで仕事をもって帰って、夜まで洋燈の下で調べものをしているのも珍しくなかった。同僚の間でもきれものだと定評があり、先輩は彼を人材とみて好意をもっていてくれ自然に栄達は約束されていた。夕方は同じ時刻にはきまって帰ってくるし、時々どこかの宴会に出ることはあっても他の者のようにだらしなく泊ってくることはない。一部の政商が塚村に注目しはじめ将来の大物として接近を図っているという噂である。

この夫に近頃季乃は何となく不安を感じていた。不安——以前になかったものである。考えてみると、これは雄吾がこの家に訪ねてきて以来であった。

夫に黙って雄吾をたずねてゆくのが何か見すかされているような危い気持である。義兄のところへゆくとどうしても云えないのは、初めかくしていたことがそのまま云う機会を失った故にもよるが、漠然と夫が雄吾に不快をもっているのではないかという気おくれである。しかしそのようなことは考えられないはずで、雄吾に会う夫の顔は朗かで親切だし、妻の義兄として何か頼みごとも熱心に心配している様子である。理くつはそうだが、やはり季乃の気持は落ちつかない。

そういう靄(もや)のような不安をつつんで季乃は雄吾をたずねた。雄吾に会うのは兄妹の感情だと彼女は信じている。この感情が夫の平静を失わせているのだとは気がつかないのである。

雄吾はのんきに俥を曳いて出てくる。屈託のない顔だ。来たか、というように顔を笑わせて梶棒を下げた。季乃も遠慮しないで俥に上った。いつものことである。

一台の幌を被った俥が横を駆け抜けて行ったのはその時であった。そのあとには白い埃が煙となって舞っている。季乃は一時に顔色が変るのを覚えた。

幌の窓から瞬間に見せた客の横顔は塚村に相違なかった。いや、違いないように思われた。あまり塚村のことばかり考えていたのでそう見えたのであろうか。或は別の人かも知れない。だんだん確信がもてなくなった。これは季乃の希望がそうありたいと願った故であろう。不安な迷いであった。

雄吾は何も知らないでいる。雄吾に確かめる訳には行かない。

川の見える場所に来てしばらく話した。とりとめない話だが、義兄と話していると季乃の心に肉親に近い和やかな情愛が動く。味気なくくらした親戚の家から、そのまま感情もなく他人に嫁いできた寂莫(せきばく)が、何か春風のようなものを求めていた。

塚村はその夜、酩酊して帰ってきた。季乃が恐る恐る出迎えると、機嫌は上々で、これは昼間見た幌の俥はやはり別人だったかと思われた。

だが、季乃が一寸姿を消すと、塚村は急に下婢に小さい声で、今日昼間奥様は何時頃帰ってきたかときいた。そして返事をきくと、

「俺がきいたと云わずにいろ」

と圧えるような顔で云った。

塚村が、話があるから義兄を迎えにやれ、といったのはその後である。

雄吾が来ると、いつもの陽気な塚村であった。

「時に先般からの話ですがね」

と彼は始める。

「あれは充分見込みがありますよ。ところがここに一つの条件がある。それは政府でも明治四年に貨幣統一の際、岩崎が藩札買占めをやって苦い経験をなめています。今度の西郷札もこれが世間に洩れたらどんな思惑買がはじまって西郷札の値が奔騰するかも知れない。もともとこの札は宮崎県あたりの人達が迷惑しているのだから、政府としては

なるべく現地から回収買上げしたいのです。つまり東京あたりの商人が思惑をやらない前にですな。ですから無論その期日も価格も極秘中の極秘です」

至極順当な話であった。しかしこれでは粂太郎は手も足も出ぬではないか。雄吾のその顔色で察したように塚村は声をひそめた。

「いや、これも裏に廻れば道がないでもないのです。それはいよいよ決定が大丈夫になったとき、わたしが教えますから、義兄さんのその知り合いという人に宮崎に行かせて西郷札を買い集めさせたらよいでしょう。勿論、引換えになるまで現地に滞在させることが必要です。東京に持って帰ったんでは前に云った理由で不味いことになります。しかし、その人一人に買占めさせても困りますな」

と塚村は少し考えて、

「そうだ。これは義兄さんも一緒に行かれるとよいですな。そして向うで義兄さんの適当と思う人にも買わせることですよ。そこは相談して目立たぬようにやって下さい。

実は、わたしはその義兄さんの知り合いという人とは交渉を直接持ちたくないのですが、義兄さんだけの取次の話では先方も信用しないかも知れませんね、だからよそながらその人に会おうではありませんか。いや、何も挨拶はしませんがね。会うというだけで意味は察して貰えると思いますよ。幸い、明後日の晩は貿易関係で外国公使夫妻の招待を新富座でやりますから、その時、義兄さんもその人と一緒においでなさい、わたしがその人に安心出来るよう取計いましょう」

とも云うのであった。

十

この時の新富座は外国使臣の見物にふさわしく、世話物の他に操三番叟と勧進帳を演じている。前者には宗十郎（翁）左団次（千歳）菊五郎（三番叟）後者には団十郎（弁慶）左団次（富樫）菊五郎（義経）其他仲蔵、団右衛門という絢爛たるものであった。

一方見物の方も舞台に劣らぬ豪華さで正面桟敷には椅子席をしつらえ、外国使臣夫妻を中心に官側に大隈大蔵卿をはじめ、河野利鎌、前島密、松方正義、中上川彦次郎など、民間側からは岩崎弥太郎、渋沢栄一、益田孝、大倉喜八郎など儀礼にならってそれぞれ夫人を携えて接待に当っているのは、この外国使臣と何か経済的な交渉中であったにちがいない。

雄吾と粂太郎はずっと離れた桟敷でそれとなく一行の様子をみていた。花が一時に咲いているといってもよい華麗なこの貴賓席には正装の塚村がたち交って見え、それが渋沢のところへ来て話をしたり、松方に何やら耳打ちしたり、いかにも敏捷な能吏の働きに見えた。

一代の名優を蒐めた豪壮な舞台も、粂太郎には上の空で、一行の方へ気もそぞろという風であった。彼にとっては乗るか反るかの大仕事が、成否の瀬戸際というところであった。

『勧進帳』の幕がしまったとき、使いが雄吾の傍へ来て、どうぞこちらへ、と廊下に誘った。

雄吾と粂太郎が待っていると、颯爽と塚村が現われた。塚村だけではない、今まで気づかなかったことに、季乃がその後に従っていた。

今夜の季乃は大柄な牡丹を裾に華やかに咲かせた紋服で、塚村家の家紋の抱茗荷が小さく白々と目立った。濃い目の化粧は結い上げたばかりの髪によく映えて雄吾も少し呆れるほど見事な令夫人姿であった。

塚村は家で会うときよりはよほど威厳を顔に見せ、

「やあ、この間は失礼しました。近くまたお遊びに来て下さい」

と云い、雄吾の後に控えていた粂太郎が平伏に近いお辞儀をすると、

「やあ、どうも」

といっただけで引返して行った。

この会見が極めて僅かな時間だけにかえって堂々たる強い印象を相手に与えた。

「大したものですなあ」

と粂太郎は毒気を抜かれて恐れ入った。

芝居がすむと、

「さあ、これから一寸、つき合って下さい」

と条太郎は雄吾を柳橋の茶屋に誘った。芸妓も二、三人呼び、

「どうもあなたには大そうなお骨折りを願って申訳ありません。何分よろしくお願いしますよ。これはわたしの運の岐れ目だ。しかし何ですな、こう話がとんとんと運ぼうとは思わなかった。夢のようですよ。ま、とにかく前祝といきましょう」

と声も上ずって、祝盃を上げるのであった。

雄吾は芸妓の顔をみていると、さきほど新富座で見た季乃の顔が浮び出るのをどうすることも出来なかった。そのまま一輪の牡丹のような高貴な妖艶さをみせた季乃の姿に、雄吾はわれ知らず憤懣と絶望感に押しつぶされていた。彼は盃を夢中で重ねて行った。

「おや、これはお強い。やはり若い人だ、さあ、今夜は帰れませんな。ははは」

条太郎はどこまでも上機嫌であった。雄吾は酔いに疲れて別間に運ばれると、鮮かな季乃の印象を抱いて、一人の芸妓の身体をひきよせた。——

塚村がいよいよ大丈夫だ、近く決定になる、と知らせたのは間もなくであった。

この報告を雄吾からきいた条太郎は、かねて用意していたことを急速に運んだ。家作も土地も商品も全部売り払った。出来るだけ現金を集める必要があるのだ。

卯三郎が、

「家だけは——」

と忠告したことがあったが、

「なに、この家くらい十倍になってかえって来ますよ」

と豪快に笑い飛ばした。

それで足らず親戚からも借金をした。無論事情は伏せておいた。彼が恐れるのは何よりも競争者が出ることであった。このため塚村を極力握っておく必要がある。

条太郎は雄吾に、

「これを塚村さんに届けて下さい」

といって金包みを渡した。中身は百円入れてあった。今ならどのくらいに当るであろうか。明治十一年六月末の物価指数は勧商局の報告によると、東京で米が石当り約六円、麦が二円であり、大阪では米一石五円六〇銭であった。米一升が六銭で買えたこの時代でも貧民には高すぎて、当時各地で米騒動が頻発している有様だった。百円の価値を知るべしである。

条太郎がおどろいたことに、塚村がこの金を雄吾にそのまま返したことであった。収賄のように誤解をうけるから困るというのである。その上、雄吾を通じて、

「宮崎あたりであまり露骨な行動をしてくれるな」

と釘まで一本さしてきた。

「恐れ入ったものだな。なるほど塚村さんは傑物だ。こりゃあ、将来の大臣参議ですぞ」

と感に堪えぬ粂太郎であった。

いよいよ粂太郎と日向に下る日が迫って雄吾が夜になって塚村を訪ねて挨拶した。

「そうですか、いよいよ出立ですか。そりゃあどうも。では、何も出来ないが、とにかく壮途を祝しましょう」

塚村は酒の支度をさせた。

「それから買上げの価格ですがね、額面の七、八割というところでしょうな。これ以下ということは、まずない。そのつもりで買って下さい」

これは破格の交換値であると塚村は説明したが、雄吾もこれほど好条件で買上げされようとは思ってもいなかった。現に粂太郎は半額くらいに考えているところであった。

「それは喜びましょう。何から何まで今回はいろいろと――」

と雄吾が心から礼を述べると、塚村は笑って、

「そんな他人の挨拶はない。まあ、とにかく運よく話が決って何よりでした。実のところ、わたしもどうかと危んでいたのですよ。いや、運ですな。運がよかったのです。これから義兄さんも、運が向いて来そうですな。ははは」

と心から愉快そうであった。

雄吾が辞去すると、

「おい、そこまでお見送りせよ」

と季乃にいった。

「はい」

季乃が雄吾のあとについて、暗い表の路に出ると、塚村も急に立ち上って下駄をはいた。

十一

雄吾と粂太郎は横浜まで汽車でゆき、横浜から郵便汽船に便乗して神戸に上った。ここから別の便船を求めて瀬戸内海を西へ西へと航行した。

粂太郎にとって生涯これほど愉快な旅はないように見えた。たださえ風光の佳い、島の多い、おだやかな内海である。ここが明石の浦、あれは阿伏兎（あぶと）の岬、あの島は宮島だそうなと移りゆく名所を人からきいて、雄吾に教え、愉しく眼を細めた。彼にとって見るもの、眼に入るものすべて気に入らぬものはなく、この旅の結果を考えると、嬉しさがぞくぞくと身に迫って、立っても坐っても居られぬ風であった。

雄吾はときどき季乃を思い出している。殊に最後に塚村をたずねて別れた晩、暗い他家の垣根で、思わず季乃の細いしなやかな身体を抱いた感触をまだ覚えていた。匂いがよく甘かったのも忘れられない。きちんと固くしめた帯の上の胸が高鳴って動悸がこちらにも伝ってきたくらいだった。吐く息が弾んで、頰は夜気に冷えもせず、ほてっていたが、丸い肩は震えていた。

――塚村さんに悪い。

どうしたあの時の衝動であったか。自分の軽率が身を裂かれるように辛かったし、悔いられた。だが身体の過ちはまだない。――

――やはり妹として愛してゆこう。

この決心は揺がすまいと心に誓った。

船は諸所に寄港してやっと臼杵(うすき)港に入り上陸した。ここから馬車また馬車に乗り継して十日余を費して東京からの旅を終った。

宮崎についたときは、明治十二年の秋の深いときであった。――と『覚書』は云っている。

宮崎にゆけば、西郷札はどこにも転がっている、簡単にこう考えていた二人の考えは間違っていた。

雄吾は粂太郎と相談して、まずなるべく老舗(しにせ)らしい商家をえらんでたずねたが、

「さあ」

といって、うさん臭そうにじろじろ見るばかりで、あるともないとも云わなかった。

別な旧家を訪ねると、

「うちにはありません」

という挨拶であった。二、三軒当ったがどこも結果は同じであった。話があまり違うので、二人は何だか狐につままれたような気持であった。宿について、宿の人の世話で近所から三枚ばかり買って貰ったが、こんなことでは大量買占めなど、どこから手をつけてよいか見当がつかなかった。

「いっそ西郷札買いますという引札か看板でも出したら」

と雄吾は云ったが、

「そうだな、それはもう少し待ってみよう。なるべくおおびらにしたくない」

粂太郎は慎重であった。

雄吾の頭には早くから延岡在の伊東甚平があった。自分の命を救ってくれた恩人としてこの人こそ塚村のいう『土地の者』という資格で儲けさせてやりたい候補者に考えていた。雄吾ははじめ粂太郎の買付分が済んだら、あとは甚平に任せるつもりでいた。ところがこの有様では、甚平を始めから出さねばならない。甚平なら土地の事情にも通じているし、郷士のながれだから信用もある筈であった。粂太郎は甚平と共同で買うべきだと思った。この意見を雄吾が出すと、

「そういう人が居るなら結構、わたしに異存はない、あなたに任せます」

粂太郎は云った。

二人は早速、延岡に向った。

伊東家の門をくぐると、甚平はこの遠来の珍客を大いに喜んで歓待した。雄吾が粂太郎を紹介し、いよいよ目的の話を切り出したのは、家族も寝静まった夜更けであった。

甚平は、うん、うん、といって聞いていたが、西郷札が手に入らぬことを雄吾が云うと、笑って思いがけないことを云うのであった。

それは、この古い札がこの辺でも薄々近く買上げになるという話が伝わり、一般にはまだ知れていないが、大量に札を抱えているものはそれで出さんのだろうというのである。

雄吾と粂太郎は思わず顔を見合わせた。このことは自分たちだけが聞いて知っているのに、早くもこの土地にも聞えているとはどこから洩れた話であろうか、油断ならないと云えばそれまでだが、何か腑に落ちぬことであった。

甚平は考えていたが、

「だが、これはまだ見込みがありますよ。というのは買上げの話は目下まだ単なる風評で、あなた方のように確実な情報をもっている訳ではありません。それに前にも一度、買上げの話があって流れたことがあるので、今度の噂も実は半信半疑で迷っているわけです。だから今なら安く買えましょう」

といった。粂太郎がそれをきいて、

「それでは手前と一緒に買って頂けましょうか」

というと、甚平は、

「これは一世一代の金儲けの機会です。何で見逃されましょう」

と大口あいて笑うのであった。

後から考えると、西郷札買上げの風評が伝わったというのは既に塚村の手が廻っていたのであろう。彼が早くも宮崎県庁あたりの役人にそれとなしに暗示的な書類を廻していたかも知れない。尤もあまり露骨な作為があっては後で証拠となる恐れがあるから、書類を読む側が先走って考えるような暗示であったろう。

三人は相談して、どのくらい西郷札が残っているかを目算した。雄吾の知る範囲で実際使ったのは十四万円くらいだが、散逸した分を三万円とみても十万円以上はある筈である。

今、千円を五、六十円くらいなら手に入るだろう。そうすれば二人の資力でも相当買えると思った。

この計画で急いで三人は宮崎に出た。甚平はさすがに顔はひろく、旧い商家の主人も彼らを粗略に扱うことはなかった。西郷札の話をすると、

「いやア有るには有りますがね、近々お買上げになるそうで、手前どももまだこの上ど

こから欲しい位ですよ」

と話にならなかった。弱点は、前にも一度その噂があって実現しなかったことで、ここで相当な値さえ出してくれるなら譲ってもよいという肚ははたからもうかがえた。面倒な掛引きが繰り返された末、結局千円につき百二十円なら話に乗ろうというのである。これでは見当値の二倍以上だから三人も愕いた。

しかしこの値がどこも『通り相場』ということは四、五軒廻って分ったのである。考えてみれば百二十円が七百円にも八百円にもなるのだから、これで飛びついてよい筈なのだが、もともと甚平にも条太郎にも、今はタダ同様の値だと思っているので、この法外な値で買う決断がつかなかった。まあよい、明日ゆっくり交渉しようと宿に引き揚げたのが不覚であった。

その晩のうちにどこからどういう情報が入ったか分らぬが、翌日は西郷札の値は十円につき二円になっていた。甚平も条太郎も狼狽してこれは一刻も猶予出来ぬと『買い』に走ったがもう思うように集らず、先方の言い値の通り二円五十銭出したり三円出したりして、やっと一万円の西郷札を集めたときは、条太郎は持ってきた全財産の金を全部投じてしまい、甚平も同じであった。

この二人の買い方で煽られたのか、確実な情報が入ったのか、それからも西郷札の値は上りつづけ、この買い漁りに金持達は躍起となるのであった。

『覚書』には、

「西郷札、急に高き値にて交渉出来ると聞けばあわてふためき、あちらの押入の奥、こちらの物置の隅にねずみの巣になるばかりなりし札束急ぎ取り出して清め神棚に上げる者あり、子供の玩具箱より一枚二枚と拾ひ集める者あり、時ならぬ家中の大掃除畳あげて床下に落ちてなきやと探す者あり、あれは去年何処其処に土産に遣りしぞ至急手紙持たせて取返せといふ者あり」

という状態で、

「目の色変へて買占めに廻る者は一枚にても余分に蒐めんものと身代限り家屋敷田畠を質に金借りてまるで狂奔せるさまとても尋常とは思へず」

で、この地方一体は西郷札旋風が起ったのであった。

十二

原文を引いたついでに、この『覚書』の最後の章まで雄吾自身に語らせよう。字句は現代文に近く訂正してある。

「条太郎氏を宮崎に残し余が東京に帰りしは十二月下旬、既に枯風(こがらし)のすさぶ頃なり。直ちに卯三郎宅に到る。既に夜半近くなり。卯三郎氏余を見て愕きて内に引き入る、そのさま頗(すこぶ)る狼狽に似たり。余これを怪しむ。彼曰く、君は何も知らざりしかと、奥より一葉の新聞紙を取り出して余に示す。その指すところを見れば記事に云う。近頃日向辺りにも先年賊軍が発行せし不換紙幣を近く官にてお買上交換相成が如く誠しやかにふれ廻り、土地の住民この言に惑わされ大金を投じて紙屑同様なる紙幣を買集めに狂態を為し居る由宮崎県庁より真偽問合せを兼ね報告来りしかば政府に於ても捨ても置かれず、何者の仕業にやと詮議相成りし処、此者は宮崎県士族樋村雄吾とて去る明治十年賊軍に投ぜし一人と判明せり。味方の発行せし金券贔屓（びいき）の余りに誑（たぶらか）したるにや或は金欲しさの為にや今の処分明せざれ共、そもそも虚言を以て住民共多勢を欺すは重罪に付同人が東京に舞戻る節は直ちに逮捕するよう警視本署にて御用意ありと。余は余りの意想外のことに暫し呆然自失、言葉もなく立ち居たり。こは何かの間違いなり、余は此耳に幾度も塚村圭太郎氏の確言を聞きたり。直ちに塚村氏に質（ただ）すべし、と漸くのことに云えば卯三郎氏は否、こは塚村氏の策する処ならん。委細は塚村夫人に聞かれよ、夫人は君が帰りし節は密かに知らせよと山辰まで云い置かれたりと彼の主人の云えり。万事は明日のことにして寝（やす）まれよと云うに余は終夜輾転（てんてん）反側して眠る能わざりき。明れば卯三郎氏使を以て季乃をひそかに呼び出せしに、季乃直ちに来り、室に入るや余の膝に打倒れ歔泣（すすりなき）す。そのやや鎮まるを待ちて余の不審に答えて曰く、一切は塚村の陰謀なり、彼は兄上を嫉妬の余り陥れたるものなり。早くより塚村の只ならざる様子薄々には気づきたれど、まさか此の如き謀あるとも知らずして過し、兄上を今日の苦境に立たしむ、何を以て辞に代えん、直ちに逃れ給えと流涕これを久うす。嗚呼かの俊敏なる能吏よく余が心底を看破す、流石と云うべし。而して其の余に対する憎悪の情は寧ろ彼の妻を愛するの証ならん、こは余の諒とするところなれど、その余に酬いし手段の陋劣なる、策の卑怯なる、まさに云うところを知らず。かの令色の陰に此の牙を匿し有りしか、その巧言の裏に此の毒ありしか、思うだに痛憤に堪えず。余の愚昧なる、彼の舌三寸に唯々として踊らされ、遂に粂太郎、甚平氏らをして全財産を挙げて一個の反古紙を購わしむ。惟うに両人共、事茲に至れば産を破り、家を傾け妻子をして或は路頭に嘆かしむるに至るべし。これ余が意思に非ざれ共余が罪なり。何に代えて謝せん。況んや恩人たるに於てをや。聞く塚村は季乃に対し今回の事は一言も云うところなしと。こは余を葬り去ること彼が日常の机上役務の如く書損ぜし一枚の文書を破るよりもいと瑣事なるべし。事終れば或は妻に向って云わん。汝の義兄も莫迦な事を仕出かしたるものなりと。その自若として動ずるところなき面構え見る如し。今、余の採るべき道三途あり。一は季乃のすすめる如く逃晦することなり。二は官憲に自首して理非を正すことなり。而して一のことは余の保身のみ計りて罪を自ら被り彼の術中に陥る愚挙なり。二はたとえ法廷にて争うも塚村の確言を聴きし証人なく、いわんや証明の文書とてなければ水掛論に終るべし。是も余の採るところに非ず、残るは最後の策なり」

『覚書』はここで終っている。いや原文はもっと長かったのであるが、明かにその後が破り取られている痕跡がある。従ってこれからどういう結果になっているか判然しない。云うところの『最後の策』とは何か、塚村や雄吾や季乃はどうなったか、何も分っていない。

しかしこの『覚書』の手記が知人の手に送られたのは雄吾が『最後の策』を決行した後ではなく、その直前であったような気がする。はっきり想像出来ることは、破られた原文の部分が、何か他人の目に触れるに好ましくないことであり、それを嫌って保存者が破棄したのだろう。破り取った人は勿論この手記を受取った明治の人である田中氏の祖父にちがいない。そう思うと破られた部分の内容も漠然と分るような気がする。

私は一日図書館にこもって明治十二、三年頃の古い新聞記事を隈なく捜した。そこには広沢参議を暗殺した真犯人が分らず容疑者を釈放していることや、吉原の方で殺傷事件があったことは載っていても、私の目的の記事は遂に見当らなかった。

当時の太政官権少書記といえば奏任官であり、矢野文雄、犬養毅、尾崎行雄、中上川彦次郎、小野梓、島田三郎などのクラスである。あれほど俊英をうたわれた塚村圭太郎の名が遂に世に残らなかったのは何故であろうか。そこにも破られた部分の秘密をとく鍵がありそうにも思える。

図書館で新聞記事を捜している間にふとこんなことが目についた。

日向通信（明治十二年十二月輿論新誌）薩賊の製造せし紙幣は特別の訳を以て政府に於て御引換可相成旨道路の風説。

私はこの二行ばかりの記事のあいだに、顔色変えて西郷札の買占めに狂奔している二人の人間が眼に泛ぶのであった。

赤い駱駝

梅崎春生

■**梅崎春生**　うめざきはるお　大正四年（一九一五）〜昭和四〇年（一九六五）

福岡生れ。高校時代から詩作をはじめ、東大国文科在学中に、「風宴」（昭一四）を発表。その後、海軍の暗号特技兵の体験を描いた「桜島」（昭二一）でデビュー。「ボロ家の春秋」（昭二九）で直木賞受賞。「砂時計」（昭三〇、新潮賞）、「狂い凧」（昭三八、芸術選奨）、「幻化」（昭四〇、毎日出版文化賞）など。

「赤い駱駝」は昭和二三年「世界」に発表された。

まだ部隊にいた時分、潜水艦勤務を五年もやったという古参の特務中尉がいて、それがおれたちにときどき話を聞かせてくれたが、そのなかでこんな話が今でも深く頭にのこっている。それは長時間海の底にもぐっていて、いよいよ浮上しようとする時の話なんだ。なにしろ潜水艦というふねは、水にもぐっている関係上、空気の補給がぜんぜん絶たれているだろう。空気はよごれ放題によごれ、吸ってもはいてもねとねとと息苦しいだけで、みんな顔には出さないけれども、死にかかった金魚のように、新しい空気にかつえているわけさ。だから浮上ということになると、皆わくわくしてフタのあく一瞬を待っている。海水を押しわけて、ぐっと浮上する。フタがぱっと開かれると、潮の香をふくんだ新鮮な空気が、さあっと降るようにハッチから流れこんでくるのだ。その時の話なんだが。

「ぐっと吸いこんで、どんなにか美味(うま)いだろうと思うだろ。ところがそうじゃないんだ。吸いこんだとたんに、げっと嘔気(はきけ)がこみあげて、油汗が流れるぞ。そりゃ手荒くいやな気持だぜ。てんで咽喉(のど)が新しい空気をうけつけないんだ。一分間ぐらいそれが続く。やっと咽喉や肺が慣れて、それからほんとに、空気と言うやつは美味いなあ、と判ってくるんだ。こいつはやはり経験した者じゃなければ、この味は判らないだろ」

このちょび鬚を立てた特務中尉は、おれたちの顔を見廻しながら、すこしばかり得意そうな表情でこの話をむすんだ。この中尉は割に気のいい男で、おれは好きだった。中学校に行っている子供がいるという、邪気のない男だった。こんなのは特務士官にはめずらしい。ふつう海軍の特務士官は、みょうにひねくれたところがあって、おれたち一夜漬けの予備士官にへんな反感をもっていたもんだ。考えてみると、それも無理ないやね。こちらは一年やそこらの訓練だけで、実際にはろくな仕事も出来やしないのに、けっこう一人前の士官づらをしているんだ。十年も十五年もこの道でたたきあげた彼等にすれば、どんな点からも、腹が立って仕方がないことばかりだろう。けちをつけたい気持もわかるよ。しかしおれは何も好きで海軍に入った訳でもなし、どのみち消耗品として死なねばならぬことは判っていたんだから、あまり気にもしなかった。つまりおれたちは小姑の多い家にきた嫁みたいなものよ。本気でいじめる気持がなくても、自然とあら、さがしみたいになるんだ。だからおれたちの中でも、一番あらの多い奴がつらくあたられたんだ。その一番つらくあたられたのが、二見というおれと同期の予備少尉だったんだ。この二見少尉の話を、今からしようと思う。

二見というのは、一言でいえば、全然軍人に適さない男だったんだ。軍人としての条件を、あれほど欠除した男もめずらしいだろう。その点で、同期の予備少尉にも、また二見ほど軍人らしくなりたいと努力した男も、まずめずらしかっただろう。そのために彼は血のにじむような苦痛を重ねていたのだ。（ことわっておくが、それは軍人として身を立てたいとか、軍隊が大好きだという意味じゃない。本当のところでは、あいつは正反対のものだった）そして軍人らしくなりたいという彼の努力が彼の場合、決定的に反対の結果になってあらわれることが多かったのだ。丁度バクチに負け運になった男が、懸命になればなるほど、いよいよ負けこむような具合だった。

二見はおれたちより四つ五つの年長だった。学校からすぐ海軍にひっぱられたおれたちと違って、二見は一兵卒として召集され、そして海兵団から、半ば強制的に予備士官を志願させられたんだ。二見は兵隊のままで残ってりゃよかったんだ。兵隊なら命令のままで動くだけで、そりゃ身体はきついだろうが、気持の責任というのはすくないだろう。ヘマをすればすぐなぐられるだけで、それで済むんだ。士官となれば、そうはゆかないからな。名誉ある帝国海軍の士官というわけで、うっかりヘマでもやろうもんなら、手あらくうるさいのだ。はんとに海軍というところは、一見豁達（かったつ）に見えて、おそろしくうるさ型の多いところだった。神経を氷のように張りつめて、二見はその中で生きてきたんだ。それはたいへんな努力だっただろうと思う。

二見の体格は、とくに貧弱というのではなかったが、なにか不具めいた印象をあたえた。どこか均勢がとれていないのだ。手足がすこし長い感じで、それが関節ですぽっと抜けたような印象だ。女のような撫で肩で、それをおぎなうように薄い胸をぐっと反らしている。おれは思うのだが、二見は地方にいたときはきっと猫背だったに違いない。どこにつとめていたのか知らないが、軍隊に入って以来、軍人らしくないとか、勇往邁進の気に欠けとるとか、文句をさんざん言われた揚句、無理してあんなに胸を反らすようになったのだろう。だからその姿勢は、どこか不自然な感じがする。あの反らした胸を支えているのは、二見の背骨ではなくて、あいつの張りつめた神経だったんだ。撫で肩の上に首を正しく保ち、唇を嚙みしめるようにむすんで、眼をまっすぐむけて歩く。視線はまっすぐ前方をむいているが、いつも弱々しく怯えたような眼色だった。なにかを必死に守ろうとしているような。

たとえば二見の歩き方だ。これが特務士官やまた時には兵士たちの、憫笑のまとになっていたんだが、両足を前にふり出すようにして、勢いよくバタバタとあるく。まるで操り人形のように、両手を正しく振って、調子をつけたようにバタバタとすすんでゆく。二見の顔はしごく真面目で、綿密に配慮された努力感が、線のほそい感じの顔をどこか力ませているのだ。そして敬礼したり答礼したりするときは、足の踏み出しに合せて、右掌をひょいと顔にあげるのだが、紐で連結された操り人形にそっくりだ。うまくはずいみがついている。それがひどく滑稽な感じなんだ。

こんなこともあるだろう。たとえばマネキン人形に、本物の毛を植えたり皮膚の色を本物らしくすればするほど、本物の人間の印象からますます離れてグロテスクになってゆくだろう。二見少尉の場合も、ちょっとそれと似ている。操典にあるような言葉だけで言えば、二見の挙止動作は、一点の非のうちどころがないんだ。ちゃんと胸は張っているし、両手は正しくふっているし、敬礼も初年兵のように規格が正しいし、どこと言ってくずれたところがないのだ。それだからこそ決定的に変なんだ。すぐ感じとして胸にくる。二見に答礼させて見たいばかりに、意地のわるい下士官などが、廻り道までして敬礼したもんだ。足に合せてひょいと掌をあげて、二見はそれに答礼する。そして足に合せてひょいと掌をおろす。弱々しい顔の表情をへんに力ませて。

もちろん二見は、そついらがその為に敬礼していることも、ちゃんと知っていたのだろう。しかし二見にとっては、こんな姿勢動作を保つのがせい一ぱいなので、他の士官のように慣れてくずれる訳にゆかなかったんだ。くずれて自分の生地を出せば、ほんとに軍人らしくなくなることを、彼は一年あまりの軍隊生活で骨の髄まで知っていたんだ。はずみをつけねば正当な敬礼もできないとすれば、誰だってこれ以外にはできないだろう。笑われたって、それでやり通す他はないだろう。あれほど運動神経の欠除した二見が、士官としての自分を保つのに費やした神経の量を思うと、おれはいつも暗然となる。

あいつは軍隊の一年間に、ふつうの二十年分ほども生きたのだ、士官教育のときから一緒だったから、おれは二見がそうなるまでの経過をよく知っている。あいつほどヘマをやり、そして叱られた同期生はいやしない。そしてあいつほどむきになって、自分を軍隊式にねじまげようとした男は。

しかしその努力が、さっきも言ったように、彼には正反対の結果としてあらわれてくることが多かったのだ。たとえばあまりの緊張のあまり、「かしら右」と言うところを「右へならえ!」と叫んでみたりするのだ。そして隊長から眼玉の飛びでるほど叱られたり、下士官兵の笑いを買ったりするのだ。仕事の上でも、そんなヘマをしばしばやるから、兵曹長などがやってきて、ツケツケと文句を言ったりする。そうすると二見は、直立不動の姿勢でその文句を聞くのだ。そうするのが当然の義務のような、緊張した表情で。少尉の二見が、兵曹長の前でだよ。おそらく兵隊が文句をつけにきても、二見はえなりシステムなりを、もちろんあいつはよく知っていたにちがいないが、自分のそとのものとしか感じられなかったんだ。自分をその中に正しく置くということが出来なかったのだ。あいつにとって軍隊という世界は、あいつに服従を強要する重圧としてのみあったんだ。だから二見が軍人らしくありたいという努力は、ふつうの者がそう思うのと違うのだ。この世界に自分がぜんぜん適さないことを知っていて、そのマイナスから来る屈辱を、どうにか糊塗して行きたかったのだ。二見というのはそんな男だったんだ。悪い方でだめだったことを、あいつは病的におそれた。屈辱にたいして、あいつは病的な敏感さをもっていたんだ。

たとえば号令のかけちがいをやったような場合、彼はいきなり真蒼になる。まるで盗み食いを見つけられた幼児の顔にそっくりなんだ。周囲の声なき嘲笑をかんじるから、自分も照れかくしに笑おうとするんだが、それも出来ないのだ。頬がかたく痙攣するだけだ。そんなときのあいつの表情を、おれは今でも忘れることができない。あいつはぶるぶる慄えながら、屈辱にまみれた時間が早く流れ去ってしまうのを待っているんだ。どうも海軍というところは不思議なところで、一旦あの世界に入ってしまうと、他人の失敗を同情したり弁護したりする神経がだんだんすりへって、それをとがめたり嘲笑したりする気分の方が強くなってくるもんだ。おれだってそうだ。あんなに団結ということが必要な軍隊で、この現象は何だったのだろう。そしてその中で、二見少尉のような男がどんな位置におかれるか、言わないでも判るだろうな。

二見の運動神経のなさについて、おれはさっきも言ったが、海軍には海軍体操というのがあるんだ。ちょっと複雑な体操だが、それでもそんなむずかしいもんじゃない。慣れりゃ誰だってできるんだ。この体操を二見は最後までできなかったのだ。あいつに出来るのは「遊動振」ぐらいなもので、「遊動振手ヲ前ヨリ廻シ横デ止メ体ノ前屈身四回宛」などかけられると、どうしていいのか判らないのだ。いや、判っていても、身体がうまく動いてくれない風なのだ。士官ともなれば時には台上にたって、号令をかけて体操やらねばならんのだが、この部隊でも、あいつはこれだけはとうとうやらずに頑張り通した。ちゃんと自分で知っていたんだ。意地のわるい特務士官らが、二見を台上に立たせようと強要したりはしたけれども。

この部隊は海岸にあった。内地は内地だったが、沖縄が陥ちてからは、グラマンなどが毎日のようにやってくるので、崖の腹にいくつも洞窟をうがって、その中で将兵とも生活していた訳だ。いずれ本土上陸ということになれば、さしずめここらが真先に戦場となるわけだった。しかし洞窟生活は憂鬱だったな。湿気は多いし、ことに七八月ともなれば手荒くむし暑いしさ。一日中気がいらいらして、落着かない。頭をぐっと押しつけられているような気がする。士官室にいても（もちろん洞窟のなかの）ふつうの話し声も険を帯びてきて、時には罪もない従兵がひっぱたかれたりするんだ。こういう気分になると、人間は自分のこと以外はあまり考えなくなるようだな。自分を他人とむすびつけているものが、なにか贋物みたいに見えてくるんだ。この部隊で、おれたちはこんな具合にくらしていた。いつ敵が上陸して、ここが戦場になるのかなどと、考えてみたり、忘れようとしてみたりしながら。

しかしあそこは、夕焼がひどくきれいな海岸だったなあ。夕食がすむとおれはときどき海岸に出て、夕焼をながめたりしたもんだ。空の央ばをおおう、言いようもなく微妙で華麗な色の饗宴が、海に照り映えて、すこしずつ色合いをかえてゆく。それを眺めていると、自分がどこからか脱けだして、遥かな遠いところへ行くような気がするんだ。しかしその時間も、十分間ぐらいなものだ。夕焼が灰色に沈んでしまうと、狐がおちたような気分になって、おれは洞窟の方に戻って行ったもんだが。

二見が応召する前、趣味で童話をかいていたということを、おれにもらしたのも、そんな夕焼の海岸でだった。二見も夕焼をながめに出てきたのかどうか、おれは知らない。海岸で何となく一緒になって、夕焼を見ながら、ちょっと立話をしたんだ。ふだん二見は、士官室でもあまり口を利かず、黙りこくっていたような男だったから、そんな自分の思い出を話す気になったのも、ふと夕焼の魔術にかかったのかも知れない。その日も南の方にむくむくと積乱雲が立っていて、それが夕焼にあかく染っていたのだ。二見の弱々しく澄んだ眼にも、その色がうつっていた。

「あんな雲を見ると、おれもも一度童話をかいてみたい気持になるんだ」

二見はつぶやくようにそう言った。そしてあわてたように視線をもどして、妙な笑いを浮べたのだ。そしてつけたすように、また呟いた。

「もちろん、もう書けもしないけれども」

「帰りたいだろうな。お前も」

何という気持でもなく、おれはそう答えた。すると二見はぎょっとしたように身体を硬くしたようだった。でもあいつは何も言わず、直ぐ視線を外らして、またしばらく夕焼の方をながめていた。夕焼雲はなにか動物の背中みたいにまるくふくれ上っていた。二見の姿は立ったまま「休め」の形をしているんだが、こんなときでも規定通り両掌を両ももにあてていた。夕焼を背にしてその姿は黒く浮きあがり、撫で肩の不均勢な輪郭が、ふとおれの眼に灼きついた。それは言いようもなく孤独の感じだった。そのままの姿勢で、二見は低い声で言った。

「敵さん、はやくのぼって来ないかな。待ち遠しいよ」

「いさましく斬死にするつもりかい」

「いや」二見は頭を反らして惨めな感じの笑い方をした。「面白いだろうと思ってよ」おれは二見の笑いをあまり見たことがなかったから、変な感じがした。その笑いは妙に年齢の差というものをおれに感じさせた。いつもは力んでいるくせにヘマばかりやる同年者の感じだったが、その時だけは、異質の場所にいる二見という人間をおれは感じたんだ。それが本当はあたり前の感じなんだが、軍隊にいるとそんな神経は鈍くなってしまうもんだ。夕焼が終ると、あいつはその笑いを頰から消して、だまっておれから離れ、唇を嚙みしめるように結んで、れいのバタバタした歩き方で洞窟へ戻って行った。何でもないことだが、この夕方のことだけは、ふしぎにおれの記憶につよく残っている。

思えばあいつと二人だけで、軍務以外の話をしたのも、この時だけだったせいなんだろう。またいつもギクシャク張りつめて、生地をかくしているあいつの、素顔をふとのぞいた気がしたためかも知れない。それもしかし、おれの夕焼の感傷だったのかも判らないのだが。

それから十日ほども経った頃かしら。突然戦争が終ったのは。

正午のラジオの天皇の声は、があがあ割れるばかりでうまく聞きとれなかったが、通信士がその軍用電報の写しをもって士官室に知らせにきた時は、おれたちはそれぞれ烈しい衝動をうけた。そこに居合せたものは皆、しばらくしんとなった。あんな張りつめた沈黙にあうことは、生涯にも屢々はないことだろうな。今思うとその衝動も、各人によって少しずつ異っていただろうが、おれはと言えば、強い風に逆らって歩いていて、いきなりぱたっと風が止み、肩すかしを食ってよろめくような、そしておそろしく不安定な気持がした。そしてその瞬間がすぎると、自分を押えつけていたものがすべて、こなごなに砕け散った解放感が、やがておれにも起ってきた。その感じが途方もなく拡がってゆくもんだから、おれ自身がそれについてふくれ上ってゆくのに、足もとのふらつくような不安な感じが、突然おれをしめつけてきた。そして軍隊ですごした一年余の歳月が、おそろしく長い時間としておれに感じられてきた。そんな風な沈黙が、一分間もつづいた。そうしておれの横にいたあのちょび鬚を立てた特務中尉の声で、「そうすると、敗けたというんか。ええ。この日本がよ」

通信士が下手くそな字の電報写しを、ふわりと卓に投げてよこした。その横を、洞窟の壁に身体をすらせながら、二見が士官室をでて行くところだった。両手を正しく振ったいつもの歩き方だった。しかし唇をいつもよりぎゅっと固く噛んで、何だか歪(ゆが)んだような表情に見えたが、バタバタという跫音(あしおと)をのこして、二見はだまって室を出て行った。あいつの歩き方はただひとつの型しかないので、表情というものが全然ないんだ。だから後姿をみると、まるで二見が平気であるいているように見えた。

「へっ。あたり前みたいな面(つら)してやがる」

その後姿をみながら、掌気象長か誰かが、はきだすように呟いた。そしてばらばらとそれに誘われるように立ち上るのもいたし、卓に倚(よ)ってじっと眼を閉じているものもいた。立ち上ったものも、自分が何のために立ち上ったか、はっきりしたあては無かっただろうし、眼を閉じていたものも何を考えているか、自分でつかめなかったのだろうと思う。

しかし人間というものは現金なもんだな。それから三日も経つと、部隊解散の用意だというんで、部隊中はおそろしく生き生きと活気づいていた。ここの隊長というのが、横柄な顔をしているくせに気の小さい男で、早いとこ解散しないと危いと速断したのだろう。三日目頃には、部隊全体ががたがたにゆるんだところでざわめき立った感じだった。

主計科では取り分だけ取ると、あとはどっと物資を放出したから、一日中、何分隊缶詰とりに来たれ、とか略靴分配するから代表者来たれ、とか、次から次へ叫び声が伝達され、それに応じて人が動き、何しろ大騒ぎさ。洞窟の通路は兵の居住区をもかねているのだが、そこでは分配された物資を衣嚢につめたり出したり、なるたけ余計もってゆこうというので、キャンバスをもってきて新しく衣嚢をつくってる奴もいるしさ。日課も何もなくなって、雑然たる集団になってしまった。士官や下士官もそれを統率するめどを失って、やはり自分の取り前を確保することだけで日が終ってしまうのだ。あんな時の心理状態はとくべつだろうな。今から先の生活はどうなるか判らないのに、とにかく持てるだけ持とうというので、何に使うつもりか、通信用の発電機を荷づくりしている下士官もいるしさ。組織というものがなくなると、人間と人間を結びつけるものは何もなくなってしまったんだ。皆自分のことだけで手いっぱいで、他のことなどには無関心なふうだった。

おれはといえば、段々自分をとりもどしてきて、配給された物資を整理したり、海岸に出て海を眺めたり、一日ぼんやりそんなことさ。戦争に敗けたということが、まだはっきり頭に落着かず、また船便があり次第、対岸へわたって故郷にかえるということが、いっこう現実感がなかった。だからと言って今の雑然たる状態が、いやだとも快いとも感じなかった。なにか隔てたように、ぼんやりしていた。おれもやはり、まだ少しうわずっていた訳だろう。

二見少尉の様子がどうも変だ、と二見の従兵がおれのところに来たのは、たしか三日目のことだったと思う。どうしたんだと聞いたら、従兵はすこし気味悪そうな顔をして、どうということはないが何となく変だ、と答えた。

「あの日からほとんどお眠りにならないのです」

今日も昨日も、二見少尉は一日中、例のバタバタバタの歩き方で、洞窟のなかや海岸をあるき廻っていた。それはおれも見ていたんだ。あいつの歩き方は遠くから見てもすぐ判るから、おれも気がついていた訳だ。奴さんも喜んでるだろうなと、その度ふと頭をかすめるだけで、とくべつに気にも止めなかった。だっておれもおれのことで一ぱいだったし、組織が解体すれば皆一律に同じ状態になったわけだから、特別に二見に関心をはらうわけもなかったのだ。しかし従兵からそんな話をきくと、おれは直ぐ、敗戦の日に士官室から出て行くときの二見の顔を思い出した。それは何かを懸命に怺えているような、歪んだ顔付だった。しかしあの時は、皆おなじような顔付をしていたのかも知れないのだが。

二見の居室は洞窟を横に掘りこんだ袋小路みたいな場所だった。従兵に案内されてそこに入ると、二見は粗末な椅子に腰かけて、腕組みをしていた。あたりはきちんと片付いていて、他の居住区のように雑然としたところは全然なかった。おれが驚かされたのは、二見の顔がげっそり衰えていることだった。おれを見上げた二見の眼は、いつもの弱々しく怯えた感じではなくて、何か灼けつくようなするどい眼の色をしていた。

「わかったぞ。おい。わかったぞ」

おれの顔を見るなり、二見がそう言った。語調はしっかりしていて乱れている風はなかった。

「何がわかったんだい」

しかし二見は返答しないで、とつぜん立ち上ると、胸を反らせて部屋のなかを歩きだした。頬になにか気味わるい笑いの影をうかべているようだった。そしておれにあいさつもせず、ふいに出口から通路の方に出て行った。追っかけようとしておれは踏みとどまった。そして心配そうな顔をしている若い従兵をつかまえて、いろいろ様子を聞いた。それによると、二見はあの終戦の夜、頭をかかえて椅子にかけたり、部屋をぐるぐる歩き廻ったりして、一睡もしなかったということだった。その翌日から、すこし変だと思ったら、突然にこにこと笑いだしたり、分配の物資をもって行っても、相手にせず、部屋にいるかと思うと、もう通路の方に出て行くという風らしかった。話をきくまでもなく、ある錯乱が二見の上におちているのは明瞭だった。何か変ったことが起きたら知らせに来い、と言いおいて、おれは士官室に戻ってきた。一時的なものだろうと思ったが、それにしても暗い影がおれの心にさした。看護科に連絡するとしても、こんなごった返しで、ろくな診察もして呉れないだろう。わかったぞ、とあいつは言ったが、ほんとに何が判ったのだろう。そして一時的なものにせよ、何故あんな錯乱にあいつがおちたのかと考えると、あの一年あまりの二見の軍人生活が、ばらばらな印象としてではなく、身近なものとして弾くようにおれを貫いてきた。士官教育のときから同じ分隊で、偶然にも一緒にここにやって来たわけだが、その時はヘマな奴と一緒じゃ辛いな、と考えたくらいなもんで、別に親近を感じるほどでもなかった。狂ったということで、あいつが一挙におれに近づいたことが、おれにはなにか耐え難い気がした。二見の変調がまだ他の士官に知られていないらしいのは、みんなが自分自分でいっぱいだからで、そしてそれを知っているのがおれだけだという気持が、おれに重苦しくかかってきた。出来るだけはらいのけようと、おれは努めていたのだけれども。

翌日も騒然たる朝から始まった。二見少尉は朝早くから部屋を出ては、あちこちをしきりに歩き廻るらしかった。頰は蒼白く肉が落ちたくせに、歩きぶりはますます勢をつけ、調子正しく両手を振って、バタバタバタと靴をふみならして歩いた。時々立ちどまって衣嚢をつめこむ兵をじっと眺めたり、呼びとめて何か質問して、その答えを手帳に書きこんだりしているようだった。昨夜もほとんど眠らないらしく、眼が充血して、その中から黒瞳がきらきらと光っていた。もう誰が見ても、二見の様子は常態ではなかった。すれちがってもこちらを認めない風で、なにかひやりとするような感じを身体中から発散させていた。

「あいつはすこし変だぜ。どうしたんだ」

あの特務中尉がちょび鬚の辺を手巾でふきふき、士官室に入ってきながらそう言った。

「二見少尉よ。暑いんで逆上したんか」

そのとき士官室のすみで考えごとをしていたおれは、その言葉で急に心配になって、駆られるように通路へとびだした。通路を探しながらとおり抜け、表に出た。そこでばったりと二見に出会ったんだ。二見はぐっと胸を反らし、ほとんど大袈裟に見えるほど、両手を交互に勢よく振りながら、調子をつけて歩いているところだった。

「二見。どうしたんだ」

おれは呼びとめた。すこし呼吸をはずませながら。二見は立ち止っておれを見たが、じっと見ているだけで、暫く何も言わなかった。そして突然手をのばしておれの腕をつかんだ。

「赤い駱駝だ」

静かで確かな声であいつはそう言った。あいつの眼は瞳孔が無気味にひろがって、おれの肩越しに何かを見詰めているんだ。ぞっとしておれは振りかえった。それは夕焼の時刻だった。水平線から紅色の夕焼が立ちのぼり、それが海面にうつって朱を流したようだった。積乱雲が層をなして南の方に連なって、そこも薄紅色に美しく染っていた。

あいつの眼はそれを見ていたんだ。それは見ようによっては、駱駝の背中に似ていないことはなかった。おれは二見が、あんな雲を見ていると童話をかきたくなると言ったことを、その時微かな戦慄とともに思い出した。

おれはそれから引っぱるようにして、二見を看護科へ連れて行った。看護兵らが薬品類を衣嚢にぎしぎしつめこんでいる中を、おれたちは入って行った。空箱や薬瓶が散乱して足のふみ場もなかった。

しかしこんな状態では、はっきりした診断が出来るわけもなかった。軍医長の心も浮足立っていたし、患者よりも薬品の処理の方に心をうばわれている風なんで、結局鎮静剤を呉れただけで、便(びん)がありしだい故郷に帰すがよかろうと言うだけだった。それからまた二見をひっぱって、あいつの居室へひっぱって行こうとしたら、あいつは何を思ったのか、かなり烈しく抵抗した。しかし部屋まで連れてくると、あいつは急におとなしくなった。そして椅子にかけて、従兵がもってきた水でだまって鎮静剤をのんだ。おれも椅子にかけてあいつの顔をながめていると、あいつはゆっくり立ち上って、おれの前に立ちふさがった。

「貴様。まだ何かかくしてるな」

二見は低いしゃがれた声でそう言った。視線は定まらぬように動揺しているが、眉はくらく翳(かげ)っていた。

「何もかくしていない」

逆らわないように、おとなしくおれは答えた。すると二見はうなずいて、部屋のすみにゆき、寝台の縁に腰をおろして、頭をかかえた。暫くそれを見とどけて、おれは自分の居室にもどってきた。

翌日の暁方、おれは二見の従兵に烈しくゆり起されたんだ。おれはぎょっとして眼覚めた。

「出撃の時刻はいつか、そう聞いてこいと、しつこく言われますので――」

「出撃？」

おれはなにか不吉なものを感じて起き直った。そして急いで服をつけた。

「二見は昨夜ねむったのか？」

「あの薬はあまり利かなかったようです」

人気のない暗い通路をおれたちは急いだ。しかしそれは間に合わなかったんだ。二見は卓でうつぶせになって、そこら中血だらけになっていた。短剣が床におちていて、傷は咽喉のところだった。まだ呼吸がわずか残っているようにも思えたが、軍医長がきたときは、すっかりことされていた。

その日の昼すぎ、二見の死体は埋められた。それを命ぜられた二三のものをのぞいて、たれも二見の死には冷淡だった。船使がやってきたからだ。埋め終ったころ、最初の大発が海岸から出発した。おれたちは二見を埋めた丘の上から、それを眺めていた。大発のなかの兵たちは、こちらに向ってもしきりに手を振った。

二見の話はこれでおしまいよ。

二見の遺品も全部処分したが、手帳だけはおれがあずかった。この手帳には、住所書きとかいろいろ文字が書いてあって、後になるほど乱れて判読できなくなっている。錯乱して後の手蹟だろう。まだ正気のときらしい文字のなかに、「赤い駱駝」という四字が一頁に書かれてある。今思うんだが、ひょっとするとあいつは、そんな童話を書こうと思いついて、心覚えに書きとめておいたのかも知れない。それも敗戦前のことか、敗戦後のことかは判らない。しかしこの言葉はいずれにしても、奇妙にあの夕焼をあざやかにおれの胸に再現させる。そしてそこに立っていた黒い二見の姿を。撫で肩の、手足がすこし長い、関節のぬけたような、不具めいた孤独者のすがたを。

張りつめた弦は、僅かの刺戟ですぐに断ち切れてしまう。おそらく二見の張りつめた神経も、そんな具合に狂ったのだろう。潜水艦乗りが、待ちのぞんだ新しい空気をも、咽喉や肺が受けつけず、烈しく嘔吐(おうと)をもよおすように、二見の心も、いきなり降ってきた自由には耐えきれなかったのだろう。その二つの世界の落差は、今ここで想像してみても、やはり慄然とするものがあるようだ。

手

立原正秋

■立原正秋　たちはらまさあき　大正一五年（一九二六）～昭和五五年（一九八〇）

大韓民国生れ。十二歳のときに渡日。「薪能」（昭三九）、「剣ヶ崎」（昭四〇）で芥川賞候補になったが、昭和四一年、「白い罌粟」で直木賞受賞。純文学と大衆文学を書き分けることを実践した。また、「早稲田文学」の編集長を務めるなど編集者として作家や評論家を世に送り出した。「冬の旅」（昭四四）、「夏の光」（昭四五）など。「手」は昭和三八年「芸術生活」に発表された。

どうしてこんなことになったのかぼくにはわからない。その日のことをはじめから反芻してみるが、ある個所でなにかがおぼろになり、それから先のことがどうしてもわからない。ぼくは駅にむかう車のなかで、製材工場にはいったときからのことをおもいかえしてみた。

製材工場にはいったとき、あれがいちばん大きい一号鋸です、と技師がゆびさしながら言ったのをはっきりおぼえている。

「ずいぶん大きなものですね」

とぼくは言った。

「鋸の大きさは一号から七号までありますが、あの一号鋸を使うことはめったにありませんね。だいたい二号か三号で間にあうものですから」

工場のなかは、材木を挽く電気鋸の音で充たされ、技師もぼくも大きい声で話しあった。電気鋸は九台あった。一号から四号までが各一台、五号と六号が各二台、七号が一台あった。一号と二号のほかはみんな動いていた。円盤の鋸は中軸の心棒が台の両面の下側に固定してあり、鋸は台の上に半分ででていた。

技師とぼくは四号台の横でたちどまり、二人の男が材木を挽いているのをみた。男の一人が回転している鋸にむかって材木を押して行き、鋸のちょっと手前で呼吸(いき)をとめ、それから静かに材木を押した。材木は右側から挽くらしく、鋸にむかった材木は左側が余分にあった。ピュウンと音がし、杉の丸太は鋭利な切口をみせて割(さ)かれていった。反対側に立っている男が、割かれてきた木を押さえ、うしろに引いて行った。挽かれてうすい板になった材木は片側におかれ、左側の材木は再びはじめの男に戻され、そして同じように挽かれていた。

「こわいですね。あれで手を挽かれることはないんですか?」

「よくありますよ。右手の五本の指先を切りおとされた男がいるんです」

技師は答えた。

それから技師とぼくはこんどは三号台の横に行った。そこでは欅(けやき)を挽いていた。四号台では杉を挽いており、挽く速度がはやかったが、三号台では速度がおそかった。木質が固いからだ、と技師が説明した。

「こっちの方が鋸が大きいのに、むこうの四号の方が、なにかこわい感じがしますね」

「それは速度のせいでしょう。例えばここで杉を挽くと、もっとはやく挽け、こわさは四号以上です」

技師は説明した。

しかしいずれにしても、鋸をみつめているとこわかった。こちらから材木を押している男は、押しおわるところで手をすいこまれはしないかという気がした。鋸に手をすいこまれる物理的な作用より、すいこまれて行きそうな感覚がこちらにないか、とぼくは技師に訊いた。

「さあ、それはどうでしょうか」

技師は首をかしげた。

「例えば駅のホームに立っているとき、電車が進行してきますね。こちらは死ぬ意志はすこしもないのに、線路をみつめているうちに、ふっと飛びこみたくなるあの感覚、それと同じことがここにはないでしょうか？」

「それはあるかもわかりません。しかし、じっさいに木を挽いている者は、そんなことは感じないでしょう。むしろ、そばで眺めている者の方が、それを感じることはあるでしょうが」

三号台の東側に二号台があり、そのむこうに一号台があったが、二台とも鋸は冷たいひかりをみせて静止していた。

東京のある出版社の編集部から製材所のルポルタージュを依頼されたとき、ぼくは、ニュース性もないそんな記事を雑誌にのせてどうするつもりだろう、と思いながら、この地方にきた。はじめは、材木のことだから深川の木場だと思っていたら、そうではなく、熊野灘の新宮だった。正確な記事を期するために、新宮から熊野、十津川をさかのぼらねばならなかった。編集部が、新宮市で最初に訪ねるようにと指定した人は、一人の〈センバ師〉だった。材木を商うのを〈センバする〉といい、材木業者をセンバ師とよんでいた。そのセンバ師の製材工場でことはおきたのである。したがってぼくは十津川をさかのぼることができなかった。あのとき、まず十津川をさかのぼり、製材所をあとまわしにしたらどうなっていただろう、と考えてみたが、そこのところはよくわからなかった。ぼくはいま、あのとき静止していた一号鋸が、動いている鋸より兇暴な感じがしたことをおもいだすことができる。

ぼくは一号台の鋸の歯に手をふれてみた。夏だというのに鋸はひんやりと冷たく、金属の硬さがこちらの心に伝ってきた。ぼくは、父が秘蔵していたいくふりかの日本刀をおもいだし、刀の硬さ、冷たさと、いま目の前にある機械のそれとを比べてみた。刀にはなにか温かみがあったように記憶していた。

「非常な冷たさを感じますが」

そしてぼくは、刀のことを話した。

「そうですね、冷たいというより、明晰さをお感じになりませんか」

技師は言った。

刀の鋭さにはやはり温かみがあったが、いや、手挽きの鋸にも、こちらの感情が通いあえる気がしたが、この電気鋸の歯からはそんなものは感じなかった。ぼくは、一号鋸の直径がどれほどかと技師に訊いた。二メートルだと技師が答えた。

「これが回転している様子は、ちょっとすごいでしょうね」

「まわしてみましょうか」

技師は気軽に言うと、台のむこうがわへまわり、スイッチを押した。すると、ちょうど扇風機がまわりはじめるような状態で歯がまわりはじめ、やがて速度を増し、きれいな線をえがいてみせた。

ぼくはそばによってみた。

「危いですから、あまり近くにはおよりにならないでください」

むこうがわから技師が言った。

このときぼくのなかでは、その回転している鋸にすいこまれて行きそうな感覚はおきていなかった。どうしてそうなったのかは、いまだにわからない。鋸が回転していることを知っていたから、さっき鋸に手をふれてみてその硬さ冷たさをたしかめた、と同じ行為をくりかえした、という事実はない。とにかく気がついたときには、むこうがわで技師がさけんでおり、ぼくは左手を手首から切りとられていた。ぼくは手を切りとられてからもしばらく立っていた。技師の大きく見開かれた目と、技師のすぐ前に落ちている手をみた。ふしぎなことだが、その切りおとされた手が自分の左手だと気づくまでには数秒あった。ぼくは自分の左腕をみた。鮮やかに切口に白い骨がみえ、血管からは血がふきだしていた。ぼくはもういちどむこうがわの台の上にころがっている手をみた。まだ指が動いていた。ぼくがおぼえているのはここまでである。そして記憶をとり戻したのは病院のベッドの上だった。

ベッドのわきでは、技師と警官が二人、椅子にかけていた。ぼくはどういうわけか三人をみて笑った。

「はやく意識をとり戻してよかったですね」

技師が言った。

ぼくは目を閉じ、どうしたんだろう、と考え、ああ、左手を切りおとされたんだな、と知った。後頭部が痛かった。再び目をさましたら、医者と看護婦が部屋にはいってきた。技師が麻酔のことで看護婦にきいていた。切れるのは夜だから、そのときもう一本うちます、と看護婦が答えていた。できれは本人に訊くのは明日にした方がいい、と医者が警官に言っていた。ぼくはなにか空虚さを感じ、ぼんやりそれらの人達を眺めあげていた。左手がない、という意識ははっきりしていた。

「いったい、どうしたんですか？」

ぼくは技師をみあげて訊いた。

「ここへつくまで出血がひどかったので、輸血をしたんです」

技師が答えた。

「いえ、おまわりさんのことです」

「ああ、こんな場合は事故を調べにくるものなんです。しかしそれは明日にしてもらいます。だいたいのことは、さっき私が話しましたから」

すると警官の一人が、どうしてこうなったのか、と言った。わからない、とぼくは答えた。これはあなたの不注意からか、ともう一人の警官が言った。そうだ、とぼくが答えると、では明日もういちどくるが、あの手をどうするか、と言った。ぼくは意味がのみこめず、彼の顔をみあげていた。にんげんの手だから、と彼は言った。ぼくはやはり意味がわからず、だまっていた。すると医者がよってきた。

「例え手一つでも火葬にしなければなりませんからね。それとも、もし病院に標本として寄付されるんでしたら、そのように手続きをとらせてもらいますが」

医者が言った。

「元通りにつながりませんか」

ぼくは質問をしてから、間抜けたことを訊いたと思った。

「お気の毒ですが、それは……」

「では、とにかく、標本にしてください。病院に寄付するかどうかは後できめます」

それからぼくは疲れを感じ、目を閉じた。

あくる朝、ぼくは、かすかな痛みとともに目をさました。そばには技師と看護婦がいた。

「よくおやすみになれたようですね。こんなときは、たいがい、一晩中うなるものですが」

看護婦が言った。彼女は下の前歯の一本が銀歯だった。もうそう若くはなかったが、いい腰をしていた。技師が、自分の不注意でこうなって申訳ない、と言った。ぼくは、そんなことはない、と答え、もういちど看護婦の腰をみて、この腰ならいちど寝てみてもいいと思った。それからぼくは手のことをきいた。

「処置をして、アルコールに漬けてあります」

看護婦が答えた。

「みせてもらえますか」

「いまはごらんにならない方がいいと思いますが」

「では後でみましょう」

それから三日して、ぼくにルポタージュを依頼した編集部の友人がきてくれ、気の毒なことになったが、しかし妙なルポだったな、と言った。彼はぼくをなぐさめてくれたが、ぼくはどうしたわけか、片手をうしなったのを哀しいとは感じなかった。

「しかし右手でなくてよかった」

友人が言った。

「どっちだって同じことさ。じつは、左手をうしなったことが、まだ実感として迫ってこないんだ」

友人は、費用は社がもつから、と言いのこしてその日のうちにひきあげて行った。

アルコールづけの手は病院には寄付しないことにし、入院して十日たった日の午後、ぼくは医者にそれを伝え、手を病室に運んでもらった。

手は透明なガラス壜にはいっており、手首を底にむけてたててあった。すこし皺ができており、紫色に変っていた。右手とくらべてみたら、すこし小さくなった感じがした。そして五本の指は自然な状態でまがっていた。

「おもち帰りになるんですか？」

看護婦が訊いた。

「そうします。死んだとき、いっしょに火葬にしてもらいます」

「でも、すこし妙ですね。わたし、こんな標本なら、いままでたくさんみてきましたが、自分の手の標本をこれから生涯眺めてくらすとなると、すこし妙な感じがしないかしら」

「そうかもしれませんね」

それからぼくは窓ごしの夏空をみあげ、片手がなくともセックスはできるか、と訊いた。しばらく返事はなかった。片手をなくしてしまうなんて奇妙な夏だった、とぼくが速い雲足をみあげていると、どうしてそんなことをおききになりますの？　と背後で看護婦が言った。

「なんとなく、できないような気がしているんです」

ぼくはふりかえって看護婦をみて言った。彼女は目を伏せ、それは大丈夫だと思います、と答えた。それから部屋をでて行った。

そしてあくる日から看護婦が代った。その看護婦は前の看護婦よりすこし若く美人だったが、みだらな目をしていた。

製材工場の技師は一日一回は必ずきた。

「もと通りのお気持というか、そんな感情になれそうですか？」

彼は訊いた。心根のやさしい男らしかった。彼は電気鋸のスイッチをいれたことをかなり悔んでいた。

「大丈夫です」

「ほんとにお家にお知らせしなくともいいんですか？」

「いいです。おふくろを嘆かせるのは一日でもおそい方がいいですから。壜づめの土産物は、持ちかえっても当分はおふくろにはみせないつもりです」

「なにかお役にたつことがありましたら、御遠慮なくおっしゃってください」

「ありがとう。しかしなんとかうまく行っているようですから。昨日、雑誌社から金がつきましたのでここの支払はすませました。医者はもう三日寝ていろと言っていましたが。そうそう、もしおねがいできたら、ここをひきあげるときに、もういちどあの電気鋸をみたいですね」

技師はしばらく考えていたが、いいでしょう、と言った。

この日、技師が帰ってから、ぼくは改めてベッドの枕もとにおいてある壜づめの手を眺めた。このときはじめて、かたわになった、という実感がわいてきた。

あくる日もぼくは壜をながめてくらした。人差指には二か月前に受けた疵痕（きずあと）があり、それはそのままのこっていた。そこにもう一人の自分がいた。それはもう生命を失って一個の物質と化しているわけだったが、壜からとりだして腕につなげたら、確実につながりそうな気がした。

「おまえは俺の左手だ」

とぼくは声にだして言ってみた。すると壜のなかの手がすこし動いた。その手が最後に動いたのをみたのは、製材工場でぼくの腕からはなれた直後だったが、しかしいまその手は動いていた。ぼくは、その手を壜からとりだして手首につなげる想像をしてみた。右手で左手をもち、手首に近づける。すると、紫色の手に赤味がさし、切口をあわせると、やがて血が通い五本の指が動く。

「おまえは俺の左手だ」

ぼくはもういちど言った。手は動かず、アルコールのなかでひっそりたたずんでいた。ぼくはそのたたずまいに孤独と永遠をみた。奇妙なさびしさがぼくのなかを領してきた。ぼくは夜も目がさめると自分の分身にむかって語りかけた。そこには自分の左手があった。かつてこれほど手を眺めたことはなかった。ぼくには右手はわからなかったが、左手はわかった。それは過去の記憶につながっていた。右手がどんな働きをしたか、はっきりおもいだせるものはなかった。子供の頃から鉛筆をにぎり字を書いてきたくらいのことしかおもいだせなかった。だが左手には確実で明晰なおもいでがのこっていた。左ききで、ボールを投げたこと、鋏(はさみ)をつかったこと、ナイフで鉛筆をけずったこと、けんかで相手をなぐるのに左手がさきにでたこと、それから、人差指が幾人かの女のからだをおぼえていた。女の肌にふれたときの感覚が、アルコール壜のなかの左手の人差指から空間を通じてぼくの頭によみがえり、そのときの女の表情が目の前に再現された。それは遠い世界ではなかった。片手をうしなってもセックスはできるか、と看護婦にきいたのは、このせいだった、とぼくは考えた。

「おまえが俺から別れて行ったときのことを、俺はよくおぼえていない。いや、おぼえていないというより、どうして別れて行ったのかを知らないのだ。だがいまとなってはそれはもう訊かないとしよう。俺はいつでも壜を透しておまえがおぼえている感覚をよみがえらせ、おまえと語りあえるから」

退院を明日にひかえた日の午後、ぼくは風呂にいれてもらい、はじめて手首の切口をみた。ぼくは鋭利な切口を想像していたが、そこは丸くなり、新しいやわらかい皮膚ができていた。改めて左手をうしなった実感が迫ってきた。ぼくは風呂からあがると、製材工場にでかけた。ぼくはそこであの一号台の鋸と再会したが、彼は非情な姿で静止していた。その姿は兇暴で明晰だった。

病院に戻ったら、調子はどうか、と医者からきかれた。

「いいようです」

「やはりあれはおもち帰りになりますか？」

「そうします。いっしょにくらすことにします。そうするには、なにか特別の手続とか許可が要りますか？」

「そうですね。お帰りになられたら、いちおう、警察に届けでることですね。もちろん当院からは、あなたの手だという証明書をさしあげますが。しかし、奇妙な気持がしませんか」

「特別にそんな感じはしませんが。しかし右手よりは優秀な手だったのです」

「左ききだったのですか」

「そうでした」

「そのうちに慣れてきますよ」

夕方、食事が済んでからしばらくたち、以前の看護婦がはいってきた。私服だった。

「いかが。明日は退院ですのね」

彼女は微笑しながらベッドのわきの椅子にかけた。白いシャークスキンの服がよく似合い、美人にみえた。

「いいようです」

「あのことはどうしましたの」

「まだ機会にめぐまれません」

彼女はやはり微笑していた。

「お帰りになられたら機会がございますの」

「いや、それは自分からみつけなければ」

先日は相手が目を伏せて部屋からでて行ったのに、今日はぼくが目を伏せた。彼女が大胆な微笑をみせているのは、部屋のうす暗がりのせいだ、とぼくは思った。

「あなたといちど寝てみたかった」

ぼくは目をあげ、彼女をみつめて言った。

「それはべつに困難なことではないわ」

「では、部屋の鍵をかけて戴けますか」

「それはいい考えね」

そして彼女はドアの鍵をおろし、ベッドの足もとでスカートをおとした。

女はベッドに慣れていた。ぐあいがいい、とぼくは感じた。ぼくは、枕もとの左手のはいっている壜にタオルをかぶせた。看護婦との行為を左手にみせるわけにはいかなかった。いかが？　と下から女が小さな声できいた。大丈夫のようです、とぼくは答えた。それはよかったわね、ほんとに大丈夫のようね、と女は言い、目を閉じた。

あくる日の朝、つまりいまから数分ほど前、ぼくは、左手のはいったボストンバッグを右手にもつと、病院をでた。歩くときには必ず左手をもってでよう、とぼくはきめていたが、これがそのはじまりとなった。ぼくは、右手がはじめて知った女のことで、しごく満足していた。

前夜の看護婦が駅で待っているはずだった。ぼくは和歌山まわりで大阪にでて、そこから急行で東京に帰る予定をたてていた。看護婦は前夜から二日間非番で、明日大阪にでてもいいと言っていた。ぼくはそのとき、大阪で看護婦ともういちどあのことを試してみるのも悪くないと思った。

病院に三週間はいっているあいだに、夏は去りかけていた。奇妙な夏だった。ぼくは、別れて行った左手に、右手以上の愛着を感じはじめていた。片手がないことで、はじめの頃は歩くにもバランスがとれなかったが、医者から言われたように、そのうちに慣れてくるだろうと思った。

やがて駅がみえ、ぼくは、構内の出入口に立っている白いシャークスキンを着た女をみた。悪くはないと思った。

耳なし芳一のはなし

小泉八雲
上田和夫訳

■小泉八雲　こいずみやくも　嘉永三年（一八五〇）〜明治三七年（一九〇四）

ギリシア生れ。本名・ラフカディオ・ハーン。イギリスとフランスで教育をうけ、一八六九年（明二）に渡米。各地で新聞記者を務め、紀行や小説を執筆。九〇年に来日。日本の印象記や文化論を英語圏の読者に送り、それらを「知られぬ日本の面影」（明二七）、「東の国から」（明二八）などにまとめ出版。小泉セツと結婚し、松江や熊本で教鞭をとり、後に東京帝国大学や早稲田大学の講師となる。明治二九年、日本に帰化した。

「耳なし芳一のはなし」は明治三七年刊行の「怪談」に収録されている。

七百年あまり昔、下関海峡の、壇ノ浦で、長年にわたる平家と源氏の争いの最後の合戦がおこなわれた。この壇ノ浦で、平家は一門の女子供はもとより、今日、安徳天皇として記憶されている幼帝もろとも、完全に滅亡したのであった。そして、それから七百年のあいだ、その浦と海岸は怨霊にたたられてきた。……別のところでわたしは、その海にいる、平家蟹という不思議な蟹について述べておいたが、それは甲羅に人間の顔がついており、平家の武士たちの生霊であるといわれている。しかし、このあたり一帯の海岸には、いまでも妙なことがいっぱい見聞される。まっ暗な夜、いく千ともしれぬ陰火が、渚のあたりをさまよったり、波の上をふわふわ飛んだりする――漁師たちが「鬼火」とよんでいる青白い光である。そして、風の立つとき、きまって鬨の声のような大きな叫喚が、その沖から聞えてくるのである。

以前は、平家の人たちも、いまよりもっと落着きがなかった。夜半、通りかかる船のまわりに現われて、それを沈めようとしている。また、いつも泳いでいる人たちを待ちかまえていて、水中に引きずり込もうとした。阿弥陀寺という寺が赤間が関に建てられたのは、これらの死者を鎮めるためである。墓地もまた、それに接して、海べの近くにつくられた。そしてそこには、入水した天皇やその主だった家臣たちの名を刻んだ碑がいくつか建てられた。それから、彼らの菩提を弔うために、毎年忌日にはそこで法要が営まれた。寺が建てられ、墓がつくられてからは、平家の人たちも前ほど、人を困らせることがなくなった。それでも、彼らはときどき妙なことをしでかす――まだ十分、安息を得ていない証拠であろう。

数百年前、この赤間が関に、芳一という盲人が住んでいた。この男は、琵琶の弾きがたりで名を知られていた。幼時から、琵琶を教え込まれたのである。そして、まだ子供のうちから、すでに師をしのいでいた。本職の琵琶法師として彼は、おもに平家と源氏の物語をかたることで有名になった。そして、壇ノ浦の合戦の段をかたらせると、「鬼神も涙をとどめえなかった」といわれている。

はじめて世に出たころ、芳一は非常に貧しかった。それでも、力になってくれるよい友を得た。阿弥陀寺の住職は、詩や音楽が好きであった。そこで住職は、しばしば芳一を寺へ招いて、琵琶をかたらせた。のちに、この少年のすばらしい腕にひどく心を動かされて住職は寺へ来て住むように申し出た。この申し出はよろこんで受けいれられた。

芳一は、寺の一室をあたえられた。そして、食事と宿のお礼として、ほかに約束のない晩には琵琶をかたって、住職をなぐさめるだけでよかった。

ある夏の夜、住職は檀家(だんか)に不幸があって、法事をおこなうためによばれた。そこで小僧を連れ、芳一ひとりを寺に残して出かけた。その夜は暑かった。芳一は涼もうと思って、寝間の前の縁へ出た。その縁先から、阿弥陀寺の裏手の小さな庭が見わたせる。縁で芳一は、住職の帰りを待っていたが、琵琶のけいこをして淋(さび)しさをまぎらわそうとした。もう夜半も過ぎていた。が、住職はいっこう姿をあらわさない。しかし、夜気はまだ熱がこもっていて、部屋でくつろぐこともできない。芳一はそのまま戸外にいた。ようやく、裏門から人の足音の近づいてくるのが聞えてきた。だれかが、庭を横切り、縁へまっすぐすすみ寄り、彼のすぐ前で立ちどまった――が、それは住職ではなかった。太い声が、盲人の名を――侍が目下の者を呼びつけるように、高飛車に、しかもぶしつけに呼んだ。

「芳一！」

芳一は、驚きのあまり、しばらく、返事もできなかった。すると、声はまたもや、きびしい命令するような口調で呼んだ。

「芳一！」

「はい！」と盲人は、その威嚇するような声におびえて答えた、「わたしは盲でございます！――どなたさまがお呼びなのかわかりません！」

「なにも恐れることはない」見知らぬ男は、いくらか声をやわらげていった。「身共は、この寺の近くに泊っておる者であるが、お前に用があってまいった。身共の主君は、やんごとなき身のお方、高位のご家来衆をあまたお引き連れのうえ、ただいま、赤間が関にご逗留である。主君には、壇ノ浦の合戦の跡をごらんになりたいとの思召し。したがって、今日、そこをお訪ねなされた。が、お前が合戦の模様を語るのに巧みなことを耳にされ、あらためて、お前の琵琶をお聞きになりたいとの思召しじゃ。それゆえ、琵琶をたずさえ、さっそく身共に従って、高貴の方がたのお待ちになっておられる居館へまいるがよい」

当時、侍の命令に軽々しくそむくことは許されなかった。芳一は、草履をはき、琵琶をかかえて、その見知らぬ男に従って出かけたが、侍は巧みに案内したものの、それでも大急ぎで歩かねばならなかった。引いてくれる手は、鉄のようである。そして、武士の足を踏みだすごとにがちゃがちゃ鳴る音から、甲冑に身を固めていることがわかった――たぶん、勤番の警固の武士なのであろう。芳一の最初の驚きは消えた。彼は、身の幸運に思いめぐらしはじめた。――というのは、さきほどこの家来が、「やんごとなき身のお方」といった言葉を思い出し、琵琶を聞くことを所望された主君とは、すくなくとも一流の大名にちがいないと考えたからである。やがて、侍は立ちどまった。どうやら大きな門の前に立っているようである——が、彼は訝しく思った。町のこのあたりに、阿弥陀寺の総門のほか、大きな門を思い出せなかったのである。「開門！」侍は呼ばわった——すると、かんぬきをはずす音がした。二人は、進んで行った。ひろい庭を横切り、ふたたび、どこか入口の前で立ちどまった。家来の者は大声で叫んだ、「だれかある！　芳一を連れてまいった」すると急ぎ足の音、ふすまをひらく音、雨戸をくる音、女たちの話し声などが聞えてきた。その女たちの言葉づかいから、それがどこか高貴な殿中の侍女たちであることが、芳一にわかった。しかし、どういうところへ案内されたものか、見当もつかなかった。思案するひまもなかったのである。手をかりて、石段をいくつかのぼると、のぼりきった所で草履を脱ぐように言われ、そのあと女の手に導かれて、果てしなくつづく、磨きこまれた板張りをすすみ、覚えきれぬほど多くの柱のかどを曲り、びっくりするほど広い畳敷きを通って——大きな広間のまん中に案内された。そこには、おおぜい人が集まっているように思われた。衣ずれの音が、まるで森の木の葉のざわめきのようであった。大ぜいがやがや——小声で——言いあう声も聞える。言葉は、殿上の言葉であった。

芳一は、楽にするようにといわれて気づくと、自分のために、敷物が出されてあった。そこへ坐って、琵琶の調子を合わせていると、女の声が——侍女たちをとりしまる老女と思われたが――彼にむかっていった。

「では、琵琶に合わせて、平家一門の物語をかたるようにとのことでございまする」

さて、全曲をかたるには、幾晩も必要とした。そこで、芳一は、思いきって訊ねた。

「なかなか全部を、かたるわけにはまいりませんが、どの段をかたれと、ご所望でございましょうか」

女の声がこたえた。

「壇ノ浦の合戦のくだりをかたるように――そこがひとしお、哀れの深いところでありまするから」

そこで芳一は、声を張りあげて、悲痛な船のいくさのくだりをうたった――櫂をあやつる音、船の突きすすむ音、風を切って飛ぶ矢の音、人びとのおたけびや足を踏みならす音、甲冑に太刀のぶちあたる音、斬られて海中に落ちる音など、驚くほどたくみに、琵琶をひき鳴らした。すると、弾奏のあいまあいまに、左右でささやく、賞讃の声が聞えた。「なんというすばらしい琵琶法師であろう！」「国許では、こんな琵琶は聞いたことがない！」「日本ひろしといえども、芳一ほどのうたい手はまたとあるまい！」すると、あらたな力が湧きおこり、芳一はますますたくみに、弾き、かつかたりつづけた。そして、感嘆のあまり、あたりはひっそり静まりかえった。しかしついに、美しいかよわい人びとの運命――女子供の哀れな最期――や、幼い天子を胸に抱いた二位の尼の入水のくだりにさしかかったとき――聴き入る者はことごとくみな、長くおののくような、悲痛な叫び声をあげた。そして、そのあと、彼らは声をあげて激しく泣き悲しむので、盲人は、みずからのかき起した悲嘆のあまりの激しさに、ただ驚くばかりであった。しばらくのあいだ、嘆きすすり泣く声がつづいた。しかし、しだいに悲嘆の声も消えていった。そして、ふたたび、それにつづく深い静寂(しじま)のなかから、芳一は、あの老女と思われる女の声を聞いた。

女はいった――

「そなたは琵琶の名手、弾きがたりに並ぶもののないことはかねて聞き及んでおりましたが、この夜、そなたが示されたほどのお腕前とは、思いも及びませなんだ。わが君も、ことのほかご満足で、応分のほうびをとらせるお考えであるとのお言葉でありまする。それにしても、これから六日のあいだ、毎夜、御前において琵琶を聞かせるようにとの思召し――そのあと、おそらくご帰途につかれる。したがって、明晩も、おなじ時刻にここへ出向かれるように。今夜案内いたした家来の者が、やはり迎えにまいるはずである……なお、もう一つ、申しておくようにとのお言葉であります。わが君が赤間が関にご逗留のあいだは、そなたがここにまいることを、どなたにも申してはならぬとのご希望。忍びのお旅であるゆえ、このことはいっさい口外せぬようにと仰(おお)せられる。……さて、もう寺へ引きとられてよろしゅうございます」

芳一があつく礼を述べ、女に手を引かれて居館の入口までくると、さきほど案内してくれた侍が待ち受けていて、寺へ連れて行った。侍は、寺の裏手の縁までくると、そこで別れを告げた。

芳一がもどったのは、もう明け方であった。しかし、寺をあけたことは気づかれなかった――住職は、たいへん遅くなって帰って来たので、彼が眠っているものとばかり思っていたのである。日中、芳一はしばらくやすむことができた。そして、不思議な出来事については、なにも言わなかった。次の晩の夜中になると、侍はまたもや彼を迎えにきて、高貴な方がたの一座に連れて行き、そこでふたたび芳一は琵琶をかたって、前夜とおなじく上首尾を博した。しかし、二度目に出かけているあいだに、寺をあけていることが、はからずも見つけられた。そして明け方、帰ってくると、住職のまえに呼び出された。住職は、やさしくたしなめるような調子で、彼にむかっていった。

「芳一よ、わしらは、お前のことをたいへん心配していた。目の見えないお前が、ひとりで、あんな遅い時刻に出て行くのは、あぶない。なぜ、わしらに一言もいわないで、出て行ったのかね。下男を供にさせることもできたのに。いったい、どこへ行ってこられたのじゃ」

芳一は、言いのがれに答えた。

「和尚さま、お許しください！　ちょっと私ごとがありまして。ほかの時間では都合がつかなかったものですから」

住職は、芳一の口が重いのに、感情を害するよりも、むしろ驚いた。どうもおかしいと感じ、何かよくないことでもあるのではないかと思った。この盲目の少年が、なにか物の怪にたぶらかされるか、迷わされていることを恐れたのである。彼は、もうそれ以上、訊ねなかった。しかし、ひそかに寺男たちに、芳一の行動を見張って、もし夜ふけに、また寺を抜けるようなことがあったら、後をつけるように言いつけた。

するとその晩、芳一が寺を抜け出していくのが見られた。そこで寺男たちは、すぐさま提燈をつけて、その後をつけた。しかし、雨の夜で、非常に暗かった。寺男たちが通りへ出ないうちに、芳一の姿は見えなくなった。たしかに、芳一は、ひどく急いで行ったものらしい――彼が盲であることを考えれば、これは奇妙なことであった。というのは、道の状態が悪かったからである。寺男たちは町なかを急ぎ、芳一がいつも行きつけている家を訪ね歩いた。が、だれも、彼について知っている者はなかった。とうとう、海岸づたいに寺のほうへ帰ってくると、阿弥陀寺の墓地の中から、はげしくかき鳴らす、琵琶の音が聞えてきたので、びっくりした。いくつかの鬼火のほか――暗い夜には、いつもそのあたりにちらちら見られるのだが——そこいらは、まっ暗闇であった。しかし、寺男たちはすぐに墓地へいそいだ。そしてそこで、提燈のあかりをたよりに、芳一のすがたを見つけた——雨のなかを、安徳天皇の陵墓の前にひとり坐して、琵琶をかき鳴らしながら、壇ノ浦の合戦のくだりを、声高らかにかたっているのである。そして彼のうしろや、まわりや、墓の上のいたるところに、幽霊火が、御燈火のように燃えていた。かつてこれまで、これほどの鬼火が、人の目にふれたことはなかった……。

「芳一さん！——芳一さん！」寺男たちは叫んだ、「あんたは、たぶらかされているのです！……芳一さん！」

しかし、盲人には聞えないかのようであった。力をこめて、彼は琵琶をかき鳴らした——ますます激しく、彼は壇ノ浦の合戦のくだりをうたいつづけていた。寺男たちは、彼をつかまえ——その耳もとで叫んだ。

「芳一さん！——芳一さん！——いっしょに、すぐ帰りましょう！」

すると、咎めるように彼はいった。

「やんごとない方がたの御前で、そんなふうに邪魔だてすることは、許されませぬぞ」

これには、無気味な思いにかられながらも、寺男たちも笑いださざるをえなかった。もうたぶらかされていることに確信をもった彼らは、今度は彼をつかまえて、引き起し、力ずくで急いで寺へ連れ帰った——そして、住職の指図にしたがい、さっそく濡れた着物をぬがせ、新しく着替えさせ、食べ物や飲み物をあたえた。それから住職は、友人の驚くべき行為について、くわしく説明するようにせまった。

芳一は、長いこと、話すのをためらっていた。が、とうとう、自分の行為が実際に、人のいい住職を驚かせ、怒らせていることがわかると、隠しだてをやめることにした。そして、はじめて侍が訪ねてきたときから起きた出来事を、ありのまま語った。

住職はいった。

「芳一よ、かわいそうに、お前は、いま、たいそう危ない目に会っている！　もっと前に、すっかり話してくれなかったのは、なんとも不運だったな！　お前が、琵琶にすぐれていたばかりに、実際、妙な災難に巻きこまれてしまったのだ。今となっては、もう分ったと思うが、お前はどこか人の家に行っていたのではなくて、墓場の、平家一門の墓のあいだで、夜を過していたのだ。――今夜、寺の者たちが、雨のなかに坐っているお前を見つけたのは、安徳天皇の御陵の前だった。お前が想像していたことは――死んだ人間が呼びにきたことのほか――みな、まぼろしなのだ。いちど、彼らの言うことに従うと、もうその手のうちに落ちてしまったことになる。すでにこうなってしまった以上、ふたたび言うことに従ったら、お前は八つ裂きにされるだろう。だが、いずれは、とにかく、お前をとり殺すところだったのだ。……ところで、わしは今晩、お前と一緒におることはできない。ちょっとよそへ、法事に呼ばれているのだ。しかし、出かけるまえに、お前のからだに経文を書きつけて、まもってやる必要があるだろう」

日の沈む前に、住職と小僧は、芳一をはだかにした。それから、筆をとって、彼の胸や背中や、頭や顔や頸(くび)や、手足に——足の裏や、からだの隅々(すみずみ)にいたるまで——「般若(はんにゃ)心経(しんぎょう)」の経文を書きつけた。書きおわると住職は、芳一にさとしていった。

「今夜、わしが出かけたらすぐに、お前は縁側に坐って、待っているがいい。すると、迎えがくる。だが、どんなことがあっても、返事をしてはならない、動いてもならぬぞ。なにも言わず、じっとしているのだ——坐禅をしているようにな。もし、少しでも動いたり、物音を立てたりすると、お前は引き裂かれてしまう。こわがらずともよい。それに、助けを呼ぼうなどと思ってはならぬ——助けようがないのだから。ただ、わしの言うたとおりしておれば、危険は去って、もう、こわいものはなくなるのだ」

日が暮れて、住職と小僧は出ていった。芳一は、いわれたとおり、縁に坐った。琵琶を横の縁板のうえに置き、坐禅をする姿勢で、じっと静かにしていた——咳(せき)ひとつせず、息を殺すようにしていた。幾時間も、彼はそうしていた。

やがて、通りのほうから、足音の近づいてくるのが聞えた。それは門を通り抜け、庭を横切り、縁に近づいて、立ち止った——彼のすぐ前である。

「芳一！」太い声が呼んだ。しかし、盲人は息を殺して、じっとしていた。

「芳一！」と、またもや無気味に声が呼んだ。それから、三度目の声が――荒々しく。

「芳一！」

芳一は、石のようにじっとしていた――すると、声はつぶやくように、

「返事がないな！――これはいかん！……やつめはどこにいるのか、見てくれよう」

縁に上がる激しい足音がした。それは、ゆっくり近づいてきて――彼のそばで止った。それから、しばらく――その間、芳一は鼓動に合わせて、全身の震えるのを感じた――死のような沈黙があった。

ついに、荒々しい声が、彼のすぐわきでつぶやいた。

「ここに琵琶があるぞ。が、琵琶法師は――耳が二つあるだけだ！……なるほど、これでは、返事をしないはずだ。返事するにも口がない――耳のほか、なにも残っていない。……よし、わが君に、この耳を持ってまいろう――できるかぎり、仰せのとおりにしたという証拠に」

その瞬間、芳一は、両耳を鉄の指にぐいとつかまれ、引きちぎられるのを感じた。痛さは非常なものだったが、声を上げなかった。荒々しい足音は、縁づたいに遠ざかり――庭へ下り――通りへ出て――消えた。頭の両側から、生温かいどろどろしたものが、たらたら落ちるのを盲人は感じた。が、彼は手を上げようともしなかった。

夜の明けるまえに、住職は帰ってきた。すぐ、裏手の縁に急ぐと、なにか、ねばねばしたものを踏みつけてすべり、恐怖の叫び声をあげた。提燈のあかりで見ると、そのねばねばしたものは、血であった。しかし、芳一はそこに、坐禅の姿勢のまま、坐っていた——傷口から、血をぼたぼた垂らしながら。

「かわいそうに、芳一！」と、びっくりして、住職は叫んだ——「これはどうした？……怪我をしたのか……」

住職の声に、盲人は安堵した。いきなりわっと泣きだし、涙ながらに、その夜の出来事を語った。

「かわいそうに、かわいそうに、芳一！」住職は叫んだ、「みんな、わしが悪かったのじゃ！——わしの、ひどい手ぬかりじゃった！……お前の身体じゅう、経文を書いておいたのに——耳だけぬかった！その辺は小僧にまかせた。しかし、やったあと、確かめなかったのは、重々、わしが悪かった！……が、もう仕方がない。できるだけ早く、傷を癒すしかあるまい……元気を出せ、おい！——もう危険は去ったぞ。二度と、あんなやつがくることはないぞ」

よい医師の手当てによって、芳一の怪我は、まもなく癒った。この不思議な出来事のうわさは、あちこちにひろがり、たちまち彼は有名になった。多くの高貴な方たちが、彼の琵琶を聴きに赤間が関へやって来た。そして、たくさんの金子（きんす）が贈られた――そこで、彼は金持になった。しかし、この出来事があって以来、彼はもっぱら「耳なし芳一」という呼び名で知られるようになった。

あとがき――見上げれば 星は天に満ちて

浅田次郎

「心に残る物語」という基準で、十三の短篇小説を思うがままに選んでみた。

これが「すぐれた短篇小説」という基準であれば、おのずとちがう選定になったであろうが、そういう大仕事はまず引き受けまい。

しかし一方、心に残る物語すなわち私にとってのすぐれた小説、ということも言える。心に残ったこれらの作品は、少からず小説家としての私の、滋養になっているはずだからである。

私には幼いころから病的な濫読趣味があった。ことに短篇小説は月刊小説誌に発表されると同時に読みちらしているので、よしあしにかかわらず多くは忘れ去られてしまっている。それでも鮮烈に記憶しているこれらは、やはり読者の心に残る名品と言っていいのではあるまいか。私は小説家である前に、小説好きだと思うからである。

森鷗外の「百物語」は有名な作品なので、すでに多くの方がお読みであろうかと思う。それを承知であえて選んだ理由は、私自身が何度読み返しても飽きぬからである。再読して感慨をあらたにした方もさぞ多かろう。

鷗外は洒落のわかる人である。ことに短篇を読むと、巷間伝えられる謹厳な印象とは異なる人だったのではないかと思える。一方の漱石は洒落がわかるようでわからぬ人であったような気がする。たとえばこの「百物語」も、題名に反して肝心の怪談はついぞ語られることがない。実に洒落ている。

何年か前に、ルーブルの館内を歩きながらふとこの小説を思い出した。もしかしたら鷗外は若き日にヨーロッパの美術館を訪ね、「絵を描くと見せて額縁だけを描いてやろう」などと考えたのではなかろうか。いかにも洒落者の発想である。この推理はたぶん当たりだが、そう思いついてあたりを見渡すと、どこかに額縁だけの暗黒の絵画が私を待ち受けているような気がして怖ろしくなった。

百年後の読者を、こんなところで怖がらせるとは、やはり森鷗外はただものではないと思った。

谷崎潤一郎は、私が最も影響を蒙った作家かもしれない。どこがどうだというわけではないのだが、たぶんそうだと思うから毎年お墓参りは欠かさない。

私はこの「秘密」という小品を読んだとき、芸術とは娯楽の異名なのだと、作者から教わったような気がした。以来、私の持論である。

いつもながら、あれよあれよという間に読者を物語の世界に引きこむ手管は鮮やかで、謎の人力車とともに読者はくるくると回る。こうした一瞬の仕掛けは、谷崎の真骨頂といえよう。

文学史上に有名な饒舌録論争を引き合いに出すまでもなく、芥川龍之介の晩年の作品には、ほとんど物語性が欠如してしまう。初期代表作の多くは古典の脚色なので、もしやこの作家にはもともとストーリー・テリングの才能がなかったのではないかと、疑ったこともあった。

しかし、この「疑惑」という短篇を読んだとき、まさにその疑惑は払拭された。実に面白い。余人を以てかえがたい芥川の物語世界である。私は今も芥川の文章に接するたびに、その稀有のディレッタンティズムにあこがれ、同時にディレッタンティズムが小説の物語性をけっして脅かさぬものだと知る。そうした意味で、芥川龍之介という小説家の存在は、後世の実作者にとって永遠の福音であると思う。

川端康成に嵌まった人は多いはずである。ただしこの作家固有の空気、一行を読んでそうと知れる文体は憑物のごとく祟るので、小説家たらんとするならいっさい触れぬか、触れてしまったらとことん読んで脱却をはかるしか手はない。現代作家でもいまだ祟られている人は多い。

かくいう私も、十代のころに出版社に持ちこんだ原稿を「川端のエピゴーネン」と言下に却下された経験を持つ。だいぶ良くはなったが、まだいくらか祟られている。いったいに川端の小説は、話がないようであり、あるようでなく、結末もよくわからぬかわりにどう砕いても方解石のごとく形をなしているという、魔法のような文学である。その川端が書いた珍しくふつうの小説が「死体紹介人」であろう。この一作には祟りなしと信じて、選出することにした。

中島敦の「山月記」は、かつて高校の教科書に必ずといっていいほど用いられていた。今はどうか知らぬが、高校生にこれを読ませぬのは社会の罪であると思う。

それにしても、漢学の素養を礎としたこの作家の文体の美しさは、近代文学には比類がない。平家物語と並べてもよいほどの大文章である。しかし、この「山月記」と「李陵」ばかりが突出して世に知られているのを惜しみ、「狐憑」を併せて選ぶことにした。寡作な小説家ではあったが、遺された作品は粒ぞろいである。

山本周五郎には名短篇が数多くあって悩んだのだが、ここはいかにも作者らしい味わいのある「ひとごろし」を選んだ。この作家の小説はふしぎなくらい錆びない。文章もテーマもストーリーも、時代を乗り越える永遠の力を持っている。むろんその「永遠の力」こそが、作者の文学の実力であることは言うまでもなかろう。

永井龍男は短篇小説の名手として知られる。初めて「青梅雨」を読んだときには、よくもまあこんな小説を思いついたものだと感心したが、自分が作家になって読み返してみると、思いついたにしろよくもまあ書けたものだと二度感心した。この原稿を深夜にこつこつと書いている小説家の後ろ姿を想像すると、鳥肌が立つ。

井上靖は稀代のストーリー・テラーである。この作家の作品に面白くないものはない、と断言してもよい。どの物語も、まるで見てきたような臨場感がある。中でもこの「補陀落渡海記」は面目躍如たる話で、いったいどこまでが史実でどこからが嘘なのか、あの世に行ったら聞いてみようと思う。

歴史物を書いていると虚実の相克に悩み続けるのだが、史実に責任を持ち、かつ歴史に敬意を払ったうえで大嘘をつくという呼吸を、私はこの作家に学んだ。

松本清張はプロレタリア文学の骨髄を抜き出し、普遍なる国民文学として甦らせた巨人である。私はどうしたわけかこの作家の作品を読み始めたのが遅く、怪物のような「昭和史発掘」が処女航海であった。

おそらく十代の私は、当時の大ベストセラー作家であった松本清張を、勝手に俗なるものと決めて避けていたのであろう。しかしいったん読み始めてからは、たちまち虜となった。

「西郷札」は初期の代表作であるが、その完成度の高さには愕（おどろ）かされる。ひとつこの作品に限らず、松本清張の小説には文章の一行、用語の一句に至るまで真摯な推敲の跡が窺える。頭の下がる思いがする。私は煩雑なゲラ校正に屈したとき、かつて見た松本清張の満身創痍のゲラをしばしば思いうかべる。清張ならば決して看過しなかったはずだ、などと考えておのれを鞭つ。

梅崎春生のねっとりとした小説が私は好きである。この作家の作品を読み返すと、文学が社会の繁栄とともにいかに幼稚になったかがよくわかる。誠実なる懐疑と、その懐疑を体じゅうで表現しようとする迫力はこの世代の作家の共通項であるが、梅崎春生の作品には殊にそれを感ずる。小説は小手先の技ではない、という手本である。長いものではまず現代の若い読者に耐えられまいと思い、「赤い駱駝」を選んだ。この短い小説でも、読後感はこのごろの二段組長篇小説に匹敵する。

立原正秋の「手」は、かつて月刊誌で読んだまま深く記憶していた。文学全体が伝統的な内面小説に倦んじ果て、新しい様式を模索していた時期なのであろうか、そのころにはこの種の突拍子もない小説が誌面をにぎわせていた。すぐれた作家はおのが手法に安住せず、実験をくり返して完成を求めない。

かくしてほぼ年代順に私の好きな短篇小説を並べた。しかしひとつだけ順序をたがえて、小泉八雲の「耳なし芳一のはなし」を掉尾に据えたことには意味がある。

この作品は八雲のオリジナルではなく出典は古民話に拠るが、物語として本邦最高傑作であると私は信じている。目に光なき芳一が、音にのみ頼って恐怖の体験をし、ついにはその耳すらも奪われるという鮮やかな結構は奇跡を見るが如くである。しかも、そのように簡単に言ってしまったのでは身も蓋もないくらい、この物語の細部にはさまざまの仕掛けが施されている。読み返すたびに新たな発見がある。

日本の習俗を愛し、日本の美に帰依したラフカディオ・ハーンにしか、この稀有の物語を発掘し再生せしめることはできなかったであろう。そして彼が強度の弱視にして隻眼であった事実を思えば、いよいよこの物語との因縁浅からぬものを感ずる。

小泉八雲の日本に対する愛着は、単なる異文化への憧憬ではなかったはずである。彼はキリスト教普遍主義の呪縛から遁れて自由なる美を求めた、いわば文化的亡命者であったと私は思う。そうした彼を司祭と定めて、日本の美神はこの奇跡の物語を授けたのではなかろうか。

母なる国の美しい言葉に托された先輩たちの訓えを、これからも誠実に守りかつ努力すれば、私にもいつか後世の人々の心に残る物語が書けるのかもしれない。それでも「耳なし芳一のはなし」だけは、無理であろうと思う。なぜなら、この物語は千年の時の間に千人の語り部が彫琢し研磨した宝石だからである。

私は読書に飽くとしばしば戸外に出て星空を仰ぐ。中国の古い書物に、目の疲れにはそれがよいと書かれていた。

べつだんいずれ作家たらんとして読書を始めたわけではない。日常から遁れて物語の世界に浸っていたというほうが正しい。顧みて実はそれが最もまっとうな小説の読み方だと、このごろ思うようになった。

物語がおのれの未来を開いてくれるはずはないのだが、少くともやがて訪れる未来を、物語を読みながら陶然と待つことはできる。小説とは、あるいは芸術とはそういうものであろうと思う。人間に力を与えるものではなく、おのずと湧き出でる力を待つまでのひとときを、幸福に過ごさせてくれる。だから、あらゆる日常の苦しみを忘れさせるほど、面白くなければならない。

満天の星のごとくちりばめられた物語は、けっして私のめざすものではなく、いつも私の安息であった。

愛する陸游の詩を借りれば、

「銀河沼沼として　夜気澄む
都(すべ)て忘る　朝暮　蚊蠅(ぶんよう)に困(くる)しむを」

の思いで小説を読み続けた。読書は日常からの逃避にすぎなかった。

しかしそうこうするうち、

「河漢　声なく　天　正しく青
三三五五　満天の星」

ということに気付いた。そのころから星ぼしは、私の安息ではなく憧れになった。

そして、拙ない物語を書き始めるとこう考えた。

「安ぞ得ん　故人と同一の酔

三更の城上　河の傾くを看る」

見上げれば星は天に満ちて、さらなる群青のきわみに瞳を凝らせば、陸游の詠んだ銀河が滔滔とさざめき流れている。

収録にあたり、次の本を底本としました。

「百物語」　森鷗外全集3　ちくま文庫（一九九五年）
「秘密」　谷崎潤一郎全集第一巻　中央公論社（一九八一年）
「疑惑」　芥川龍之介全集第四巻　岩波書店（一九九六年）
「死体紹介人」　川端康成全集第三巻　新潮社（一九八〇年）
「山月記」　中島敦全集第一巻　筑摩書房（一九七六年）
「狐憑」　中島敦全集第一巻　筑摩書房（一九七六年）
「ひとごろし」　山本周五郎全集第十六巻　新潮社（一九八一年）
「青梅雨」　新装版　全集　現代文学の発見第5巻
日常のなかの危機　學藝書林（二〇〇三年）
「補陀落渡海記」　井上靖歴史小説集第三巻　岩波書店（一九八一年）
「西郷札」　松本清張全集35　文藝春秋（一九七二年）
「赤い駱駝」　梅崎春生全集第一巻　沖積舎（一九八四年）
「手」　立原正秋全集第二巻　角川書店（一九九七年）
「耳なし芳一のはなし」　小泉八雲集　上田和夫訳　新潮文庫（一九七八年）

なお、ルビは読みやすさを重んじ、適宜新かなを用いて振りました。

文春文庫

見上げれば　星は天に満ちて
心に残る物語——日本文学秀作選

定価はカバーに
表示してあります

2005年5月10日　第1刷

編　者　浅田次郎
発行者　庄野音比古
発行所　株式会社　文藝春秋

東京都千代田区紀尾井町3-23　〒102-8008
TEL 03・3265・1211
文藝春秋ホームページ　http://www.bunshun.co.jp
文春ウェブ文庫　http://www.bunshunplaza.com

落丁、乱丁本は、お手数ですが小社製作部宛お送り下さい。送料小社負担でお取替致します。

印刷・凸版印刷　製本・加藤製本

Printed in Japan
ISBN4-16-764605-6